天穹の船

篠 綾子

角川文庫
23380

目次

一章　大地震

一

嘉永七（一八五四）年十一月四日の朝はよく晴れていた。この日は、朝方から雉がしきりに鳴いた。

ケーン、ケーンと、耳障りな、どこか気ぜわしい鳴き声だった。鳴きやんだ後も、その声はなぜか平蔵の耳に残った。

少々冷え込みは強いが、この季節の朝にはめずらしいことでもない。

伊豆国戸田村の船大工平蔵は、いつものように港からさほど離れていない仕事場へ向かった。霜の降りた道に朝陽が射し込み、きらめいている。昼間や夕方と違って、朝の光はどうしてこんなにもきらきらしているのだろう。まるで全身が洗い流されるような心地よさだと思ったことは何度かあるが、この気持ちを誰かに話してみたことはない。

「平蔵さーん」

その時、背後から明るい声がかかった。ワンワンとはしゃいだ鳴き声も聞こえてくる。

振り返ると、目に飛び込んできたのは、十五、六歳の若者と真っ白な犬であった。

「藤助（とうすけ）」

平蔵も明るく声を返す。若者と犬は一目散に平蔵に向かって走ってきたが、先に到着したのは犬の方であった。

「おう、フジさんは相変わらず足が速えな」

平蔵が犬の頭を撫（な）ぜると、犬は先ほどより大きな声で吠（ほ）え、平蔵の足にじゃれ付いた。

フジさんとは、藤助の家で飼われているこの犬の名だ。海の向こうに美しくそびえ立つ富士山からつけられた。名前は「フジ」であって、「さん」をつけるのはおかしい、と藤助からは言われていたが、平蔵はかまわずフジさんと呼び続けていた。

「平蔵さん、おはようございます」

やっと追いついた藤助が息を整えながら挨拶（あいさつ）する。

「ああ、おはようさん。今から、寅吉（とらきち）親方のとこか」

平蔵が訊くと、藤助は「はい」と元気よく答えた。

平蔵も藤助もこの村の船大工なのだが、師匠とする親方は違う。平蔵は藤助の父親である石原藤蔵に師事し、藤助は上田寅吉という親方のもとへ修業に出されていた。

この戸田村には弟子を大勢抱えた親方が七人いて、藤蔵も寅吉もその一人であった。

「お前、このまま仕事場に行っちまって、フジさんはいいのか？」

「はい。おフジはちゃんと家まで帰れますから」

と、答えた藤助は、フジが平蔵にばかりまつわり付いているのを見て笑った。

「おフジはほんとに平蔵さんのことが大好きなんだなあ」

「そうか。まあ、フジさんは、俺が親方の家を出る直前に生まれたからな。もう長い付き合いになる」

そのせいだろうと、平蔵は言った。

今年三十路の平蔵は十年ほど前まで、藤蔵親方の家で世話になっていた。だから、藤助とは一緒に暮らしていた時期もあり、互いをよく知る間柄だ。

「それだけじゃないですよ」

と、藤助は歩き出しながら言った。

「犬は鋭いから、人の本性ってやつが分かるんです」

「本性……？」

平蔵は藤助から目をそらして訊いた。

「そうです。ほら、平蔵さんって仲間とあまりつるんだりしないでしょ。だからかな、ちょっと怖いっていうか。仲良くなりたくても近付いていけない人っていると思うんですよね。あ、本当の平蔵さんは怖くないこと、俺は分かってますよ、もちろん」

藤助はまずい言い方をしたかと気にするふうに、最後の方は早口で付け加えた。

「俺が気難し屋だって言いたいんだろ？」

平蔵は藤助に目を戻し、苦笑を浮かべながら言った。違うとむきになりかける藤助に、

「親父さんが俺のことをそんなふうに言ってたのか？」

と、平蔵は訊いた。平蔵がふだん仲間たちとどう接しているのか、藤助は知りようがない。だから、父親の藤蔵が家で話すのを聞いたのか、と思ったのだが、藤助は違うと言った。

「親父が仕事場の話を家に持ち込むことは、ほとんどありませんよ。でも、平蔵さんのふだんの様子は、何となく分かるっていうか」

「お前も俺に近付くのを怖いって思うか」

軽い口ぶりで訊くと、とんでもないと藤助は首を激しく横に振った。

「俺は思いませんよ。平蔵さんのことはよく知ってるから。けど、もしまったくの他

人で、初めて出会ったばかりなら……」

藤助は口ごもった。

「それはまあ、俺の人徳のなさってやつなんだろうな」

平蔵は大して気にしない口調で軽く応じたが、藤助は言い方が悪かったと気に病んだふうであった。

「平蔵さんが悪いんじゃなくて、勝手に怖がってる方が悪いんです。だって、平蔵さんが誰かを傷つけたりしたわけでもないのに」

「…………」

「いや、俺が言いたいのはそこじゃなくって、本当の平蔵さんのことは俺やおフジには分かるってことで」

「お前はともかく、フジさんにも分かるのか」

「人はいろいろ考えちゃうからいけないんですよ。犬は純粋だから、混じりけのない本性をちゃんと見抜けるんです」

むきになって言う藤助に、平蔵は明るく笑い出した。

「お前、フジさんの母犬のタエを覚えてるだろ？」

タエは数年前に死んでしまっていたが、もちろん覚えていると藤助は答えた。

「タエが俺のこと嫌ってたのは覚えてねえか？」

「そうでしたっけ」

藤助は首をかしげた。

「ああ。顔を合わせる度に毛を逆立てて吠え立てるもんで、なるべくタエには近付くなって、親方とおかみさんから言われたよ。それで、俺の方も避けてたんだが」

「へえ。タエはどうしてそんなふうだったんでしょうね」

今、尻尾をさかんに振りながら、平蔵にじゃれ付くフジを見ながら、藤助が首をひねった。

「さあ、どうしてだろうな」

平蔵は立ち止まると、再びフジの頭を撫ぜた。昂奮したフジは空に向かって、今朝いちばんの大きな声で吠えた。

途中で藤助と別れた平蔵は、やがて港を通り過ぎ、そこから少し奥まったところにある仕事場へと到着した。

戸田の港は大きな駿河湾の内側に、さらに小さな湾が形成された地形に位置していた。そのため、波濤の被害を受けにくい良港で、漁師や船大工が多く暮らしている。

「おはようございます」

平蔵が中へ入っていくと、先にいた大工仲間たちがそれぞれ挨拶を返してきた。

「おはようさん」

ややぞんざいな物言いで挨拶を返してきたのは、平蔵と年の違わぬ万作という船大工だ。平蔵と異なり、常に同年輩や年下の仲間を周りに引き付けておき、自分はその中心にいることが好きな男である。平蔵は何度か酒に誘われ、その度に断っていたら、その後は誘われなくなった。が、万作との仲は険悪というわけではなく、相手が自分のことを胡散臭く思いながらも一目置いている、というのは平蔵にも分かっていた。

「へ、平蔵さん。おはようございます」

おどおどと挨拶してきたのは、小吉という二つ年下の遠慮がちな男。平蔵などはむしろ脅えさせまいとしているのに、それでも怖いらしい。

――仲良くなりたくても近付いていけない人っていると思うんですよね。

先ほど聞いたばかりの藤助の言葉を思い出し、小吉がまさにそれではないかと、平蔵は思いめぐらした。

「おい。鍛冶屋が届けてきた釘はどこだ」

平蔵が自分の持ち場へ行き着く前に、万作の荒っぽい声が飛んだ。

「へ、へい。ここに」

小吉が慌てて応じ、びくびくした様子で木箱を差し出す。船造りに使う専用の釘が何十本と詰まっていた。ふつうの釘とは異なり、長さ三寸超もあるごつい釘は、頭のところが取っ手のように折れ曲がっている。一艘の船を造るのに数百本用いる大事なもので、もっと大きな釘も使う。今回用意された釘は長さが三寸超でそろっていなければならず、頭のところの曲がり具合も繊細で、ちゃんと使えるかどうか、目利きをするのも船大工の仕事であった。

万作は小吉が運んできた釘を何本か箱から抜き取り、矯めつ眇めつし始めた。

「お前、この釘、ぜんぶ使えるやつだと確かめてあるんだろうな」

万作の声がやや不穏な調子を帯びる。

「え、いえ、それはまだ」

小吉が身を縮めながら小声で答えた。

「釘を用意する係はお前だろ」

「けど、鍛冶屋から届いたのが昨日の夕方だったもんで」

「俺は今日から釘を使うんだよ。お前にちゃんとそう言っといたよなあ」

万作が声を荒らげ、椅子代わりにしていた木箱から腰を上げる。仕事場の中に緊張が走った。とはいえ、止めようとする者はなく、気弱な小吉が万作に怒鳴られるのを、どこか面白がっているような顔も見受けられる。

「もうそれくらいでいいだろう」

平蔵は二人の間に割って入った。

「今からでも急いで検めれば間に合うだろ。仮に使えねえのが交じっていたって、ほんの数本のはずだ」

　ちっという舌打ちが返ってきたが、万作が平蔵に言い返すことはなかった。

「小吉、お前もまだ確かめてないなら、万作に見せる前にそのことを言うべきだった」

「は、はい」

　小吉の方はその後、何度も「すみません」とくり返した。

「中じゃ場所を取るから、釘の検めは外でしろ。出来の悪いのがあればちゃんと弾いて、鍛冶屋に話を通すんだ」

「わ、分かりました」

　その場から逃げ出すような勢いで、小吉は木箱を手に仕事場の外へ出ていった。

　こらえてやれ――と言うふうに、平蔵が万作の腕を軽く叩くと、万作も仕方なさそうにうなずき返す。緊迫した気配は消え去り、大工たちは己の作業に戻っていった。

　平蔵もまた、己の作業場へ向かった。

　この日の作業は船底に使う木材に、切り落とす線を入れていくこと。平蔵はまず道具を検めた。鉋や鋸など共有される道具もあるが、大工一人一人が所有する道具もある。中でも特に大事なのが木材にまっすぐ線を引きたい時に使う墨壺だ。糸に墨を浸し、それを木材の上にぴんと張り、糸を弾くことで線を引く。寸分の狂いも許されぬ仕事において、絶対に欠かせぬ大事な道具であった。

平蔵が墨壺の墨が乾いていないことを確かめた時、親方の藤蔵が仕事場に現れた。

「おはようございます」

大工たちが皆手を一度止め、立ち上がって挨拶する。

「ああ、おはようさん」

藤蔵は一人一人の仕事ぶりに目をやりながら、あるいはうなずき、あるいは声がけをしながら奥へと進んだ。

平蔵のところまで来ると、

「白太（しらた）はしっかり切り落とせ」

と、一言告げた。

「はい」

平蔵は返事をしてから、再び作業に取りかかった。

木材は丈夫な赤身と水分の多い白太の部分に分かれるが、要（かなめ）となる船底とそれを支える「瓦（かわら）」と呼ばれる部分は、赤身だけを使って組み上げる。そこの線引きは断じて過ちが許されない。それは、平蔵が初めて墨壺に触らせてもらった時、藤蔵が忠告したことでもあった。

平蔵は目で見ると同時に、直（じか）に木に触れ、赤身と白太の区別をつけていった。それから、墨壺の軽子（かるこ）と呼ばれる針のついた部分を目当ての箇所にしっかりと刺して、糸を張る。線を引きたい最後の箇所に糸が来た時、もうそれ以上は伸びないくらいの感覚で引っ張るのがこつだ。糸を押し付ける直前に、手で糸を垂直に持ち上げておき、最後にそれを指で弾く。すると、パシッと小気味よい音がして、木材に線がつくのだった。

平蔵は仕事を始めてからしばらく、この作業に没頭した。

外へ行く小吉を見送った時には、少ししたら、様子を見に行ってやるかと思っていたが、手もとに集中している時はそのことも忘れてしまっていた。

軽子を突き刺し、糸を張り、垂直に糸を引っ張り上げる。その作業を何度くり返した時だったろうか。唐突にそれは起こった。

初めは、どどっと地の鳴るような鈍い音。

いきなり手もとが狂い、糸を引っ張っていた指先から血が迸（ほとばし）り出た。

続けて、天地が裂けたかと思うような凄（すさ）まじい轟音（ごうおん）。

地面が急に時化（しけ）の海と化したかのように、ぐらぐら揺れている。

立っていることはできなかった。平蔵は床に四つん這（ば）いになったが、木材が次々に倒れてきて、頭や体を打ち付けた大工たちの喚声や怒号が上がる。

木くずがもうもうと舞い上がる中、平蔵は我知らずつかんでいた木材で頭を覆っていた。

「外へ出ろーっ！」

誰かの声がして、我も我もと、皆が出口へ殺到する。

かつて経験したこともない大地震だと、ようやく頭が追い付いてきた。物の落ちてこない戸外へ逃げるのが先決である。

まだ揺れの続いている床を這うようにして、平蔵は外へ飛び出した。

二

あれほど明るかった空がいつの間にやら昏くなっていた。轟音は消えていたが、地面はまだ揺れているようだ。外に出た仲間たちの中には、血を流している者も足を引き摺っている者もいたが、とにかく生きて動いている。その姿を目にして、ようやく平蔵も落ち着きを取り戻した。だが、辺りを見回して、とんでもないことに気づいた。

「親方がいねえ」

平蔵の大声に、仲間の大工たちも辺りを見回し、藤蔵の姿を捜し始めた。だが、どこにもいない。逃げ遅れたのだ。

平蔵は今飛び出してきたばかりの仕事場へ向かって駆け出した。

「おい、建物の中はまだ危ねえぞ」

後ろから呼び止める声が聞こえたが、平蔵はかまわず走っていく。親のいない平蔵にとって、親方の藤蔵が親代わりのようなものだった。

ここで親方を見捨てるようなことをすれば、自分は人じゃねえ。せっかく人並みにしてもらった恩をここで返さないでどうするのだ。

「親方、ご無事ですか」

まだ静まらない木くずの靄（もや）を手で払いながら、必死に叫ぶ。ややあって、

「……おう。ここだ」

と、奥から低い声が上がった。

倒れた木材に足を取られないよう、注意しながら、平蔵は奥へ進んだ。

「親方、ご無事でよかった」

その腰から下は倒れた木材に埋まっていたが、上半身は無事だった。

平蔵はほっとしつつ、藤蔵の体を埋める木材を次々に放り投げていく。外の仲間を呼び戻さないでも、自分一人で何とか親方を助けられそうだと思っていたら、

「平蔵さん」

出入り口の辺りから、気遣うような、気弱そうな声が聞こえてきた。小吉の声だ。

「小吉、親方を連れ出すのを手伝ってくれ」

平蔵が声を張り上げると、小吉はおずおずと中へ入ってきた。

「親方、今そちらへ」

などと言ってはいるが、すぐに咳き込み、もたもたしている。急がせて怪我でもさせたら、さらに厄介なことになるので、平蔵は小吉に声をかけず自分の作業を続けた。

藤蔵の体を埋めていた木材をほぼ取り払った頃、ようやく小吉が近くへやって来た。

その時、外で早鐘を撞く音が聞こえた。乱暴なまでの速さで打ち鳴らされる鐘に、

「あれは……」

小吉が表情を曇らせ、不安げに呟く。平蔵はそれに押しかぶせるように、

「津波が来るぞという知らせだろう」

と、早口に告げた。

「さ、親方。行きましょう」

藤蔵は腰を打ち付けたせいか、自力で歩けなかった。小吉と左右から抱き起こし、とにかく外へと連れ出した。

「お前、血が出てるじゃねえか」

藤蔵から言われて、平蔵は指から流れ出る血に気づいた。

「ああ、これは、墨壺の糸でやっちまったみたいで」

これまですっかり忘れていたが、血を見た途端、じくじくした痛みが襲ってきた。

「手当てはしとけよ」

藤蔵が言い、小吉が心配そうな表情で手拭いを差し出してくる。平蔵は礼を言って、手拭いを受け取り、傷口に当てた。

外へ出ると、早鐘の音の大きさも速さもさらに増したようだ。藤蔵の姿を認め、外にいた大工たちが寄ってきた。早くも高台へ避難したのか、先ほどより人数は少ない。

「さ、俺たちも早く避難しましょう」

平蔵は藤蔵を促したが、

「平蔵。頼みがある」

と、藤蔵は真剣な口ぶりで切り出した。

「家に女房が一人でいる。藤助もすぐには戻れんだろう。俺もこのざまだ」

「分かりました」

平蔵は藤蔵に皆まで言わせず、すぐに返事をした。

「俺がおかみさんの様子を見に行ってきます。ちゃんと避難をお手伝いしますんで」

藤蔵のことは、小吉をはじめ大工仲間に頼むことができる。だが、藤蔵の女房お勝を助けに行くのは、昔、藤蔵の家で世話になった自分の役目だ。

「くれぐれも無茶はしないでくれ。女房の姿がなければ、もう避難したってことだから、お前もすぐに逃げるんだぞ」

津波が来るまでに、どのくらいの猶予があるのか、はっきりしたことは誰も分からなかった。

「分かってます」

平蔵はしっかりと返事をし、支えていた藤蔵の腕を別の大工仲間に預けた。そして、藤蔵の家へ向かって駆け出していった。

村の奥へ進むにつれ、村人たちの泣き叫ぶ声が次第に大きくなってくる。犬や鶏などのけたたましい鳴き声もそれに交じっていた。それらの死骸が目に入ることもあった。

崩れ落ちた家屋も多く、特に重い瓦を用いている家などは倒壊が激しい。そうした家では、柱や調度の下敷きになった者を、何人かで助け出そうとしており、男手のない場所では助けを求める声も聞かれた。

「どうか、お力を貸してください」

掠れた声で必死に叫ぶ女の声が前方から聞こえる。女の背後には倒壊の激しい家々があり、ある家は屋根が崩れ落ち、ある家は隣の家に寄りかかって見えるほど傾いていた。女はそうした家々のどこかの住人なのだろう。身内の誰かが下敷きになったらしいが、

「あんたものろのろしてると、波にのまれるぞ」

声をかける者はいても、手を貸そうという者はいない。

（助けるべきだ）

女の声を聞いた時、平蔵はすぐにそう思った。だが、この女の身内を助けているうちに、藤蔵の女房を助けられなくなったら——？　その考えが浮かぶと、心はずしりと重くなった。

女が助けを求めているのに、手を貸さぬ者たちを冷酷だと詰ることは誰にもできない。誰にだって、どうしても助けたい身内や知り合いがいるのだ。平蔵とて、この見も知らぬ女と、母親代わりであった藤蔵の女房では、助けたい気持ちの重みが違ってくる。

「どうか、どうか！」

なりふりかまわぬ女の声に、思わず耳をふさぎたくなった。その時、

——助けてくれ。

ある少年の声が重なった。

——俺たち、兄弟だろう？

平蔵は自分でも気づかぬうちに、両手で耳をふさいでいた。

なぜ、今、こんなものが聞こえるのだ。

冷や汗をかきながら、女の前を走り抜けた時、女と目が合った。まだ二十代と見え

る若い女は蒼白い顔をして、ひどく痩せていた。そして、走り去る平蔵を、燃えるような眼差しで睨んでいた。まるで親の仇でも見るかのような激しい怒りと憎しみの目。

(なぜ、俺をそんな目で見る？)

俺があんたに何をしたというんだ。ただ、助けなかっただけ。あんたの大事な人を、助けられなかっただけだ。それにしたって、俺には俺の正当な理由がある。

(俺は悪くない)

心の中でそう言い訳していた。

(もしおかみさんが死ぬようなことになったら、あんただって、責めを負うことはできないだろう)

平蔵は速度を緩めぬまま通り過ぎた。

自分が耳をふさいでいたことに気づいたのは、しばらくしてからだ。女が自分のことを激しく睨んでいたのはそのせいだったかと気づいたが、今さら遅い。

藤蔵の家に着いてみると、中はものがぶちまけられたようになっていて、ひどいありさまだったが、お勝の姿は見えなかった。

「おかみさん」

念のため声をかけ、家の中を見て回ったがやはりいない。外へ出ると、

「お勝さんなら、宝泉寺さんへ向かったはずだよ」

と、老人を背負った若い男が教えてくれた。宝泉寺は少し高い場所に建つ古刹（こさつ）で、男も父親を連れて向かうところだという。

藤蔵の女房が無事ならば、先ほどの女を助けに戻るべきではないかと思った。が、平蔵が駆け出すより一瞬早く、「なあ、あんた」と若い男が声をかけてきた。

「これから宝泉寺さんへ行くなら、あそこの婆さん、負（お）ぶってやってくれないかな。このままじゃ、津波にやられるかもしれねえ」

男が顎（あご）の先で示した場所には、確かに年寄りが座り込んでいる。

「俺もさすがに二人は背負えないんでね」

断ることはできなかった。

先ほどできなかった人助けの代わりに、せめてこの老婆を助けよう。平蔵はすぐさま老婆のもとへ駆け寄り、宝泉寺へお連れしますと告げて、負ぶさるように勧めた。

「どなたか存じませんが、ありがとうございます」

老婆は両手をすり合わせて感謝してくれる。そんなふうにありがたがられると、先ほど人を見捨ててきた手前、きまり悪くてならなかった。

平蔵は老婆を背負い、父親を負ぶった男と一緒に宝泉寺へ向かった。

「もうあの世へ行くと、覚悟してましたが……。仏さまみてえなお人だ」

到着した後も、老婆は涙を流して感謝してくれた。

「いいことをしてくれたね」

先に寺へ避難していたお勝も平蔵のことを褒めてくれた。お勝には、藤蔵が木材の下に埋まってしまったが無事に助け出されたこと、今は弟子が避難に付き添っていることをすぐに伝えた。それを聞いて安心したお勝は「おフジの姿が見えなくてねえ」と独り言のように呟いた。

「今朝、藤助と一緒にいるのを見ましたが、帰ってなかったんですか」

「それが分からないのよ。地震の後すぐ名前を呼んだけど、返事がなくて」

結局、そのままになってしまったという。平蔵もここへ来るまでに走り回っている犬は見たが、フジではなかった。

「なら、俺、今からちょっと舞い戻って、フジさん捜してきますよ」

平蔵はお勝に言った。見捨てることになってしまった女とその連れのことも気にかかる。「もう危ないよ」というお勝の制止を振り切って寺の外へ飛び出した途端、再び地面が揺れた。慌てて近くの木につかまると、押し寄せる津波が視界に飛び込んできた。轟音が天地を揺るがす。巨大な化物が大きな口を開けて戸田村を呑み込もうとしているようであった。

水浸しになった村を前に、平蔵はただ茫然とするしかなかった。

三

地震から十日ほどが過ぎた頃、被害の状況もはっきりと分かってきた。

平蔵たちの村は百軒を超える家屋が倒壊した他、津波で流された家も二十軒を超えたという。水死した者も三十人近くおり、船は二十五隻が破損した。

死者の中に、自分の見捨てた女とその身内が入ってやしないかと、平蔵はひそかに恐れていたが、あの時のことは誰にも言えなかった。できるなら忘れてしまいたかった。

墨壺の糸で切った平蔵の怪我は、切り傷にしては深かったが、造船の仕事が再開した十日後には治っていた。大工仲間は皆無事であったが、親方の藤蔵は腰を痛めて、その後の仕事に支障をきたしている。仕事場に顔を見せはしたものの、今は弟子たちへの指示を出すことに徹していた。

「痛ましい話を聞いちまった」

平蔵が大工仲間たちから、ある噂を聞かされたのは十一月も下旬になった頃であった。

「女が首を吊って死んだそうだ」

仕事が終わった後、帰り支度をしながらの雑談だったが、聞く者たちの口から溜息(ためいき)が漏れた。

「まったく、地震でせっかく生き残ったってのに、命を無駄にするなんてどういうつもりだ」

「その女、漁師の夫を亡くしたばかりだったそうだ。幼い子供がいたんだが、その子があの地震で亡くなっちまったらしくてさ」

平蔵は平然とした様子を装っていたが、心の臓は早鐘を打っていた。

(まさか、あの女が!? もしあの女の子供が死んで、女が首を吊ったとしたら……)

最後に見た女の目がよみがえった。

(俺のせいだ。俺が見捨てたせいで、あの女の子供もあの人自身も――)

そう思うと、その場で叫び出しそうになる。冷や汗がつうっと背筋を流れ落ちていった。

「異人(いじん)どものせいだ!」

その時、万作の声が平蔵の耳を打った。思わず顔を上げると、万作をはじめ仲間たちは皆、顔を怒りで上気させ、その目に憎しみを宿していた。

「あいつらが強引にこの国に押し入ってきたから、神さまがお怒りになったんだ」

「そうだとも。あいつらが来てから、この国はおかしくなった」

皆が口をそろえて、そうだそうだと言い合った。

根拠のない話ではない。めりけんの黒船四隻がやって来て、開国を迫ったのは一年前のことである。その事情は瓦版を読み回して、平蔵たちも知っていた。今年になって再び黒船が現れ、幕府がめりけんと和親条約を結ばされたということも。

「京におわす天子さまは、異人を追い払えとおっしゃったそうじゃないか」

そんな話も噂ではあったが、耳に入っていた。

この国に災厄が襲いかかったのは、それからだった。

今年の四月、京都が大火に見舞われ、ふた月後には伊賀、伊勢などで地震が起きた。

そして、この度、東海沖で起こった稀に見る大地震。

すべては、異人どもにこの国の土を踏ませたせいだ。異人どもの恫喝に屈して、国を開いたりしたせいだ。

「そうか。奴らがやって来たのが悪いのか」

平蔵の口は勝手に動いていた。

これまでも、黒船や異人の話を聞く度、嫌な気はしていた。だが、間近に異人を見たわけでもなく、自ら災いに見舞われたわけでもない。どこかよそ事だった。

だが、今度は違う。目の前で人が泣き叫び、その人を助けられなかった。そればかりか、見捨てた自分が激しく憎まれたのだ。

しかし、自分は本当に憎まれねばならないようなことをしたのか。そして、自分を憎んだあの女は、子供を奪われ、自らの命を絶たねばならないほど、悪いことをしたとでもいうのか。

誰も悪くない。自分も、この村の人も、この国の人も、誰一人悪くないのだ。

悪いのはすべて——。

「異人どもが災いをもたらしたんだ」

「あいつら、邪蘇を信じてるんだろ。それが、神仏の怒りを買ったに違いねえ」

「異人どもを叩き出さねえと、この国には災厄が続くぞ」

大工仲間たちの昂奮した声が、次々に平蔵の耳になだれ込んでくる。背中を流れる冷や汗はいつしか乾いていた。代わりに、身内に流れる血が怒りに熱くたぎっていた。

(そうだ。俺だってもっと怒っていい。異人たちに本気で怒ることが、あの人への供養にもなるはずだ)

平蔵は仲間たちと一緒になって、怒りの声を上げた。そうしている時の気分は決して悪いものではなく、むしろ高揚さえしていた。

「今日はこのまま飲みに行くか」

万作の言葉が合図となり、皆は勢いに任せて外へ出ていく。

「平蔵、お前はどうするんだ」

滅多なことでは誘いに乗らない平蔵を、この日、万作は誘ってきた。いつもなら断っている。だが、今日はこの高揚感を誰かと共にしたかった。一人きりになり、冷や汗が背中を伝うような気分を噛み締めるのはたまらなかった。

「ああ、行くよ」

平蔵はそう言い、万作は満足そうに「そうか」と応じた。

それから居酒屋へ行き、皆で異人への怒りと恨み言を吐き出し続けた。自分のことを棚に上げ、その場にいない誰かを寄って集って口撃するのは、何と気の晴れることなのだろう。同じことを言う仲間がそばにいてくれれば、どれほど卑劣な言葉も遠慮なく口にできる。

その日、平蔵は久しぶりに胸のつかえが下りた気分で、居酒屋を出た。

「また来ような」

という万作の言葉にも「ああ」と機嫌よく平蔵は答えた。

日は暮れていたが、提灯は持たなかった。途中まで一緒だった仲間とも別れ、一人になったが、勝手知ったる村の道である。

少しおぼつかない足取りで進むうち、平蔵はふと犬の鳴き声を聞いた気がした。

「フジさんか？」

地震の日に姿が見えなくなったフジは、以来行方知れずであった。あの日、藤助はフジを連れて仕事場まで行ったという。その後、フジは家へ帰ったとばかり思っていたが、家にいたお勝はそれを確かめてはいなかった。

津波の後は犬の死骸も見られたが、皆が手分けして確かめた中に、フジの死骸はなかった。「きっとどこかで生きてるさ」と、藤助は自分に信じ込ませるように言っていたが……。

「フジさん！　やっぱり生きていたんだな」

平蔵は今聞いた鳴き声をフジのものと信じた。だが、暗闇ゆえに姿が見えない。

「フジさん、どこだ」

そう叫んで走り出すと、鳴き声も遠ざかる。待ってくれと言いながら、平蔵は必死に声を追った。いつものフジなら平蔵に駆け寄ってくるはずだが、この夜はまるで平蔵から逃げていこうとするようだ。

本来ならおかしいと思うところだが、平蔵も酔っていた。そうしておかしな追いかけっこを続けるうち、それまで聞こえていた鳴き声が不意にぴたりと聞こえなくなった。

平蔵は凝然と立ち尽くす。

（ここは……）

地震から半月以上が経っていたが、すぐに分かった。そこは、平蔵が助けを求める女を見捨てた場所であった。

この辺りは家の倒壊が激しく、廃材を山のように積み上げた土地もある。そんな中、大きく傾いで今にも倒れそうなのに、まったく手入れをされていない家があった。

そこは他の家々より明かりが多く灯されており、この時刻だというのに人が頻繁に出入りしている。平蔵はふらふらとその家へ近付き、そこに忌中の札が貼られているのを見た。

(本当に、あの人が死んだんだ)

仲間が噂していた首を吊った女とは、やはりあの時の女だったのだ。恐れていたことを目の前に突きつけられ、全身に震えが走った。

平蔵は家の前から逃げるように離れた。女がかつて立っていた場所の向かい側に、椎の木が植わっていることに、この日平蔵は気づいた。その木に向かって手を合わせていく者がいる。

平蔵は吸い寄せられるように木に近付き、いたたまれない気持ちで手を合わせた。

「地震で死んだ男の子、ここでよく団栗拾っていたそうね」

小声で話す人の声がやけに大きく聞こえた。胃の中のものを戻しそうになるのを必死にこらえながら立ち去った時、平蔵はびっしょりと冷や汗をかいていた。

この年も残すところひと月余りとなった十一月二十七日、改元が行われ、安政元年となった。

「今度の地震で、下田に泊まってた異人の船が壊れたらしいぞ」

平蔵たちのもとへその話が飛び込んできたのは、ちょうど改元間もない頃のことである。

「ざまあみろ」

「いい気味だ。罰が当たったんだ」

いつもの調子で、船大工仲間たちは盛り上がった。だが、平蔵は前の時のように、一緒になって声を上げることはできなかった。

異人に怒り、異人の不幸を喜ぶことで、あの母子が報われるかというと、それは違う。あの晩、女の死んだ場所からいたたまれない気持ちで立ち去らねばならなかった自分の苦悩も、それで消え去るとは思えなかった。

「壊れたのはめりけんの船じゃなくて、おろしあの船らしいぜ」

そんなことを言う者もいたが、

「めりけんもおろしあもあるか！　どっちの船もぶっ壊れちまえばいいんだ」

と、別の者が叫ぶと、たちまちそれに同調する声が上がった。

この話は船大工たちの鬱憤を少しは晴らすことになったのだが、暦が十二月に変わって間もない五日、藤蔵親方の口を通して同じ話が語られると、様相が変わってきた。

「先月の地震で、下田にいたおろしあの船『でぃあな号』が壊れ、修理が必要になったそうだ」

さすがに親方の前で「ざまあみろ」と言う大工はいない。代わりに、

「変てこりんな名前ですね。でぃあなって何なんですか」

と、おどけたふうに訊き返した者がいて、失笑が漏れた。藤蔵は「そんなこたあ知らねえよ」とそっけなく返した後、話を続けた。

「実は、その修理を戸田村で行うことになってたんだが……」

「何だって！」

今度は驚きの声が上がった。大工たちの顔には、多かれ少なかれ嫌悪と恐怖の色が浮かんでいた。

「ここへ来る途中、大時化に遭ってな。もともと壊れていたもんで、船は沈んだ」

ざわついていた船大工たちはしんと静まり返った。

「帰国する船を失くしたおろしあの船乗りたちは、新しく船を造りたいと申し出たそうだ。ご公儀はそれをお許しになった。ついては、俺たち戸田の船大工にその御用が申し付けられたというわけだ」

その場はたちまち凍りついた。一瞬の後、驚きと呪詛（じゅそ）の声が湧き上がった。

「何で俺たちが！」

「どうして、奴らなんかの船を造ってやらなきゃいけねえんだ！」

もはや親方の前だということも、頭にないようであった。皆がてんでに喚き立てるその声で仕事場の中は一気に沸騰したようになる。

「うるせえっ！」

藤蔵の雷が落ちたのは、その時であった。大工たちの声はぴたりと止まり、今度は水を打ったように静まり返る。

「お前らの考えなんぞ、いつ誰が聞いた」

藤蔵に抗弁する者は誰もいなかった。

「俺たちは大工だ。注文がありゃ船を造る。相手が戸田の漁師だろうが、おろしあの連中だろうが関わりねえ。これはもう決まったことだ。否も応もねえんだよ」

藤蔵は弟子たちに睨みを利かせながら話し続けた。

船の建造中、おろしあ人たちは戸田村で生活することが決まり、すでにこちらへ向かう支度を進めているという。位の高い人々は寺で寝泊まりし、残りは長屋を建てるそうだ。幕府側はすでに建造取締役を任命し、名主たちにも助力を要請していた。

戸田村の支配地は、沼津藩水野家と旗本小笠原家に分割されているのだが、沼津藩側は斎藤周助、旗本家側は稲田武右衛門の両名主がその中心となる。彼らの推挙により「造船御用係」に任命された村の有力者数名は、おろしあ人たちの戸田村での暮らしを助け、村人たちの監督を行うということだった。

「それから、俺を含めた船大工の棟梁七人が『造船世話係』ってのに任じられた。船造りにまつわるすべてを動かすお役目だ」

有無を言わせぬ口ぶりで、そこまで話した後、藤蔵は声の調子を少し変えて先を続けた。

「だが、俺は地震でこんな体になっちまったから、できるのは主に設計だけだ。ついては、いざという時、俺の手足になって動ける奴を、世話係補佐として選びたい」

船大工たちは押し黙っていた。ある者はうつむき、ある者は別の仲間の顔をひそかにうかがっている。

「誰かやりたい奴って言っても……いるわけないやな。じゃあ、やってもいいって奴はいるか」

沈黙の中、藤蔵の声だけが高らかに響いた。我こそは、と手を挙げる者などいるはずもなかった。

「まあ、この場で名乗り出るのもきまり悪いだろう。ゆっくり考えてから申し出てくれ。誰も出ないようなら、俺の方から勝手に名指しさせてもらう」

大工たちの不平や戸惑いは置き去りにされ、話は先に進んでしまった。

「解散だ」

と言われ、その日の仕事は終わった。大工たちは顔にあからさまな不平の色を残し、三々五々、散っていく。平蔵もその流れに乗って、仕事場を出た。

すると、いつの間にか傍らに小吉がいた。どこかおどおどした様子で、何か言いたそうだ。話してみろ、と声をかけようとした時、

「おうい」

と、前方から声をかけられた。ばらばらに帰途に就いたと思っていた大工たちが、固まって立っている。その中の一人が平蔵たちに向かって手を上げていた。

また酒でも飲もうという話か。

平蔵は小吉と二人、仲間たちのもとへ向かった。

「親方の話だけどよ」

万作が陰にこもった声を出した。

「俺たちゃ、親方が受けた仕事に否やは言えねえ。不服があるなら出てけと言われておしまいだ。だがな、今度の世話係の補佐ってのか、あれだけは我慢ならねえ」

「そうだ。誰が引き受けるか」

別の者が声高にがなり立てた。

「異人に引っ付いて、あれこれやらされるなんざ、船大工の仕事じゃねえ。親方が何

と言っても断ろうぜ」

そう言い出した万作は、仲間の顔をじろりと見回した。

「そん時、断った奴を親方が締め出そうとしたら、皆でそいつを庇ってやろう」

正義は自分たちにあるとでもいう物言いだった。

確かに、先ほどの藤蔵は聞く耳を持たぬ様子であったし、少し強引すぎた。多少乱暴な提案ではあるが、それも仕方ないと平蔵も思った。

それでも、公儀の命令には逆らえないのだから、最後は藤蔵が頭を下げて頼むだろう。そして納得はできないまでも、誰かが渋々引き受けざるを得なくなる。それは皆分かっていた。だが、ここで抵抗の姿勢だけでも見せておかねばやりきれないのだ。

「景気づけに一杯やるか」

その後は安酒を飲ませる小料理屋へという流れになったが、平蔵は断った。前回いい気分になったのは事実だが、その直後、痛い目を見た。悪酔いから覚めてみれば、店で喚いていた時の自分が虚しく思えてならなかった。

それに、今日は異人の悪口ばかりでなく、その言いなりと見える公儀や親方の悪口も飛び出すだろう。そのすべてに同調することはできそうにない。

家へ帰ろうと動きかけた時、小吉と目が合った。そういえば、まだ話を聞いていなかった。

「平蔵さん、ちょっと」

小吉は小声で言い、平蔵を万作たちとは反対の方へ引っ張っていった。

「例の補佐役をやれって押しつけられるの、俺なんじゃないでしょうか。俺、気が小さいから親方には逆らえないし、親方だってそういう奴を選ぶんじゃないかと思うんですよ」

「そん時は断ればいいだろう。万作たちが庇ってくれると言ってたじゃないか」

あっさり答えた平蔵に、小吉はますます不安そうな表情を浮かべた。

「それは、平蔵さんみたいな人が言われたら、って話ですよ。俺のことなんか、万作さんは庇ってくれませんて」

「それはないだろう」

「俺みたいな小心者を、万作さんは見下してるんです。はっきりそう言われたことだってある。怒鳴りつけられたり、殴られたりしたことだって」

平蔵さんが庇ってくれなかったら、俺は——という声が先細って消えていった。

確かに、小吉が万作たちからいたぶられている現場に遭遇し、割って入ったことがある。その後も何くれとなく小吉を庇ってやっていたが、平蔵が万作たちの標的となることはなかった。

「俺、きっぱり断れなくて、最後はうなずかされちまうんじゃないかって、今から心配で」

何も起こらぬうちから、物事を悪い方に考えていくのは小吉の悪い癖である。それが当人をいっそう気弱に見せているのだが、持って生まれた癖は直らぬようであった。

「その時、万作さんたちからどんなふうに言われるかと思うと、俺……」

「小吉は引き受けたくないんだろ？」

平蔵は小吉の目をのぞき込むようにしながら訊いた。小吉はぶんぶんと首を大きく縦に動かす。

「だったら、その気持ちを貫け」

平蔵は小吉を励ますように言った。

「万作たちが庇わなくても、俺が庇ってやる。それなら平気だろ」

「は、はい。ありがとうございます、平蔵さん」

平蔵のその言葉を待っていたらしく、小吉はやっと安心したような表情を浮かべた。

平蔵は「帰ろう」と言って、小吉の肩を軽く叩き、頬を緩めてみせた。

小吉もぎこちなく笑い返した。

いる。

四

親方は誰に声をかけるのか。翌日の仕事場にはいつもと違った緊張感が立ち込めている。

仕事中は特に何もなかったのだが、その日の仕事が終わる直前、

「話があるから残ってくれ」

と、藤蔵から声をかけられたのは平蔵であった。

「……はい」

ぴんと張り詰めた気配が伝わってくる。その時、平蔵は万作と目が合った。

——分かっているな。

万作の目はそう言っていた。平蔵は軽く顎を引くと、万作から目をそらした。

やがて、仕事を終えた者がそれぞれ藤蔵に挨拶して出ていくのを、平蔵は道具の手入れをしながら待った。小吉は平蔵に心配そうな目を向けていたが、言葉はかけずに去っていった。

仕事場に二人きりになったのを確かめてから、平蔵は道具を置き、藤蔵の前に進んだ。腰を悪くしてからの藤蔵は、余った木材で作った腰掛けに座っている。

「何の話か見当もついてるだろう。造船世話係の補佐役はお前に引き受けてもらいたい」

のっけから、藤蔵の物言いは有無を言わせぬものであった。

「親方、俺は……」

言い返そうとした平蔵の言葉は遮られた。

「お前らが話してる中身は想像がつく。断らなきゃ、皆の手前、お前の立場がなくなるってこともな」

「だったら……」

「だが、今はお前らをなだめてるだけの暇がねえ。おろしあの連中はもう戸田村へ向かってるらしい。数日のうちには到着して、すぐに図面を引き始めるんだ。今年の内には仕事を始められるようにな」

「今年ってあとひと月もないんですよ。材料そろえてるうちに、すぐ来年になっちまいます」

「参考にできる図面をあちらさんが持ってるそうだ。俺たちはそれをもとに手を加え、その通りに船を造る。木材などの調達はお役人が威信にかけても何とかするだろう」

「あちらさんの言う通りに造るなんて、親方、よく承知なさいましたね」

驚いたというより、あきれた気分で、平蔵は言った。

「承知も何も、奴らの船だ。その後、どうなろうと俺の知ったこっちゃない」

藤蔵は冷えた声で言った。なるほど、これが親方の本音だったかと、平蔵は思った。藤蔵とて、おろしあ人たちをよく思うわけではなく、気持ちとしては似たり寄ったりなのだ。しかし、親方の立場上、幕府の命令に逆らうわけにはいかないし、弟子たちの文句に耳を傾け、それを慰撫してやるゆとりもないということなのだろう。

「ご公儀は、これを機に新しい造船の技を手に入れるつもりだ」

藤蔵はそれまでとは違う、淡々とした調子で告げた。

「本来、それぞれの国で編み出した技は、容易く余所の国に教えてやれるようなもんじゃない。それはお前にだって分かるだろう」

藤蔵から目を向けられ、平蔵は黙ってうなずいた。

長距離を航行し得る異国の大型船が、自分たちのあずかり知らぬ高度な技術で造られていることは理解している。

昨年、黒船の脅威にさらされた幕府は、それまでの大船建造の禁を取りやめ、むしろ進んで大型船の建造を奨励し始めた。それを受け、率先して造船に取り組んだのが水戸藩である。蘭学者を中心に阿蘭陀の造船書を参考にしつつ、独自に開発を進めているという。

しかし、本当に異国と同じ程度の船を造りたいならば、直にその船を見るなり、異国の設計士か船大工を招いて教えを乞うなりしなければならない。幕府はこの度のおろしあ船建造を、またとない好機ととらえているのだろう。

「おろしあ側はご公儀に造船の費用を出してもらう代わりに、造船の技を差し出すことにしたんだ。本来なら、手間暇かけて、頭も下げて、教えてもらわなけりゃならない技を、わずかな間に大勢で習得できる。お前だって奴らの技は盗みたいと思うだろう」

そう語った時の藤蔵の目は、職人としての強い好奇心を宿していた。同じ気持ちは確かに平蔵にもある。

だが、それでも、このまま素直にうなずくことには躊躇があった。なおも、承諾の返事をしようとしない平蔵に対し、藤蔵はそれならば——という調子で、おもむろに口を開いた。

「平蔵、お前はこの役目を断ることはできねえよ」

「どうしてですか」

「お前には断れねえ理由があるからだ」

藤蔵は平蔵の目を見据え、感情を押し殺した声で告げた。

「断れない理由？」

心当たりは何一つなかった。だが、藤蔵の目に浮かぶ自信の色に揺らぎはない。

「この度の取り組みを遂行するのは、勘定奉行の川路左衛門尉（かわじさえもんのじょう）さまだ。そして、その下で実際に事に当たる建造取締役は韮山（にらやま）代官の江川太郎左衛門（えがわたろうざえもん）さまだ」

「江川さま！」

思わず平蔵は目を見開き、驚きの声を上げていた。言葉を発した後も、唇が小刻みに震えているのが分かる。

「他ならぬ江川さまが、この度の造船成功を願っておられるということだ」

江川さま――という言葉に力をこめて、藤蔵は告げた。

引き受けてくれるな――と、畳みかけるように言われた時、平蔵は声もなくうな垂れていた。

初めは風当たりが強いかもしれないが、いずれは皆も分かってくれる――藤蔵はそう言ったが、異人憎しで熱くなった今の船大工たちに、その理屈は通用しないだろう。大地震の爪痕（つめあと）は、まだ皆の胸に残っている。船大工の中にも身内を亡くした者はおり、容易く割り切れるようなことではなかった。

平蔵が役目を引き受けたことは、明日には藤蔵から知らされるだろうが、その前に自分から言い訳しておくべきだろうか。

だが、韮山代官江川太郎左衛門と自分との深い関わり合いを、皆に説明できるとは思えなかった。説明したいとも思わなかった。そうなると、何の申し開きもしないという道しかない。皆から白い眼を向けられるのは避けられないだろう。その光景や罵詈雑言の数々が浮かんできたが、自分にはこれを引き受けねばならぬ義理がある。もとより、江川太郎左衛門の手助けなくして今の自分はなかったのだ。

自分の中でどうにか折り合いをつけ、平蔵は翌日、いつものように仕事場へと向かった。

「おはようさん」

挨拶を交わした時、昨日の話は何だったのか、という目を万作から向けられたが、平蔵はすぐに目をそらした。小吉や他の連中に対しても同様に振る舞った。ただ黙々と木に向かい、鏨を使って、釘を埋め込む穴開けの作業に徹していると、他のことを忘れられる。だが、それも長くは続かず、ややあって仕事場に現れた藤蔵から「ちょっと来い」と奥へ呼ばれた。

「ここの仕事はいいから、すぐに宝泉寺へ行け」

他の者には聞こえないように小声で、藤蔵は言う。おろしあ人の一行が今日のうちに到着すると、家の方で知らせを受けたらしい。

「俺を除く造船世話係の六人も行ってるはずだ。俺はこの通り、腰を悪くしてるから、お前に任せる。ここの連中には、俺からちゃんと話を通しておくから、安心しろ」

皆が何も知らぬうちに、平蔵を宝泉寺へ行かせてしまおうというのだろう。

平蔵は黙って藤蔵の言葉に従い、宝泉寺へと向かった。由緒あるこの古刹を宿所とするのは、地位の高いおろしあ人であるという。

「言葉は通じんだろうが、おろしあの側にもご公儀の役人にも、通詞(つうじ)がいるそうだ。間に立って取り次いでくれるから、心配はしなくていい」

藤蔵はそう言ったが、通じないなら通じないでかまわない。そもそも親しくなるつもりなどないし、逆に親しくなったりすれば、平蔵はますます船大工の仲間たちから孤立してしまう。

宝泉寺へ到着すると、大勢の役人や戸田村の名主たちが駆けつけ、僧侶(そうりょ)や小僧がその応対に忙(せわ)しなくしていた。平蔵は他の棟梁たちと同じ部屋に通され、そこでおろしあ人の到着を待つことになった。

棟梁たちは皆、四十代から五十代で貫禄(かんろく)もあり、自分一人場違いなところに居合わせているようで気まずい。

「藤蔵さんは大変だったみたいだね」

棟梁の一人で、あの藤助の師匠である上田寅吉が声をかけてきた。

「へえ。地震で腰を痛めてしまいまして」

「命を拾っただけでもよかったと、ありがたく思わなきゃいけないところだが」

そう応じた寅吉は平蔵をしげしげと見て、

「藤蔵さんとこの連中は、今度の仕事に納得してるのかい？」

と、尋ねた。

「いいえ。親方からこの話を聞いた時は、皆、不服を述べ立てて叱られたくらいですから」

「そうか。藤蔵さんとこも同じだね」

溜息まじりに言う寅吉は、やはり自分のところの弟子たちを了解させるのに骨が折れたようであった。

「特に若い連中がいきり立っていてね」

「皆、災害が立て続けに起きたのは異人のせいだって思ってますから」

「あんたはどうなんだね、平蔵さん」

寅吉から直に問われて、平蔵は戸惑った。ここ宝泉寺まで足を運んでおきながら、おろしあの船を造るのは気が進まないと言うべきではないだろう。だが、あからさまに嘘を口にするのも気が引けて、

「俺も思うところはあります。けど、おろしあの造船の技を盗むのによい機会だと親方から言われ、その考えには同意できました」

と、正直に答えた。寅吉はその返事に大きくうなずき返した。

「まったく藤蔵さんの言う通りだね。私も同じ考えだよ。そうやって割り切ることが大事なんだと、皆も分かってくれればいいんだが」

「寅吉親方は異人たちをどう思いますか。噂では、おっかない連中だと聞きますが」

平蔵は自分からも寅吉に尋ねてみた。

「さてねえ。私も初めて見るんだから、そりゃあおっかないよ。鬼のような形相だとか、髪の色が赤や青だとかいう話も聞くしね。だけど、一つだけいい話を聞いた。一口に異人といっても、おろしあの人はなかなかできた人たちらしい。というのも、あの地震の際、大波に攫われた人を助けたり、医者を貸し出そうとしてくれたようだからね」

「そうなんですか」

初めて聞く話に、平蔵は目を見開いた。寅吉は軽くうなずいて先を続ける。

「そのことがあって、ご公儀のお役人たちの考えも変わったそうだよ。船の建造を承知したのも、そういう経緯があってのことだそうだ」

寅吉の話を聞いて、平蔵は少しほっとしていた。情けを解さぬ連中ではないらしい。

「あの、今日はこちらに韮山代官の江川さまはお見えになるのでしょうか」

話のついでに、平蔵は気になっていたことを寅吉に訊いてみた。

「取締役の江川さまかね。戸田へお見えになったという話は聞いた。だが、江戸とのやり取りやら何やらで、相当忙しくしておられるとか。今日もおろしあ人の出迎えには来られないそうだ。後で、おろしあの代表者と会談はなさるのだろうが」

江川太郎左衛門が戸田村へ来ている。そのことに、平蔵の心は動いた。だが、会えないと聞いて、寂しくはあるが、どこかほっとした思いを抱いたのも真実であった。

（俺は江川さまにお会いしたくないのだろうか）

その問いに、自ら答えることはできなかった。

五

おろしあ人の一行が到着したのは、その日の夕方頃だったが、その前に平蔵たちは幕府の通詞たちと対面させられた。

おろしあ人の中には、日本の言葉を自在に操る者はおらず、彼らが話せるのは阿蘭陀語と支那(しな)語なので、それらを介して話すらしい。森山多吉郎(もりやまたきちろう)、本木昌造(もときしょうぞう)という通詞は阿蘭陀語を操れた。

「後で、おろしあの方々が来られたら引き合わせるが、通詞役は二人いる。一人は阿蘭陀語を解するコンスタンチン殿、もう一人は支那語を解するヨシフ殿だ。ヨシフ殿とは、話し言葉でのやり取りは無理でも、漢字の筆記でやり取りができる」

森山の説明を聞き、船大工の棟梁たちは首をかしげた。

「しかし、お武家さまならともかく、私らは漢字をそうたくさん知ってるわけじゃありませんからなあ。そのヨシフっていうお人、仮名文字は分からんのですか？」

上田寅吉が皆の代表のような形で尋ねた。森山は首を横に振る。

「それなら、まだしも口で話した方が通じるはずだ」

「口で話すって、私らの言葉でいいんですかい？　おろしあの人たちは私らの言葉を分からないんでしょう？」

「ヨシフ殿は少しばかり我らの言葉を解される。何でも他国の言葉を習得するのに長(た)けていて、今も熱心に学んでおられるとのこと。ヨシフ殿が日本の言葉を解するようになれば、阿蘭陀語の通詞も要らなくなる。どうやら、おろしあの上の方からそういう命令が出されているらしい」

だから、そなたたちもヨシフ殿にはどんどん話しかけてもらいたい、と森山は告げた。

ただし、ヨシフは造船の技師でも船大工でもないので、その筋のことは話したところで通じぬらしい。造船に関わる大事な点はまず幕府の通詞が話を聞き、それを阿蘭陀語でコンスタンチンに伝え、コンスタンチンからおろしあ語で関係者に話を通すのだという。

「面倒なことだが、そこは徹底してもらいたい」

「ええと、つまり仕事上のことは森山さまと本木さまにお伝えする。そうじゃない、些末な言葉のやり取りについては、ヨシフっていうお人に私らの言葉で話しかけて大丈夫ってことですな」

寅吉の言葉に、森山が大きくうなずいた。

「ヨシフ殿も日本の言葉が達者ではないから、十分には通じぬだろう。そういう時は我々に言ってくれればいい。おろしあの人の顔と名前を覚えるだけでも、おそらく一苦労だろう。あちらも、我々の名前と顔は覚えにくいそうだ。よって、代表のプチャーチン殿、設計に関わるアレクサンドル殿、それから通詞のコンスタンチン殿とヨシフ殿、まずはこの四人をしかと覚えてもらいたい」

森山の言葉に、船大工たちは不安そうに「へい」と返事をする。その後、夕方になって、おろしあ人一行の到着が告げられると、平蔵たちは本堂へ案内された。

「ええと、代表の者がプチャーチンでしたか。通詞の名前がコンス……でしたかな」

「いや、通詞はヨシフだけ覚えておけばよろしい。コンス……なんとかは、確か阿蘭陀語しか解さないので、わしらが関わることはありますまい」

船大工の親方たちは先ほど聞いた名前を、互いに確かめ合いながら、本堂に進んでいく。ヨシフはともかく、他の長ったらしい名前は覚えにくい。親方の一人が言うように、最も関わり合いを持つのが日本語を解するというヨシフだろうから、この男の顔だけ覚えればよかろうと、平蔵も考えた。

(いや、設計に関わる男がいたな。藤蔵親方は主に設計をやると言っていたから、その男の方が大事かもしれない。その男はアレ……何だったか)

頭の中で、先ほど聞いた名前を思い浮かべる。プチャーチン、コンスタンチン、ヨシフまでは出てきたが、肝心の設計士の名が出てこなかった。

一緒に話を聞いていた船大工の親方たちに尋ねようと思ったが、その時にはもう本堂の正面に沿った廊下に行き着いていた。

外を見れば、五、六人の大柄なおろしあ人たちが本堂前に立っている。

(何だ、あれ)

話には聞いていたが、なりが大きい。背も高く、体つきもがっしりしていて、どことなく浜辺の松の木を思わせた。髪は茶色っぽい色の者が多かったが、中には赤みがかった色合いの者もいる。皆、鬚(ひげ)を生やし、肌の色は不気味なほど白い。

そのおろしあ人一行と幕府の役人が何やら揉(も)めているようであった。

そのうち、小僧たちが平蔵たちの履物を持ってきた。外へ出て、おろしあ人たちと挨拶を交わしてほしいという。

「何でかね。あちらに中へ上がってもらえばよかろう」

船大工の一人が言ったが、どうも収まりがつかないようだという。

何でも、彼らは履物を履いたまま屋内へ上がるそうなのだが、本堂へ下足で入られては困ると、寺側が拒絶した。すると、彼らは敷物を敷いてくれと要求したのだとか。

「それならば、私らが履物を履いて外へ出ましょう」

上田寅吉が言い、他の者も不承不承うなずいた。親方たちの態度は無駄な争いごとを避けようという分別あるものであった。それに対し、おろしあの言い分は身勝手で傲慢(ごうまん)なものに感じられた。

(異人など、所詮(しょせん)そういうものだ)

ささくれ立つ心をなだめながら、平蔵も他の親方たちの後に続いて外へ出た。おろしあ人たちの前まで進むと、体の大きさがより際立ち、威圧されたようにさえ感じられる。と、その時、平蔵は一人の男に注目した。

その男だけ、紙の冊子を広げ、筆のようなものを走らせていたからである。何をしたためているのか分からないが、記録係か絵師のような者かもしれない。

褐色の髪を持つその男は、他のおろしあ人よりは幾分若そうに見えた。

平蔵がじっと見ていると、男の方が眼差しに気づいたらしく、ふと顔を上げて平蔵を見つめ返してきた。

慌てて目をそらそうとした時、男が歯を見せて笑いかけてきた。その笑顔は純粋で屈託がなく、先ほど感じた傲慢さとはかけ離れたものに見えた。その途端、平蔵はささくれ立った心がわずかに和らいだような気がした。

間もなく、通詞の森山多吉郎が近付いてきて、「あちらにいるのが、おろしあ代表のエフィーミー・プチャーチン殿である。引き合わせはせぬが、顔だけは一応覚えておいた方がよい」と、幕府の役人と言葉を交わすプチャーチンをそっと示しながら告げた。

一様に硬い表情でうなずく船大工たちを率いて、森山はさらに案内した。

「こちらが先ほど話したコンスタンチン殿だ。阿蘭陀語を解される」

森山は船大工たちにそう告げた後、コンスタンチンに阿蘭陀語で話しかけた。船大工の棟梁たちだということを伝えているのだろう。森山がそれぞれの名前を告げ、コンスタンチンに引き合わせている。船大工の棟梁たちは自分の名前が森山の口から出ると、どことなくぎこちない様子で頭を下げた。

そうするうちに、いつの間にやら、先ほどの冊子を広げた男がコンスタンチンの傍らに近付いていた。コンスタンチンがその男に話しかけると、男はうなずきながら、ものすごい速さで筆のようなものを動かし始める。それぞれの名前を記録しているのかもしれない。

それが終わると、船大工たちは別のおろしあ人のもとへ連れていかれた。

「こちらがヨシフ殿です。支那語を解され、日本の言葉も少しお分かりになります」

「ヨシフ、いいます」

その男は日本の言葉で、ゆっくりとしゃべった。船大工の親方たちの表情に驚きの色が走る。初めて聞く碧眼（へきがん）の男の口から漏れた日本の言葉は、何とも奇妙な感じを受けたが、きちんと伝わった。ヨシフという男の声は明るく聞こえた。

「この方々は船大工の代表たちです」

森山がゆっくりとした言葉遣いで、ヨシフに語りかけた。棟梁という言葉は分かりにくいので、別の言葉に置き換えたようだ。傍らには阿蘭陀語通詞のコンスタンチンも付き添っていたが、この程度であれば、阿蘭陀語を介する手間は要らないらしい。

「おー、ふなだいく！」

ヨシフはにこにこしながら言った。それから、どういうつもりなのか、冊子を広げて筆記具を動かしている若い男の肩に手をかけると、

「アレクサンドル・モジャイスキー、いいます」

と、その男を紹介した。

（アレ……って、確か、設計に関わるっていう男じゃないか）

平蔵は森山の方に目を向けた。森山がその意図を解し、ヨシフの後を引き受けて船

大工たちに説明する。

「アレクサンドル殿は造船の技師で、この度の船造りにおいて皆の指導に当たるよう、プチャーチン殿から指示を受けておられる。皆がいちばん深く関わるのがこのアレクサンドル殿ゆえ、くれぐれもよろしく頼む」

森山の言葉に、船大工たちがそうだったのかとうなずきながら、アレクサンドルの顔を食い入るように見つめた。全権を託された技師にしては若すぎるようにも見える。

(ただの記録係と思っていたが……)

重要な地位に就いている男のようだ。

それから、船大工たちが一人一人、アレクサンドルとヨシフに紹介された。

平蔵は念のため、森山とコンスタンチンを通して、自分は藤蔵という棟梁の代理であること、改めて藤蔵と引き合わせることを、二人に伝えてもらった。それが伝われば、自分などは名を覚えるまでもない下っ端と、彼らから見下されるのではないか。そう思っていたのだが、

「ヘイゾーさん」

と、ヨシフが最後に言った。

ヨシフはそれまでも、船大工たちの名を紹介される度、「トラキッさん」などというふうに名前を呼び直していた。ややおかしなふうに聞こえはしたが、誰も悪い感じ

はせず、親方たちの顔にもいつしか笑みが浮かんでいる。そして、ヨシフは代理である平蔵についても、他の親方たちと同じようにその名を呼んでくれた。

最後に、ヨシフとアレクサンドルはおろしあの言葉でやり取りをした後、

「アレクさん、呼んでください」

ヨシフはアレクサンドルを指さしながら、言った。

「長いゆえ、アレクさんと呼べばよいらしいな」

横から森山が口添えした。

「では、あなたはヨシフさんでいいですね」

森山がヨシフに手を向けながら、ゆっくりとした口ぶりで尋ねる。

「はい。わたし、ヨシフさん」

ヨシフがにこにこしながら言う。自分に「さん」を付けるのが何かおかしくて、日本の船大工たちの間に笑いが漏れた。といっても、相手を馬鹿にするようなものではなく、朗らかな笑いであることは、おろしあの人々にも伝わったらしい。アレクサンドルもヨシフもにこやかな表情のままであった。

これで、船大工たちとおろしあ人たちとの引き合わせは終わった。

「造船は牛が洞で行うことになった。そのための仕事場の建造は今、大工たちが手掛けている。船を建造するのはもちろん、ここにいる造船世話係とその弟子たちだが、

この度は特別に宮大工も加わることになった。また、改めて引き合わせるゆえ心に留めておくように」

幕府の役人と通詞を通して、その内容が日本の船大工たちとおろしあ人一行にそれぞれの言葉で伝えられた。

「設計図の作成は九日から行う。造船世話係の者たちは、朝五つ（午前八時頃）には御用係の一人太田（おおた）亀三郎（かめさぶろう）宅に参るように」

設計図の作成は造船所が出来上がるのを待たず、太田亀三郎宅で先に進められるという。仕事始めにはアレクサンドルをはじめ、通詞たちも全員顔を出すとのことで、平蔵も藤蔵親方と共に参るようにと言われた。

そうした指示を受けた後、平蔵たちはもう帰っていいと言われ、宝泉寺を後にした。

おろしあ人たちとの対面は、思っていたほど気のふさぐものではなかった。それどころか、アレクサンドルやヨシフと挨拶を交わした時には、何となく心が和らいだようにさえ感じた。

（あの時、俺は地震のことをまったく思い出さなかった）

地震が起こったのは異人のせいだと怒りを覚えていたが、考えてみれば、おろしあ人たちもまた、地震の被害者なのだ。船が沈没し、航行中に怪我をした者もいれば、死者も出たかもしれない。

だが、アレクサンドルやヨシフの眼差しに、何かを恨むような色合いは見られなかった。

（二人とも、薄い青色の目をしていた）

その姿を思い返しながら帰る道中、平蔵の心は我知らず明るいものとなっていた。

二章　投げ文

一

おろしあ人たちが戸田村へ入った二日後の十二月九日、船大工の棟梁たちは造船御用係の一人、太田亀三郎宅に集められた。この日から、設計図作りが始まる。その中心となるのは、おろしあ側はアレクサンドル・モジャイスキー、日本側は船大工の棟梁、石原藤蔵であった。宝泉寺での出迎えの際は平蔵を代理として行かせた藤蔵も、この日は杖をつきながら太田家へ赴き、平蔵はその供をした。

日本側の通詞もおろしあ側の通詞も皆、顔をそろえている。阿蘭陀語を挟んでのやり取りになるので、手間はかかったものの、挨拶が済むと、すぐにその場は図面の話題が飛び交い始めた。

「これを見てくださいとのことだ」

通詞の森山がアレクサンドルの差し出した書物を示して言った。

「これは大時化の中、何とか持ち出せた書物で、ここに船の図が描かれている。おおむね、これをもとに新しい船を造ってもらうのがよいそうだ」

「なるほど、これが異国の船の骨組みか」

藤蔵をはじめとする七人の棟梁たちが、書物の図面をのぞき込んだ。目を見開く者、難しそうな表情をする者、反応はさまざまだったが、どの顔も興味を惹（ひ）かれ、真剣なことに変わりはない。

「この船底を縦に貫いている角形の大きな骨組み、これが肝だな」

「ああ。『間切り瓦（まぎりがわら）』というやつだろう。俺たちが船底に用いる平らな『瓦』とは違う」

藤蔵と寅吉が言葉を交わす。

向かい風の際、帆を操ってじぐざぐに航行するのを「間切り走り」というが、この航行に必要な「間切り瓦」を支那や異国の大型船が船底に用いていることは、すでに知られていた。

「これは、キール（竜骨）と呼ばれており、いわば人の背骨に当たるものだそうだ。人が足で立って歩くのを助けているように、船が長い航路を逆風でも走るためには、このキールが欠かせぬらしい」

再びアレクサンドルの言葉を、森山が伝える。

親方たちは自分たちの認識していた「間切り瓦」がこのキールであると了解してう

なずき合った。

「逆風でも走ることが必要か。そりゃあそうだな。国を出て海を渡る際、風待ちの港があちこちにあるわけじゃゃねえ」

※

「俺たちが使う平らな『瓦』より、船の動きが自在になるという仕組みか」

こうしたやり取りの末、新しい船はまず船底のキールという、これまで作ったことのない骨組みを組むことから始めねばならないことになった。

沈んだでぃあな号の船員は合わせて五百名ほどだが、新しい船はそこまで大きくなくていいと言う。

「一部の者のみ出来上がった船で先に帰国し、後から迎えの船をよこすので、造るのはせいぜい百人ほどが乗れる中型の帆船でよいそうだ」

おろしあの人にとっては中型でも、日本の船大工たちにとっては、手掛けたことのない大きさの船である。その図面を引くに当たっては、大きな台が必要だが、それを用意している暇もなかった。

「だったら、外でやればいいだろう」

藤蔵の提案が採用され、太田家の庭に逆さにした樽を並べ、その上に大きな戸板をのせて作業をすることになった。さっそく名主配下の造船御用係に、樽と戸板の注文がなされる。

そして、もう一つ問題になったのが、長さを言い表す表現の違いであった。

「おろしあでは、フィートというそうだ。尺ではないゆえ、一フィートが何尺、もしくは一尺が何フィートでもよいのだが――ともかく両者ですり合わせ、まずはしっかりと把握することが必要だろう」

通詞の森山が日本の船大工たちに言った。

「俺たちの仕事では大勢の大工が関わるから、その指示は尺で伝えた方がいい。まずは、そちらさんの言い方で伝えてもらい、こちらで一フィートが何尺になるのか計算して、図面に書き込んでいくことにしよう」

長さの単位の言い換えについては、両国の通詞がすり合わせをした上で、幕府の役人が基本の数値を算出することになった。

「図面に書き込む数字については、お前が計算して、尺に直せ」

藤蔵から指示を受け、平蔵は真剣な表情でうなずいた。

こうして設計図を作る段取りは順調に話が進められ、その後もおろしあ側から示された図面について、船大工たちが質問をし、それにアレクサンドルが答えるということがくり返された。この日は、そうした話し合いだけで、あっという間に日暮れが近付いた。

「本日はこれまでといたします。おろしあの方々は、宿所の寺へ我々がお連れしますので」

警護役の役人から声がかかり、通詞がそれを伝えて、その日はお開きとなった。

「親方たちもお疲れでしょう。ねぎらいの酒とちょっとしたつまみをご用意しておりますから、少し寛いでおゆきください」

太田亀三郎が船大工の親方たちを引き止め、親方たちの真剣そのものだった顔もようやく強張りが取れた。

「じゃあ、ちょいと世話になっていきますか」

寅吉が言い、他の船大工の親方たちがうなずき返した。聞けば藤蔵も残るそうだが、太田家の者が藤蔵をきちんと家まで送り届けるという。平蔵も一緒に席につくよう太田亀三郎から勧められたが、丁重に断った。気疲れもするし、第一、親方たちと同席する立場でもない。

「俺は先に失礼します」

平蔵は親方たちに挨拶を済ませ、太田家を後にした。

アレクサンドルや通詞のコンスタンチン、ヨシフたちはすでに宝泉寺へ向かったものか、姿が見えない。森山たち役人の姿もなかった。

誰もいないと分かるや、ほっと安堵の息が漏れた。それまで感じることのなかった疲労が込み上げてくる。

ふと遠くに目をやると、夕映えの空が見えた。一日中、船の図面を凝視していたせいか、茜雲(あかねぐも)の浮かぶ空を見ているだけで、目も心も癒(いや)される気がする。太田家の敷地を出たところでしばらく佇(たたず)んでいると、不意に「おい」と声をかけられた。

いつの間にか、垣根の傍らに数人の男たちが立っていた。

「万作……」

他の者を従えるように立っているのは、万作だった。後ろの連中の中には小吉もいる。

「お前」

黙っている平蔵の肩を、万作が前からどんと突いた。平蔵は片足だけ下がったものの、よろめきはせず、踏みとどまった。

「仕事もせず、異人の世話をして、挙句は地主さんの家でおもてなしか。ずいぶんいいご身分だなあ」

「これが俺に言いつけられた仕事だ。それに、もてなしを受けてるのは親方たちだけだ。俺はこうして先に帰された」

平蔵は怒りも脅(おび)えも見せず、落ち着いた声で言い返した。

ついこの間、万作に誘われ、仲間たちと異人の悪口を言い合った酒の席は、まだ記憶に新しい。ただ、あの時のことはどう受け止めればよいのか、今になっても分からなかった。

人と群れるのを好まず、一人でいることが苦痛でない我が身への自覚はあった。だが、仲間と群れる居心地のよさを、あの時初めて経験したのだ。無責任に誰かを口撃することの心地よさもまた。

もし今ここで、平蔵が態度を翻し、平謝りに謝りながら、役目を押し付けた藤蔵親方や異人たちの悪口を言えば、万作は機嫌を直すのではないか。あの時のように、また安酒を飲みながら、皆で気分よく盛り上がれるのではないか。ふとそう思った。

（俺はそうしたいのか）

平蔵は自らに問いかけ、すぐに「否」と答えを出した。

あの酒席の後、吐き気を催したのは、決して悪酔いのせいでも、女を助けられなかった悔いのせいでもない。他の誰かを口撃することで、自分だけ楽になろうとしたことに嫌気がさしたのだ。あのどうしようもない気分の悪さは、ひと時だけの居心地のよさをはるかに凌（しの）ぐ。

一度口を閉ざした後、無言のままでいる平蔵に、万作はちっと舌打ちした。続けて、平蔵の腕に手をかけると、指が肉に食い込むのではないかというほど強くつかんでくる。

「ちょっと来いよ」

万作は平蔵の腕をぐいと前へ引いた。平蔵が足を動かすと、その途端、他の連中が平蔵の周りを取り囲む。

そうして男たちの一団は、太田家から少し離れた場所まで進んだ。

万作が足を止めると、平蔵はその手を振り払った。

「何だよ、その態度は」

凄んで言う万作と目が合った。万作の目には、平蔵への激しい怒りと蔑みの色が浮かんでいる。だが、一瞬の後、そこに怯んだような色が混じり込んできた。

自分は何も言っていない。ただ目を合わせただけで、相手を脅えさせてしまったのだ。

それに気づくや、平蔵はすぐに目をそらして下を向いた。その様子が引け目を感じているように見えたのか、万作は再び大きな態度に出た。

「おい、裏切りもん」

万作は正面から平蔵の肩を突いた。今度は、二、三歩よろめきながら、平蔵は後ずさった。何も言い返さず、顔を上げもしなかった。

「お前、親方から何を言われた。何と引き換えに、あいつらの世話役を引き受けたんだ？」

「引き換えなんて何もねえさ」

平蔵はうつむいたまま答えた。

「何もねえはずないだろ。だったら、お前は俺たちを不快にさせるためだけに、奴らの世話を引き受けたっていうのか」

「どうとでも、好きなふうに考えればいい」

平蔵は淡々と答えた。

「何だと！」

万作は進み出るなり、平蔵の胸倉をつかんだ。平蔵は抵抗しなかった。

「お前は余所もんだったよなあ。初めから一人のお前は、地震で親兄弟を亡くした連中の気持ちなんざ、分からねえんだろうさ」

確かに、平蔵には親も兄弟もいない。身内を亡くす気持ちが分からないと言われれば、表立って抗弁することはできなかった。だが、ずっと一人きりで生きてきた自分の気持ちを、親兄弟の情けに恵まれて育ったお前たちが一度でも分かってくれたことはあったのか。

平蔵は去来する思いを封じ込め、胸倉をつかまれたまま、万作の手を振り払おうともしなかった。

そんな平蔵に苛立ったのか、万作は平蔵の胸倉を勢いよく突き放した。平蔵はどしんと尻餅をつき、声も上げず地面に転がった。そこへ万作たちの足蹴りが加えられた。二度、三度、抵抗しない平蔵に同じことがくり返される。

平蔵は黙って耐えた。抵抗すれば、仲間たちとの仲をさらにこじらせることになるだけだ。

「おい、小吉」

万作はいきなり、取り巻きの中にいた小吉を名指しした。

「お前、平蔵を殴れ」

「えっ」

小吉が驚きの声を上げ、困惑した顔をちらと平蔵に向けた。平蔵は無言で小吉から目をそらした。

「お前、平蔵のことをもう仲間でも友でもないって言ってたよなあ」

「そ、そりゃあ……」

小吉がしどろもどろになる。

「だったら、殴れるだろ。あいつは裏切りもんだ」

万作が小吉を強く前へ押しやった。小吉は押されるまま前に出てきた。

平蔵は上半身だけ起こすと、小吉に目を合わせた。

「殴っていいぞ」

平蔵は小吉に言った。

「俺は殴り返さないから安心しろ」

「けど……」

戸惑いと申し訳なさを顔にはりつけた小吉の前に、平蔵は立ち上がって相対した。

他の者たちは万作も含め、二人から少し距離を置くようにしている。それを見すまし、

「万作の言う通りにしといた方がお前のためだ」

平蔵は小声で告げた。

小吉が泣き出しそうに顔をゆがめる。

「殴らなきゃ、お前が後で殴られるぞ」

平蔵の言葉が効いたようであった。小吉はうわあっと声を上げると、右の拳を振り上げた。殴るというより、全身で突っ込んでくる感じだ。思った以上に勢いと力があったため、平蔵は吹っ飛び、地面へ倒れ込んだ。そこへ、小吉がなおも喚き声を上げながら馬乗りになり、殴りかかってくる。

小吉とて船大工である以上、腕っぷしはそれなりに強かった。殴る度に自ら昂っていく様子で、小吉は平蔵を殴り続けた。そして、平蔵はいっさい抵抗しなかった。

「もういい」

頃合いを見て、万作が薄笑いを浮かべながら、小吉の肩に手を置いた。小吉は我に

返ったように平蔵の体から離れていく。平蔵は起き上がらなかった。

「そいつの面に唾を吐いてやれよ」

万作がにやにや笑いながら小吉に命じる。小吉はもう考えることをやめたかのように逡巡せず、仰向けになった平蔵の顔へ唾を吐きかけた。

万作は小気味よさそうに声を上げて笑うと、小吉の肩に手をかけて、歩き出した。

数人の足音が次第に遠のいていく。

その間、平蔵は右腕を目の上にのせ、じっとしていた。起き上がるのも億劫だった。もうどうでもいい、そんな投げやりな気分であった。

ややあってから、こちらに近付いてくる足音に平蔵は気づいた。どこか躊躇うような足取りに、小吉が心配して戻ってきたのかと思った。

「俺にかまうなよ」

平蔵は腕で目を覆ったまま言った。

「こんなことしてると、お前がひどい目に遭わされるぞ」

俺は大丈夫だ――そう言いながら腕を退けると、視界に飛び込んできたのは小吉の顔ではなかった。

「えっ」

驚きの声を上げながら、平蔵は慌てて起き上がった。

平蔵をのぞき込んでいた顔は二つ、どちらもつい先ほどまで、太田家の一室で一緒にいた顔である。

「アレクさん、ヨシフさん！」

平蔵は二人の名を口にした。先ほどの場では、互いに言葉を交わす機会はなかったし、支那語の通詞であるヨシフなど、ただ席についていただけであった。

だが、ヨシフの陽気な人柄は一昨日のやり取りで分かっていたし、アレクサンドルの純粋な笑顔はどういうわけか、強く印象に残っていた。

「ヘイゾーさん、ですね」

ヨシフが慎重な口ぶりで言う。名前も覚えていてくれたようだ。

「はい」

平蔵はうなずいた。

「ヘイゾーさん、ダイジョブ、ですか？」

続けてヨシフが首をかしげながら言う。返事をしようとすると、不意に別の方向から何かを差し出された。見れば、アレクサンドルが手拭(てぬぐ)いよりも小さな布を、平蔵の頬に宛てがおうとしているのだった。少し吃驚(びっくり)して、わずかに身を退(ひ)いてしまったが、相手の思いやりに気づくと、申し訳なさでいっぱいになった。

「ヘイゾーさん、ダイ……ダイ、ジョブ？」

ヨシフと同じことを口にしながら、アレクサンドルが手にした布をなおも勧めてくる。平蔵は断ろうとしたが、すでにその布は汚れてしまっていた。

「ありがとうございます」

平蔵は礼を言い、その布を受け取った。アレクサンドルが自分の頰を指で示すので、少し迷いながらも、平蔵はその布で頰の汚れを拭った。その布は平蔵がかつて触ったこともないほど柔らかかった。

「洗って返します」

意味が分かるかどうか疑問に思いながらも、日本の言葉を少しは分かるというヨシフに、平蔵は布を示しながら言った。ヨシフは気にしなくていいというつもりなのか、平蔵の手を押しやるようにしながら、大きくうなずいた。

「俺は……」

と言いかけた平蔵は、相手がおろしあ人だということを心に留め「わたしは」と言い直した。

「だいじょうぶです」

ゆっくりと一音一音を区切るようにして言い、二人の顔を交互に見つめた。

その時、数名の者たちが太田家の方からこちらに向かってきた。

「何があった」

慌ただしげに問うたのは、通詞の森山である。他に、同じ通詞の本木やコンスタンチンもいた。

地面に座り込み、怪我をしている平蔵の姿を見て、もしやおろしあ人との間に諍(いさか)いでもあったのかと、森山たちの顔色は蒼(あお)ざめていた。

「何でもありません」

平蔵は立ち上がると、土埃(つちぼこり)を払い、森山と本木に向かって小声で告げた。

「実は、他の船大工連中とちょっと諍いがありましてね。何、大したことはありません。いつものことですが、それをこの人たちに見られちまったかもしれません。俺を心配して、介抱しようとしてくれたんだと思います」

平蔵はアレクサンドルから渡された小さな布を示しながら告げた。

「それは、手巾(ザツクドウーク)だな」

森山が言い、本木がコンスタンチンに向かって、阿蘭陀語で何やら話し出した。平蔵への親切に対し、礼を述べているのだろう。

「アレクサンドル殿やヨシフ殿と、何かあったわけではないのだな」

森山が念を押すように尋ねる。

「ご親切にしていただいただけです。あ、この布は洗って返しますので、アレクさんにそう伝えておいてください」

平蔵は森山にそう告げた。

「船大工は気の荒いものだと聞いてはいるが、本当に体は大事無いのだろうな」

「大丈夫です」

心配そうな目を向ける森山に、平蔵は何でもない様子で答えた。

「仲間内とはいえ揉め事は困る。これからの船造りはお前たちの身にかかっているのだからな」

「胸に刻んでおきます」

森山の言葉に、平蔵は殊勝な態度で応じた。

おろしあ人たちを宝泉寺へ送っていくという森山たちと、平蔵はそこで別れた。アレクサンドルとヨシフの目の中にはなおも心配するような色が浮かんでいる。優しい心を持っているのだと、平蔵はしみじみ思った。

どうしてこの人たちを鬼畜か何かのように思っていたのだろう。かつてのそんな自分のことが、今は少し遠くに感じられた。

二

翌日の十日も十一日も、平蔵は藤蔵について、太田亀三郎宅へ向かった。十一日には、樽の上に置かれる戸板も用意され、その上に大きな紙を広げて、実際に図面を作成していく作業が行われた。

藤蔵の指示を受け、実際に図面を引くのは平蔵である。アレクサンドルと藤蔵の間で、多くの質疑応答が交わされ、その都度、日本の言葉とおろしあの言葉と阿蘭陀の言葉が飛び交った。

図面は十日ほどで完成させられればよいというが、もう少し時がかかりそうだと、藤蔵は言う。しかし、今年のうちに着工に持ち込みたいというのが、幕府側の希望であった。着工には宮司を招き、船造りを始める儀式が行われる予定である。

九日から三日間、平蔵はへとへとに疲れていた。正確を期する図面の仕事はただでさえ骨が折れるものだが、今回は初めてキールを組む上、言葉の壁もある。特に図面引きで意思の疎通に失敗すると、後の作業に大きく関わるため、何度も確認が行われた。フィートを尺に置き直した計算も、平蔵が行ったものを、幕府の役人が確認した上で、図面に記入していく。

そうしたことでの気疲れは大きかったが、初めての大型船を造るという刺激もあった。さらには、こちらの仕事にかかりきりであったため、万作や小吉たちと顔を合わせないで済むというのも、今の平蔵にはありがたかった。

そんな中、問題が起こったのは十一日のこと。その日の仕事も終わり、平蔵が一人暮らしの自宅へ帰り着いて間もなく、

「平蔵さん、すぐに来てください。藤助です」

と、戸を叩く音がした。戸を開けて出迎えはしたものの、この日は相手をするのも億劫で、

「おいおい、俺は疲れてるんだ。親方から聞いてるだろ」

平蔵は気が進まぬ声で言った。

「親父が、すぐに平蔵さんに来てほしいって言ってるんだ」

藤助は平蔵の手を引くようにしながら、勢いよく言う。

「お前の親父さんとは、ついさっきまで一緒にいたんだがな」

「小吉さんがうちに来たんです。親父と何か話してたみたいだけど、小吉さんが帰った後、急に怖い顔になって平蔵さんを呼んでこいって」

藤助の言葉に、疲れも眠気も瞬時に吹き飛んだ気がした。

先日の諍いのことが頭をよぎったが、連中があの出来事を藤蔵の耳に入れるはずが

ない。今回は別件だろうが、臆病者の小吉がわざわざ親方の家を訪ねたというのが気にかかる。ここのところずっと、藤蔵も平蔵も顔を出していない仕事場で、何か問題が起きたのだろうか。

「すぐに行く」

平蔵は支度をすると、藤助と一緒に家を出た。

親方の家へ到着し、奥へ通されると、藤蔵が厳めしい顔つきで待ち構えていた。その場から妻子を追い払った藤蔵は、平蔵を前に座らせると、

「困ったことが起きた」

と、苦い顔つきで切り出した。

「こんなものが仕事場に投げ込まれていたそうだ」

藤蔵が懐から取り出したのは、一枚の紙であった。一度くしゃくしゃに丸められてから、丁寧に広げられたものと見える。

「帰りがけに気づいた者がいたらしい。だが、いつ投げ込まれたのかは、誰も知らないという。中を見て俺に届けた方がいいという話になり、その役目を小吉が押し付けられたってとこだろうな」

平蔵はその紙を手に取った。

そこに書かれている文字がはっきり目に映った瞬間、脳天を貫かれたような衝撃が

走った。一瞬目の前が真っ白になり、内容も頭に入ってこない。

「どうかしたか」

色を失った平蔵に、藤蔵が怪訝な目を向ける。

平蔵は我に返り、「いえ」と応じて、今度は文章の中身だけに意識を集中した。

「異人のための船を造るは、わが国の恥なり。天罰下るを待たず、われらが成敗す」

内容を読み取ると、その堂々たる筆跡から、平蔵は目をそらした。

「うちの連中の仕業だと思うか？」

藤蔵が浮かぬ顔で訊いた。おろしあの船造りに不満を抱く大工たちが、余所者の仕業と見せかけて、何食わぬ顔で親方を脅す。そのことを、藤蔵はまず疑ったようであった。

それに対し、平蔵は「違いますね」とすぐに答えた。

「どうして、そう思う？　連中が異人を嫌ってるのは、お前が誰より分かってるだろうに」

「筆の跡です」

平蔵は淡々と答えると、

「こんな字を書く奴が、うちの連中にいますか」

投げ文の向きを変え、藤蔵にそれを差し戻した。藤蔵は改めてそこにしたためられた文字に目を向けている。

雄渾(ゆうこん)とも言えるような堂々たる書きぶり。撥(は)ねや払いの正確さは、生真面目な人柄を表しているようだ。筆運びは伸び伸びしており、書き手の悠然とした物腰までが浮かんでくる。

「確かに、これはそれなりの場所で、しっかりと手習いをしてきた者の字だな」

ならば、他の親方のところの弟子の仕業とも考えづらくなる。船大工たちは誰しも、まっすぐな線を引くことはできたが、字に至っては体裁を成していればいいという程度のものしか書けない。それは、藤蔵や平蔵にしても似たようなものであった。

「それに、成敗なんてことを言うのは、やはりお武家や浪人といった人たちでしょう」

農家や商家の出身でも、それなりに裕福な家の者ではないかと考えられる。

「確かに、お前の言う通りだ。しかし、おろしあの船造りへの脅しとなれば、お役人たちに黙っているわけにはいかんだろう」

「そうですね。この脅し文(おどしぶみ)がうちにだけ届いたものなのか、他の親方たちのところにも届いているのか、お役人たちが確かめてくださるでしょうし」

「ああ。寅吉親方のとこに届いたかどうか、後で倅(せがれ)にも訊いてみよう」

「この話は今夜のうちに、お役人にお伝えした方がいいでしょうね」

そのために自分が呼ばれたのだろうと思い、平蔵が尋ねると、藤蔵はうなずいた。

「ああ。倅を走らせてもいいが、うちの仕事場に届いたもんだからな。それに、お前の方がお役人の顔も見知っている」

まあすぐに行くこともない、夕餉を食ってから行け――と、藤蔵は勧めた。その心遣いをありがたく受けた後、

「このこと、お役人はおろしあの人たちに伝えるでしょうか？」

と、尋ねた。

「さてな。船造りを成功させるためには、両者が力を合わせなけりゃならん。逆に溝が深まるような話は隠しておこうとするかもしれんな」

藤蔵は少し考え込むような表情で答えた。平蔵もそれは十分あり得ることだと思う。しかし、この脅し文の書き手に狙われているのは、船大工や幕府の役人とは限らないのだ。自国の民を斬るより、異人を斬る方が躊躇いも少ないのではないか。危ないのは、むしろおろしあの人たちの方かもしれない。

その時、平蔵の脳裡にはアレクサンドルやヨシフの顔が浮かんでいた。

「これをお役人にお届けする前に、宝泉寺に寄っていってもかまいませんか」

それは、この脅し文の内容を、役人への報告より先に、宝泉寺のおろしあ人に伝えてしまうということであった。

「けど、おろしあの連中に伝えるには、森山さまたちを介さなけりゃならないんだろ」

平蔵の意図を察し、藤蔵は渋い顔で言った。

「中に、日本の言葉を少し分かるヨシフがいます。この言葉をそのまま伝えるのは無理ですが、簡単な言葉にすれば通じるかもしれません」

別にすべてが通じなくてもいい。怪しい文が届いたことだけでも知らせてしまえば、幕府の役人は彼らに真実を話さざるを得なくなる。そういう状況に持っていくために、先に宝泉寺へ行き、この文の存在をヨシフたちに明かすことが必要なのであった。

「お前、やけに熱心だな。おろしあの連中に情が移ったか」

藤蔵は不審げな表情を浮かべ、平蔵に探るような眼差しを向ける。平蔵は藤蔵から目をそらし、「そういうわけじゃありません」と答えた。

「俺だって、いろいろ思うところはあります」

異人たちにこの国の土を踏ませたから、天罰が下ったんだ——つい先日までそう考えていたのは確かである。だが、迷信に過ぎないのではないか、と思う気持ちも今は芽生えていた。

口を閉ざした後も、目を合わせようとしない平蔵を、藤蔵はしばらくじっと見つめていたが、

「お前は人が好すぎるんだ」

ややあってから、ぽつりと呟くように言った。

思いがけない言葉に、平蔵は目を藤蔵に戻した。藤蔵の眼差しは平蔵を哀れんでいるように見えた。

「けど、すべての人の前で、好い顔をすることはできんだろう」

平蔵の脳裡を、地震の折に助けられなかった女の顔がよぎっていった。続けて、アレクサンドルとヨシフの顔、万作と小吉の顔が浮かんでは消えていく。

「ま、あまり無理をするな」

いつになく優しい声で、藤蔵は言った。

「お前の人の好さに付け込み、憎まれ役を引き受けさせた俺の言うことじゃねえが」

「親方は俺に付け込んだんですか」

平蔵は笑いながら言い返した。

「悪く言やあって話だ。お前には気の毒なことをしたと思ってる」

先日の暴行について、藤蔵が知るはずはないのだが、おおよそのことを察しているのかもしれなかった。

「いえ、江川さまと親方には返し切れない恩がありますから」

「だから、そう考えちまうところがお人好しだって言ってんだ。身寄りのない子供の世話をするのは、江川さまにとっては当たり前のことだろう。俺にしたって、一人前の船大工を育てるのは、当たり前の仕事だ」

「いえ、それだけなら、こんなことは言いませんよ」

平蔵が穏やかな口ぶりで言い返すと、藤蔵はまたも怪訝な表情を浮かべた。

「それだけじゃないって、江川さまと俺がしたのはお前を拾って、船大工として育ててやったことだけだ。他に何があるってんだ」

「いえ、いいんです。これ以上何か言って、さらに付け込まれちゃたまりませんから」

軽口のように言って笑うと、藤蔵も苦笑を浮かべ、それ以上、問いただしてはこなかった。

「まあ、飯を食ったら、それを役人のところへ持っていってくれ。先に宝泉寺に行くかどうかはお前に任せる」

藤蔵は最後になって、そう言った。

「ありがとうございます」

と、礼を述べた後、「親方も大概、人が好いですね」と付け加えた。

藤蔵は「何、言ってやがる」と笑い返した。

三

その晩、久しぶりに藤蔵の家で、女房のお勝や藤助と一緒に夕餉の膳を囲んでから、平蔵は投げ文を持って宝泉寺へ向かった。

取り次ぎに現れた小僧に、

「通詞のヨシフさんに会いたいんです」

と言うと、

「ああ、言葉の分かるヨシフさんですね。お部屋へご案内しましょう」

小僧は愛想よく言ってくれた。続けて「お役人もいらっしゃるので、通詞の方が残っておられるか尋ねてきましょうか」と余計な気まで利かせるので、それは必要ないと丁重に断る。

小僧が部屋の前で声をかけ、戸を開けると、ヨシフの隣にはアレクサンドルもいた。

「ヘイゾーさん」

ヨシフは平蔵の顔を見るなり、笑顔を浮かべて明るい声を上げた。アレクサンドルも少し遅れて、同じように「ヘイゾーさん」と声を放つ。

平蔵は部屋の中へと進み、おろしあ人二人の前に座った。見れば、二人は彼らのために用意されたらしい、脇息(きょうそく)くらいの高さの腰掛けに座っている。足を折って床や畳の上に座るのはつらいのだろう。

「お話があって来ました」

いろいろと余計な情報は極力省き、できるだけ簡単な言葉で告げる。すると、ヨシフが分かったという様子でうなずき返した。実物を目にした方が通じるだろうと思い、携えてきた投げ文を見せながら、説明する。

「これが、投げ込まれました」

平蔵は腕で物を投げる動作を示しながら、言ってみた。アレクサンドルとヨシフは文にしげしげと見入っていたが、平蔵の言葉が通じたかどうかは定かではない。

「ここに、書かれています。おろしあの船を造るのは許せない、と」

少し手振り身振りを加えて言うと、ヨシフに通じたようであった。ヨシフは顔色を変えると、おろしあの言葉でアレクサンドルに説明を始めた。アレクサンドルの表情もにわかに強張る。

「ヘイゾーさん。コンスタンチン、モリヤマさん、ここにいます。呼んできて、いい、ですか」

ヨシフが真剣な眼差しで尋ねてきた。ヨシフたちにこの投げ文の存在を告げた以上、幕府の役人に知られてもかまわないだろう。もはやこの件について、おろしあ側に隠匿したりごまかしたりすることはできないはずだ。

平蔵はヨシフにしっかりとうなずき返した。

ヨシフはアレクサンドルに何か言うと、立ち上がって部屋を出ていく。戻ってくるまでの間、アレクサンドルと平蔵は無言のまま待ち続けた。

ややあって、数人の足音がこちらへ向かってきた。

「失礼する」

最初に入ってきたのは通詞の森山である。

「どういうことか」

森山は、おそらくコンスタンチンを通して聞いたこの話にひどく驚いていた。

「この文が今日、俺たちの仕事場に投げ込まれてたみたいなんです。親方も家へ戻ってから知らされたんですが。俺は急いでこちらに伺ったんです」

平蔵は急いで森山に説明した。

「そなたは平蔵だったな。こういうことはまず我々へ知らせるのが筋であろう。何ゆえ勝手におろしあの人に見せたりしたのだ」

森山が苦り切った表情を平蔵に向け、小声で咎めた。

「もちろん、森山さまにお見せするつもりでした。けど、その前にアレクさんに借りていた小さな布を返すのを忘れてたんで、先にお邪魔したんです。そのついでにお話ししたんですが、いけませんでしたか」

平蔵は鈍い男を装って訊き返した。本当は例の布は持ってきてさえいなかったが、まさか見せろとは言われまい。

「いけないわけではないが、重大事はすべて公儀を通して、おろしあ側に伝えることとなっておる。言われずとも分かることであろう」

「けど、おろしあの人たちだって狙われるかもしれないんですよ。早く知るに越したことはないんじゃありませんか。幸い、ヨシフさんは日本の言葉を少しは分かりますし」

平蔵が言うと、森山はこれ以上くどくど述べることに意味がないと悟ったのか、口を閉ざした。それから、「これが例の文か」と言うと、畳の上に置かれたままの文を取り上げ、目を通した。

コンスタンチンが森山に阿蘭陀語で何か言い、森山が阿蘭陀語で返している。文の内容を正確に伝えているのだろう。

その後、二人の間で幾度か言葉が交わされた後、

「私はひとまず、上にこのことをお伝えする。コンスタンチン殿はプチャーチン殿に話をすると言っておられるので、いずれにしても両者で話し合いが持たれるだろう。警備の強化と、おろしあ側の警戒も促すことになるだろうが……」

と、森山が平蔵に告げた。

「他の船大工の棟梁のもとに届いたという知らせはないのでしょうか」

念のために平蔵が尋ねると、

「少なくとも私は聞いておらぬ」

森山が不機嫌そうな調子で答えた。

「次にかようなことがあった際は、まず公儀の役人に伝えるように。このこと、しかと申し付けたぞ」

「かしこまりました」

平蔵は頭を下げて答えた後、「ところで」とふと思い出したふうに続けた。

「韮山代官江川さまにもこのことはお伝えするのですか」

平蔵自身は戸田村で顔を合わせていなかったが、太郎左衛門は建造取締役としてこちらへ来ていると聞いている。

平蔵の問いかけを、さほど不自然には思わなかったらしく、森山はふつうにうなずいた。

「もちろん、お伝えはするだろう。しかし、江川さまは今日韮山へお帰りになったゆえ、使者を走らせるとしても明日以降になるだろうな」

「江川さまはもうこちらにいらっしゃらないのですか」

「ああ。お忙しい身ゆえ、長く一つ所には留(とど)まれないのだ。いつまた江戸へ発(た)たれるか分からぬゆえ、このことも急いでお伝えしなければ」

森山は例の投げ文を手に「これは預かっておくぞ」と言い置くと、コンスタンチンと一緒に慌ただしい様子で部屋を出ていった。

部屋の中は再び三人だけとなり、急に静まり返ったようになる。

ややあってから、アレクサンドルがおろしあの言葉でヨシフに語りかけ、二人はしばらく言葉を交わしていた。それが終わったかと思うと、ヨシフが「ヘイゾーさん」と呼びかけてきた。

「ヘイゾーさん。アレク、言ってます。ヘイゾーさん、悩んでること、ある」

思いがけない言葉に、平蔵は顔を上げて、アレクサンドルを見つめた。その目は探るというより、平蔵を案じるようであった。

「ヘイゾーさんがダイジョブか、心配」

ヨシフがさらに続けて言った。アレクサンドルが平蔵を心配しているという意味だろう。通訳するヨシフ自身も心配そうな目を向けてくれる。

二人は平蔵のことを気遣い、心配し、その力になろうとしてくれていた。これまでまったく異なる生き方をしてきて、接点などまるで持たなかった遠い異国の者同士だというのに、大丈夫かと尋ねてくれる。そのことが不思議なくらい心に深く沁みた。

「アレクさん、ヨシフさん」

気づいた時には口が勝手に動いていた。

「アレクさん、正しいです。わたしの話を聞いてくれますか」

アレクサンドルはもちろん、ヨシフにだって、これから自分が話すことはほとんど理解できないだろう。だが、それでもいいから語りたかった。胸につかえているものを、とにかく吐き出してしまいたい。

「ヘイゾーさん、わたし、たぶん分からない」

ヨシフが困惑したような表情を浮かべて言った。

「コンスタンチンとモリヤマさん、呼んできますか？」

「いいえ」

平蔵はヨシフに強い眼差しを当てて言い、腰を上げかけていたアレクサンドルの腕に手を置いた。

「行かなくていいです。二人が聞いてくれるだけでいい」

平蔵は二人を交互に見ながら言い、アレクサンドルの腕を離さなかった。くり返し首を横に振ることで、コンスタンチンたちを呼ぶ必要がないことは通じたようであった。

「さっきの文を書いた人が誰か、俺、分かったんです」

平蔵は先ほど紙の置かれていた場所を示し、筆で字を書くような真似をして、そう言ってみた。

あの文を見た瞬間、見覚えのある筆跡に度肝を抜かれた衝撃を、胸に秘めているのは苦しかった。とはいえ、藤蔵には言えない。言葉の通じる日本の者には言えぬ事情ただ一人、事情を明かせるのは江川太郎左衛門だけ。戸田村にいるのであれば、今夜のうちにでも訪ねていきたいところだったが、韮山となればそういうわけにもいかない。

「あの筆の跡、ええと、文字の書き方？　それに見覚えがあったんです」

できるだけ単純な言い方を試みたが、伝わったかどうかは分からなかった。ヨシフがアレクサンドルに何か言い、その後、二人は先を促すようにうなずいてみせた。

「もう二十年くらい前に別れたきり、会ってない男です。それなのに筆の跡だけで分かったのは、そのくらい堂々とした見事な字を書く男だったからだ」

もうこの言葉は伝わっていないだろう。それでも、かまわなかった。

「そいつは、名前を士郎といいます」

シ、ロ、ウ――と、平蔵はここだけはゆっくりとくり返した。

「シローさん？」

人の名前だということが分かったらしく、ヨシフがそう訊き返す。平蔵はゆっくりとうなずき返した。そして、その後はもう言葉が通じているかどうか、いちいち確かめることはせず、問わず語りに語り出した。

四

俺が士郎に会ったのは十一の年でした。俺は今年で三十だから、二十年くらい前のことになります。

士郎は俺と同い年で、俺はここから少し離れた甲斐(かい)ってところに住んでました。俺は父親と二人暮らしで、父親の名は伊佐次(いさじ)──イ、サ、ジっていいます。母親はその頃にはもう死んでたから、俺は父親と二人暮らしでした。士郎は伊佐次、いや、俺の父親に連れてこられたんです。

士郎の父親は「悪党(あくとう)」って呼ばれる無宿人──ええと、これじゃ分からないですね。自分の家を持って一か所に留まって暮らすのを避け、あちこち渡り歩いて暮らしている人のことです。

村から村へ渡り歩き、博打(ばくち)をしたり、人を脅して金品を巻き上げたり、そんなことをしてました。

それは悪いことなんですが、同じ場所にずっと留まっていないから、つかまりにくい。悪党は徒党を組んで刀を振り回したりするんで、ふつうの人は言いなりにさせられていました。

悪党同士の喧嘩沙汰も多かった。時には死人も出るんですが、士郎の父親はそうした争いのせいで命を落としたんです。

士郎は悪党の父親に連れられて、あちこち放浪していたわけですが、そんな士郎を俺の父親が哀れに思い、自分の家に引き取りました。

本当にいい人でしょう？　士郎の父親とは月とすっぽん——いや、その、空を照らすお月さまと地上のちっぽけな生き物くらい違う、って言いたいわけです。

俺の父親は百姓で、決して金持ちってわけじゃありませんが、子供をもう一人、食べさせてやるくらいのことはできました。

父親は心の優しい人でした。困っている人を見捨てられない、困っている人からものを頼まれれば、決して否とは言えずに引き受けてしまうような人。

俺の父親の人の好さは、士郎にもすぐに気づかれました。

「お前の父ちゃん、ほんと、お人好しだな。ありゃあ、今にとんでもねえ馬鹿を見るぜ」

そんなふうなことを、士郎は言ってました。馬鹿を見るってどういうことか訊き返すと、

「悪い奴に騙されて、金を巻き上げられるか、やってもいない罪を着せられて牢屋送りになるか。そういう奴、俺、山ほど見てきたからさ」

士郎は得意げに言ったものです。

「俺の親父はそうやって人から金を巻き上げて、無実の人に罪を着せてきたんだぜ」

自分の父親が死んだばかりだというのに、その死を悼む様子などまるで見せませんでした。それどころか、士郎は父親の悪事を暴いて平然としていたんです。

それでいて、伊佐次——俺の父親の前では、別人に成りすますのでした。「父ちゃんに会いたい」と言ってふさぎ込んだり、「どうして俺を置いて死んじゃったの」などと、涙ぐむことさえありました。もちろん本心などではありません。そういう哀れな子供を見捨てられない、俺の父親の人柄を知り尽くした上で、かわいそうな子供を演じていたのです。

士郎と一緒に暮らすようになってから、近所の家々ではいろいろなことが起こりました。ものが盗まれたり、家畜の小屋が壊され、牛や鶏が逃げ出したり、怪我をしたりというような。

すべて士郎がやっていたんです。でも、士郎がやったという証を見せられる者もいませんでした。

「誰かに言ってみろ。すべてお前の仕業にしてやるからな」

そう言って、士郎は俺を脅しました。

大人に告げ口しなかった俺は弱い男だったんでしょうか。その通り、俺は弱かったんです。けど、士郎の脅しは口先だけじゃない、本物でした。無実の人を牢屋送りにして、自分はのうのうと世間で悪事を働いてきたという父親と同じ血が、士郎には流れている。士郎ならば本当に俺に罪を着せるに違いない、と思いました。その時、口八丁で大人たちを丸め込むことも士郎にはできる。もしかしたら、俺の方が大人たちから白い眼で見られるかもしれない、そう思うと、俺には言い出す勇気が持てませんでした。

一年くらいはそんなふうに暮らしていたでしょうか。

間もなく、甲斐国は飢饉に苦しめられました。それでも、お上に年貢は納めなくちゃなりません。

そうするうち、村人たちは徒党を組んで立ち上がることを相談し始めていました。徒党を組むのはご法度です。けれども、誰もがもうこらえられないところまできていました。

俺の父親はこの時、村の代表に担ぎ上げられたんです。それだけ皆から信頼されていたのは確かですが、それだけが理由ではありませんでした。頼まれれば否とは言えない性分を利用されたんです。

そうやって村人が立ち上がるのを「一揆」というんですが、これはずうっと続くわけじゃありません。最後は鎮圧されたり、百姓たちの要求を少しは呑んでもらったりして収まります。けれど、その時、一揆を主導した者だけは捕らわれて、磔にされる。誰だってそんなのは嫌ですし、一家の働き手を失うのは困ります。

それでも、俺の父親は否とは言いませんでした。自分の命をそうやって他人のために使うことを躊躇う人ではないのです。とはいえ、俺たちがどうなってもいいと思っていたわけではありません。

「累が及ぶといけない。お前たちは一揆が起こる前に、別の土地へ逃げろ」

父親は俺と士郎にそう言いました。

「伊豆の韮山へ行け。そこは俺の故郷で、親戚も知り合いもいる」

まずは親戚を訪ねていき、世話になるのが難しそうなら、江川太郎左衛門というお方を頼れと言われてました。江川さまはこの度の船造りの御用を務めるご公儀の偉い方ですから、もしかしたらアレクさんとヨシフさんは顔を見たことがあるかもしれません。

俺と士郎は父親と別れ、二人きりで韮山を目指して旅立ちました。父親とはそれきりです。お上に楯突いて立ち上がり、その騒動の中で死んだと聞きました。

俺たちは当時、十二歳でしたけど、子供だけで旅をするのは容易いことじゃありません。その上、俺たちを守ろうと早めに旅立たせてくれた父親の思惑と異なり、甲斐の国境を越えるより先に、一揆の騒ぎが始まってしまったんです。役人たちが警戒を強める中、俺たちは人目を忍んで山中を隠れ歩かねばならなくなりました。俺と士郎がはぐれてしまったのは、その最中のことです。以来、士郎とは会っていません。

いえ、はぐれた時に、士郎は怪我を負っていました。おそらく助からなかったんじゃないか、俺はずっとそう思っていた。

その死んだと思っていた相手が、実は生きていて、さっきの文を藤蔵親方の仕事場へ投げ込んできたんです！

短い間ですが、俺たちは一緒の家で兄弟のように暮らしていました。あいつの書く字は何度も見ている。めったにない達筆だったし、癖も覚えてるから、見間違いようはありません。

あの文はあいつが書いたものです。

あいつは何で、あれを藤蔵親方の仕事場へ投げ入れたんでしょう。

俺がそこにいると知ってのことなのか。だとしても、懐かしいから、などではない。そんな生易しい理由でないことだけは確かなんです……。

平蔵がようやく口を閉ざすと、部屋の中は重い沈黙に包まれていた。ややあってから、

「あいつは……人斬りになっちまったのか」

平蔵は重苦しい息を吐き出すようにして、低い声で呟いた。ただの独り言だったが、

「ヘイゾーさん、ダイジョブ……？」

気遣うような声が返されてきた。

思い出したように目を開けると、四つの青い目が心配そうに平蔵へ向けられていた。

三章　韮山代官屋敷

一

翌日の十二月十二日、平蔵は藤蔵親方に願い出て、一日の休みをもらった。

例の脅し文の件で、どうしても江川太郎左衛門に会って話がしたい。あの文は森山の手に渡したし、いずれ太郎左衛門の耳には入るだろうが、人を介さずに伝えねばならないことがある。夜が明けてすぐ、平蔵は藤蔵の家を訪ねてそう訴えた。

この時、すでに旅支度を調えている平蔵を見て、

「ったく。もしも俺が許さねえって言ったら、どうするつもりだったんだ」

と言うなり、藤蔵は大きな溜息（ためいき）を漏らした。

「一日で韮山を往復するつもりか」

戸田村から韮山へ行くには、達磨山（だるまやま）の峠を越えることになる。そこを通り過ぎてしまえば、後は平坦（へいたん）な土地を行くだけで、さほどの苦労はない。峠越えだけが難所であった。

とはいえ、冬でも雪が積もるわけではなく、霜で道が凍る程度である。夕方から夜にかけて霧の出ることが多く、道に迷わないよう注意は必要だが、土地の者であれば問題ない。

「山を越えていきます。必ず一日で戻ってきますから」

と、熱心な口ぶりで言う平蔵に、藤蔵は「仕方ねえな」と渋々ながら折れた。

「けど、一日で頼むぞ。あのアレクといったか、設計をやる男、お前と息が合ってるみたいだからな。お前がいなけりゃ、あの男も俺も困る」

その言葉に、平蔵は無言でうなずく。アレクサンドルとヨシフの心配そうな顔がふと頭の中をよぎっていった。

かつて、平蔵は達磨山の峠から、海の向こうにそびえる富士を見た。

韮山から戸田村へやって来た十二歳の時のことである。当時、平蔵は韮山代官屋敷で世話になっていたのだが、迎えに来た藤蔵と一緒に達磨山を越えた。

今と同じく、春も間近な冬の終わりで、富士は頂から裾(すそ)の方まで真っ白な雪を被(かぶ)っていた。甲斐に暮らしていた頃から見慣れた山であったが、この時は心の奥底から揺さぶられるものがあった。

どうしてだったのだろう。

それまでの暮らしががらりと変わる時だったからだろうか。船大工になるという将来の道を自分で決め、たった一人でそこへ身を投じた時だったからだろうか。

あの時、傍らに立つ藤蔵は、

「これから、お前は生まれ変わるんだ」

と、平蔵の肩に手を置いて告げた。

「これまでのつらいことは、できるなら胸の底に収めちまえ。忘れろって言ってんじゃねえ。思い出しても胸が痛まないようになるまで、ふだんは見えねえ場所にしまっておけって言ってんだ」

甲斐の大規模な百姓一揆に巻き込まれ、身内も友も住む場所も失くした少年を、藤蔵なりにいたわろうとしてくれたのだった。

俺は生まれ変われるのか。白い富士に向かって、平蔵は尋ねた。悠然とかまえる富士は何も答えてくれなかった。

だが、平蔵は生まれ変わらなくてはならないのだと、己に言い聞かせた。

あれから、およそ二十年。

平蔵は再び、達磨山の峠に立った。あの日と同じ場所から、一人で富士を見ることが少し怖いようでもあり、楽しみでもあった。

しかし、生憎なことに、平蔵が韮山へ向かったその日は朝から曇っていた。峠から眺めた海はどんよりと重く濁っていて、その先にかすむ景色は何も見えなかった。

ただし、自分が何を恐れていたのかは、その峠に立った時、分かった気がした。

お前は本当に生まれ変われたのか。富士から鋭く問いかけられ、答えを求められることを、自分は恐れていたのだ、と――。


早朝に戸田を発ち、峠で少し足を止めたのを除けば、ほとんど歩き詰めだった平蔵は、昼頃に韮山に到着した。

ここの代官屋敷は、甲斐の百姓一揆から逃れてきた平蔵が一時、身を寄せていたところである。

韮山代官の江川屋敷といえば、その近隣で知らぬ者などいない。韮山代官とは、伊豆国を中心に幕府の関東直轄領を支配する役職であり、江川氏の当主に代々受け継がれ、当主は太郎左衛門を名乗っていた。

現在の、そして、平蔵が二十年前に世話になった当主は、太郎左衛門英龍である。

屋敷の前には門番が立っていた。平蔵は戸田村からやって来た船大工だと告げた。

「藤蔵のもとで修業している平蔵と申す者です」

念のため、太郎左衛門にしっかり思い出してもらえるよう、藤蔵の名も出しておいた。

「しばらくここで待つように」

門番はそう言って、控えの者を屋敷の方へ走らせた。ややあって戻ってきたその男は、「奥へ通してよい」という太郎左衛門の言葉を伝え、平蔵を屋敷まで案内してくれた。

代官屋敷は政務用に使われる表の部分と、太郎左衛門の身内が暮らす奥の部分に分かれている。かつて、少年の頃の平蔵は奥で暮らしていた。

太郎左衛門はまだ表で執務中とばかり考えていた平蔵は、奥へ通されることに少し奇異な心地を覚えた。だが、堅苦しい表より、奥の方が勝手を知る分、気も楽である。

玄関口まで案内してもらうと、そこからは女中が現れた。かなりの距離を歩いてきたので、足もとは埃だらけである。脚絆を取り、足を洗ってさっぱりしてから、裸足で廊下へ上がった。

ひんやりと冷たい廊下が、火照った平蔵の足の裏には心地よい。

「殿さまは休んでおられますが、そなたの名をお聞きになると、無理を押して会うと仰せられました。とはいえ、長のお話はお控えなされませ」

案内に先立ち、女中がそう告げた。

「え、休んでおられる？」

意外な言葉に、平蔵は目を見開いた。「無理を押して会う」とはどういうことなのだろう。

するとと、女中は心得た様子でうなずいた。

「殿さまは昨日、お帰りになった時からお加減がよろしからず。戸田でたいそうご無理をなされたのでしょう」

知らないのか――という目で見られたが、太郎左衛門の不調の話など聞いていなかった平蔵は愕然とした。

昨日、韮山に帰ったというのだから、少なくとも旅ができない体だったわけではない。自分の屋敷に帰って急に、それまで溜め込んでいた疲れが出たというのだろうか。

（いや、ちょっとお風邪でも召されたのだろう。大病を患っていらっしゃれば、そもそも建造取締役などの大役にお就きになるはずがない）

異国の脅威にさらされる今の状況下で、農兵育成の建言、韮山反射炉の築造など、多くの功績を残してきた太郎左衛門は、幕府にとって欠かせぬ人材と聞いている。さらに、おろしあ船の建造事業が成功すれば、総責任者である川路左衛門尉聖謨の後釜として、勘定奉行に昇進するという噂が戸田でもささやかれていた。

やがて、平蔵は太郎左衛門の部屋へと案内された。女中が開けた襖を一人で通り抜け、その場に両手をついて頭を下げる。その時、布団の上に身を起こした太郎左衛門の姿がちらと見えた。大柄で逞しかった記憶に残る姿と異なり、小さく萎んでしまったかのようであった。

「戸田の船大工、平蔵にございます。二十年前、代官さまのお世話で藤蔵親方に預けられました。あの時の御恩は決して忘れておりません」

平蔵は平伏したまま挨拶した。

「おお、平蔵か」

やや掠れた声が聞こえてきた。

「よう覚えておる。つい昨日まで戸田にいたというのに、顔を見ることもできず、すまなかった。もっと近くへ来てくれ」

その言葉に、平蔵はようやく顔を上げ、改めて太郎左衛門の姿を見つめた。大柄だった骨格が変わったわけではない。ただ、病と齢のせいか、痩せ衰えてしまったのは確かで、綿入れに覆われていない首の辺りや手首は骨が浮き上がって見えた。

「ご帰宅以来、お加減がよろしくないと聞きましたが」

平蔵は太郎左衛門の近くまで進み、布団の横に座り直すと、再び頭を下げた。

「うむ。地震からこの方、息を吐く暇もなくてな。少し体調を崩すこともあったので、この度の建造取締役はご辞退しようかとも思うたのじゃが、藤蔵やそなたのことが思い浮かんだ。わしの最後の仕事がそなたたちと関わるものになるのも、定めであるように思えてな。結局、引き受けてしもうた」

「最後だなどと。ご隠居なさるおつもりですか」

曇った顔つきで尋ねる平蔵に、太郎左衛門は頭（かぶり）を振った。

「隠居を願い出るまでもなく、先に命の方が尽きるであろうよ」

「何をおっしゃいます」

思わず、平蔵は抗弁した。こんな話を聞くことになろうとは思ってもみなかった。

「己の体のことは己がいちばんよう知っておる。わしはさほど長くは生きられまい」

「旦那（だんな）さま」

昔の呼び方がつい口をついて出た。

「人には定命（じょうみょう）というものがある。生まれた時から、前世の因業によって寿命が決まっているというものじゃ。どれだけ足搔（あが）こうと、それから逃れることはできぬ。ゆえに、嘆くことは無益であり、そんな暇もない。わしにもそなたにもな」

そう言うと、太郎左衛門は鋭い眼差（まなざ）しで平蔵を見据えた。その眼差しには見覚えがあった。すべてを見通してしまいそうな、射貫（いぬ）くような眼差しには。

目をそらしたくなるのを、平蔵は必死でこらえた。二十年前にもそんなことがあったことを思い出しながら。

「さて、御用で忙しいそなたがここまで参ったのは、相応の仕儀であろう。話してみるがよい」

太郎左衛門は眼差しを少し和らげて、穏やかに尋ねた。平蔵は覚悟を決め、口を開いた。

「おっしゃる通り、ご相談があって参りました。旦那さまのお考えをお聞きしたいという一心にとらわれ、ご迷惑も顧みず、申し訳ありません。わたしはいまだに自分のことだけで精一杯で、他のことには頭が回らず……」

「己のことに精一杯であるのは、悪いことではない」

慰めるように、太郎左衛門が言った。

「わずかではあるが、わしの定命もまだ尽きておらぬ。この世で為すべきことがあるからだろう」

そうは言われても、平蔵は己の携えてきた話を語り出すことができなかった。そのためにこそ遠い道のりをやって来たはずであるのに、もう長くは生きられないと言う相手に、それを話すのが正しいことかどうか、自信を持てなくなっていた。すると、

「そなたの話を聞く前に、少しわしの話を聞いてくれるか」

と、太郎左衛門は言い出した。

「十数年前、蛮学社中の者たちが捕らわれた事件を知っているか？」

それは「蛮社の獄」と言われ、平蔵が戸田村へ行って三年後、江戸で一部の蘭学者たちが弾圧された事件であった。当時、船大工としての修業に打ち込んでいた平蔵は、

他のことに目を向ける暇はなく、その後も特に知ろうと努めることはなかった。

「くわしいことはあまり」

目を伏せて答えた平蔵に、太郎左衛門は軽くうなずき、言葉を継いだ。

「その少し前、わしは江戸湾の測量を命じられた。当時の上役が鳥居耀蔵殿であった。鳥居殿は開国派の蘭学者を嫌い、海防にも熱心ではなかった。異国の脅威に無頓着であり、その力を侮っていたのだろう。わしは海防の必要を強く感じていたゆえ、考えを異とし対立することもあった。とはいえ、おおむね我々は互いを尊重しており、これという確執はなかったのじゃ」

声は掠れていたものの、息遣いが荒くなることはなく、太郎左衛門はごく淡々とした調子で語り継いでいく。

「わしに異国の脅威を説いたのが、渡辺崋山殿や高野長英殿というお人だが、彼らは鳥居殿が中心になって進めた弾圧政策によって捕らわれ、断罪された。罪はいろいろと挙げられていたが、細かいことはまあいいだろう。この時、わしは彼らを庇わなかった。しかし、世の中は変わるもの。その後、鳥居殿もまた失脚したが、この時もわしは庇わなかった。鳥居殿は今も丸亀藩にお預けの身じゃ」

そこまで一気に語った太郎左衛門は、いったん息を吐くと、「わしが何を言いたいか分かるか」と続けて訊いた。

平蔵は首を横に振った。人生の最後を控え、悔いとなったことを語っているというふうにも聞こえない。

「いえ」

「今、わしが挙げた人々とわしとの違いは、己の考えに固執するあまり、他を排斥しようとしたかしなかったか、ということじゃ」

「旦那さまは人を排斥しようとしなかったということですね」

平蔵は太郎左衛門の言わんとすることを了解して言った。

「今の世の中、己と違う考えを持つ者など、星の数ほどいるであろう。だが、他の者を強引に従わせようとすれば、争いごとが生じる。おそらく、これからも他を排斥しようとする者は世の中にあふれ出てくる。暴挙や狼藉を働く者も出てくるだろう。血の嵐が吹くやもしれぬ」

恐ろしいことを、淡々と太郎左衛門は告げた。平蔵はふっと、投げ文のことや仲間の船大工たちのことを思い出した。そんな意図で語られたはずはないのに、太郎左衛門の言うことが自分の抱えている問題と重なって聞こえてくる。

「渡辺殿や高野殿ばかりでなく、鳥居殿もわしを恨んでいるやもしれぬ。信じていた仲間や下役から見捨てられれば、恨めしくもなろう。裏切られたとも思えるだろう。だが、人から非難されることが怖ければ、わしはとうの昔に今の地位を手放していたであろうよ」

「旦那さま……」

「わしは幕臣として精一杯生きてきたと思うておる。そなたの言う、自分のことで精一杯の人生だったが、悔いはない。備えた上での開国をすべき、それがわしの一貫した主張であり、それに向けて今、国は動いている。わしが言いたいのは――」

太郎左衛門は改まった様子で、平蔵の目をしっかりと見据えた。そして、

「人の非難を恐れるな。人に恨まれることを恐れるな」

と、おもむろに告げた。不思議なことに、それまで掠れていた太郎左衛門の声は、この時だけは掠れもせず、若々しい力がみなぎっているように聞こえた。

「己に確かな信念があれば、それでいい、ということじゃ」

そう言って、太郎左衛門は初めて口もとに笑みを浮かべた。だが、平蔵は微笑を返すことができなかった。

「なぜ、わたしにそのような話を？」

問う声は、先ほどまでの太郎左衛門の声より掠れてしまっている。

「さて、なぜであろうな。ただ、話したくなっただけじゃ」

太郎左衛門は穏やかな笑みを浮かべたまま答えた。

この人は見えないものが見えてしまうのだろうか。そう疑念を抱きながら、平蔵は

改めて太郎左衛門を見つめた。

今、自分が船大工たちから非難され、疎まれ、孤立していることをまさか知っているわけでもあるまいに、どうして自分がいちばん欲しいと思っている言葉を、こうして語ってくれるのだろう。

その時、迷っていた心が決まった。

この人は自分が思っているよりずっと、度量の深い人だ。命が残りわずかだからといって、それが変わるわけではない。負担をかけまいとして、自分ごときが気を遣うことこそ、無礼なことではないか。そう思えた。

「わたしがここへ参った理由を話させてください」

平蔵が思い切って切り出すと、太郎左衛門はゆったりとうなずいた。

平蔵は藤蔵親方の仕事場に投げ文が届いたこと、それを見て自分は幼い頃に別れた相手の筆跡だと見破ったこと、筆跡の主については親方にも役人にも話していないことを告げた。

「投げ文の一件については、昼前に戸田より知らせが参っておる」

太郎左衛門は落ち着いた様子で応じたものの、

「そなたは、それを書いたのが幼なじみだと言うのだな」

と、続けて訊き返した時には、わずかに目を見開いていた。

「はい。わたしと一緒に下和田を出た士郎です」

平蔵ははっきりと答えた。下和田とは当時、平蔵が住んでいた甲斐の村名である。

「その筆の跡が士郎のものだと、確かに断言できるのか。もう二十年と会っていなかった相手であろうに」

「まず間違いないと思います。細かいところまでしっかりと見ました」

「どういう筆の跡なのじゃ」

「その、どうと申し上げるのは……難しいのですが」

平蔵は困惑した様子で言葉を濁した。その様子をじっと見ていた太郎左衛門は、それ以上、投げ文の字について問うことはしなかった。ただ、

「そういえば」

と、思い出したように、太郎左衛門は言葉を継いだ。

「そなたの父は実に堂々とした見事な字を書いていた。まこと、手本にしたいと思うような雄渾な筆遣いでな。わしの妹などはあれの字に惚れ込み、それを手本にしていたものじゃ」

「そうですか」

平蔵が応じると、太郎左衛門は過去を偲ぶような眼差しになり、

「昔、うちの犬が行方知れずとなってな。その犬を助けてくれたのがそなたの父であ

った。以来、わしも妹のみきもそなたの父と親しゅうなったのじゃ」

しみじみとした口調で語った。それから、改めて平蔵の顔に目を据えると、

「そなたは、父親とは似ても似つかぬ字しか書けなかったな」

と、おかしそうに続けた。

「へ、へえ。確かに字はまずくて」

少しどぎまぎしながら、平蔵はうつむいた。

「そなたの字を見て、書の才能はないと思ったものじゃ。磨いてどうこうなるようなものではなかった」

決して侮るというふうではなく、昔を懐かしむという様子で、太郎左衛門は言った。

「藤蔵親方にも同じようなことを言われました。でも、親方は大工にそんな技はいらねえって。下手でも気にすんなって」

「藤蔵らしいな。確かに、大工が名筆を書く必要はない」

納得した様子で、太郎左衛門はうなずいている。

「伊佐次はそなたの字について何と申していた？」

「そ、それは……旦那さまが今おっしゃったのと同じようなこと……です」

「そうか。伊佐次もあきらめるほどの字だったということだな」

太郎左衛門は少し笑った。が、やがてそれを消し去ると、

「あの時、生き別れになることがなければ、伊佐次はあきらめず、そなたに書を教え込んでいたかもしれんな」

と、呟くように言った。平蔵は「えっ」と小さく声を上げた。確かに別れた時の伊佐次は生きていたが、その後、死んだはずなのだから「生き別れ」という言葉を使うのは正しくない。

百姓一揆の折、村の代表に担ぎ上げられた伊佐次は二十年前に死んだ。つかまって磔にこそされなかったが、闘争の中で命を落としたと、話してくれたのは他ならぬ太郎左衛門自身ではないか。

太郎左衛門は平蔵の驚く様子をじっと見ていたが、ややあってから申し訳なさそうな表情になると、

「実は、二十年前に伊佐次が死んだと言って聞かせたのは根拠のない話だ。下手な望みを持たずに生きる方がそなたのためだと思った。わし自身も伊佐次が生きている見込みは低いと思っていたのだが……」

おそらく伊佐次はどこかで生きている――と、太郎左衛門は平蔵の目をまっすぐに見据えて告げた。平蔵はぶるっと全身を震わせた。何も言葉が出てこなかった。

生きているならどこにいるのか。どうしてそれを知ったのか。訊かねばならぬことはたくさんあるはずなのに、どうしても口が動かなかった。

「わしと伊佐次との関わりを、そなたにくわしく話したことはなかったな」

太郎左衛門は静かな声で言った。

「そなたが伊佐次から聞いていたかどうか知らぬが、わしと伊佐次の話をしよう。もうしばらく、わしの話に付き合ってくれ」

太郎左衛門は改めて言った。

「ですが、お体の方は……」

平蔵が気遣うように尋ねると、太郎左衛門は首を横に振り「大事無い」と告げ、おもむろに語り出した。

二

江川家の次男として生まれた太郎左衛門が、跡継ぎの兄の逝去により韮山代官に就任したのは、天保（てんぽう）六（一八三五）年、三十五歳の時であった。

後に郡内（ぐんない）騒動ないし天保騒動と呼ばれるようになった甲斐の一揆が起きたのは、その翌年の八月のことである。

一揆は思いがけぬ広がりを見せていった。太郎左衛門の支配地は含まれていなかったものの、いつ飛び火してくるか知れたものではない。代官所のある韮山とて、さほど遠くはないのである。

この時、太郎左衛門は自ら甲斐へ足を運び、様子をうかがってくることを決めた。

とはいえ、韮山代官として出向けば、代官による他領への介入となり、また途中で出会う百姓たちの怒りをかき立てることにもなりかねない。そこで身分を隠し、お忍びで行くことにしたのだが、そうなればどうしても腕の立つ者を連れていく必要がある。

これにはよい心当たりがあった。

太郎左衛門が江戸で知り合い、すっかり意気投合して、代官就任時には手代として自らの配下に加えた斎藤弥九郎である。江戸三大道場の一つとして知られる神道無念流、練兵館の道場主であった。

斎藤弥九郎は太郎左衛門が甲斐に行くと知るや、供を申し付ける前から、自分も同行するつもりであったと言い、

「代官殿御自ら刀を抜くような真似は、決しておさせ申さぬ」

と、自信のある口ぶりで告げた。弥九郎の剣術の腕については疑う余地もない。ただ、

「百姓たちを、ゆくゆく鋤も鍬も持てないような体にはするなよ」

とだけ、忠告した。

「剣を持たぬ相手に、そんなことはいたしませんよ」

弥九郎はやはり余裕のある表情で言った。

太郎左衛門と弥九郎は急ぎ支度を調えると、甲斐へ向けて韮山を発った。その道中、太郎左衛門は、

「甲斐には幼なじみがいるのだ」

と、弥九郎に打ち明けた。

それが伊佐次のことであった。

伊佐次は十五の年に、甲斐の郡内にいる親戚（しんせき）の農家にもらわれていった。以来太郎左衛門は会っていない。伊佐次が幼い頃に二親を亡くし、代わって家を継いだ叔父（おじ）夫婦に育てられていたこと、叔父夫婦にも息子がいたため、いずれ跡継ぎで揉（も）める恐れがあったこと、伊佐次はそんな叔父夫婦の心を察し、自ら養子の話を受けたことなどを、太郎左衛門は語り継いでいった。

「伊佐次には他の者のために我が身を犠牲にして、平然としておるようなところがあった」

と、太郎左衛門は伊佐次を評して言った。

「しかし、わずか十五の少年が亡き親の財産をあきらめ、故郷を捨てる決断をするなど、なかなかできることではありますまい」

感心した様子で、弥九郎が言葉を返す。

「後から知ったことなのだが、どうも伊佐次は叔母御からいじめられていたらしい。血のつながる叔父御も、叔母御を止めなかった。叔母御にしてみれば、伊佐次がいる限り、我が子が家と田んぼを受け継げぬため、厄介払いしたかったんだろうが」

「ひどい話ですな」

弥九郎は眉をひそめた。

「さような男ゆえ、今回の一揆は気にかかる。周りの百姓たちから先頭に立ってほしいと乞われれば、断ることなどできぬだろうからな」

もしかしたら、百姓たちの代表になっているかもしれない。その場合は、つかまれば死罪である。伊佐次が昔のままであったなら、その見込みも決して低くない気がした。

駿河と甲斐の国境まではそんな会話を交わしながら、二人は歩み続けた。しかし、国境を越えると一気に物々しい雰囲気に包まれ、周辺を警戒しながら進まねばならなくなる。

百姓たちの一団と行き合うこともあった。彼らはぴりぴりした緊張感を漂わせていたものの、行商人と護衛という風体の二人にいきなり攻撃を加えてくることはない。一方、役人たちに見咎められれば、誰何されるに決まっていたから、役人を見かけた時などは身を潜めてやり過ごした。

最も困惑したのは、百姓とも見えぬ派手で目立つ風体の男たちであった。二刀をさしている浪人崩れの者もいれば、長脇差を携えている者もいた。

悪党と呼ばれる無宿人たちで、彼らは百姓ではないくせに、この騒動に便乗しているらしい。時には、百姓たちと行を共にしている悪党も見かけたし、ここ数日で彼らの真似をし始めたと見える百姓の若者たちもいた。

「悪党どもが交じっているな。中には百姓たちの頭にまつり上げられている者もいるようだ」

甲斐に入って、いくつかの集団と行き合った後、太郎左衛門は呟いた。

「ただ生活が苦しくて、やむにやまれず立ち上がった真面目な百姓が、ああいう者たちに感化され、粗暴になっては収まるものも収まらなくなる」

事態は思っていた以上に深刻だった。ただ、百姓たちが役所や富農、豪商の家へ押し入っている場面に出くわすことはなかった。そうした動きはもう収束しかかっていることを願いつつ、太郎左衛門と弥九郎は奥へと進み続けた。

途中、足に怪我を負い、歩けなくなっている男を見かけたのは、ややあってからである。

道の端にうずくまる人影に気づき、弥九郎が太郎左衛門の足を止めた。

「怪しい者か確かめます」

低い声で言い置くと、弥九郎はうずくまる男に近付いていったが、すぐに戻ってきた。

「どうやら一揆に加わった百姓のようですが、手傷を負い、足の骨も折れて動けぬようです」

「一人とはどういうことだ。一揆側の百姓なら仲間がいるであろうに」

負傷していると聞けば放ってもおけず、太郎左衛門は男の方へ近付いていった。うずくまっていた男が苦しそうな顔を上げる。それを見るなり、太郎左衛門は驚きに打たれて立ちすくんだ。

「そなた。まさか、伊佐次……か」

甲斐と聞いて伊佐次を思い浮かべたのは事実だが、再会できると思っていたわけではない。まして、別れてから二十年近くが過ぎているのだ。会ってすぐに分かるかどうかも怪しいほど、離れ離れだったというのに、太郎左衛門には伊佐次がすぐに分かった。そして、それは伊佐次も同じであった。

「芳次郎（よしじろう）さま？」

伊佐次は昔呼び慣れた名で、太郎左衛門のことを呼んだ。

「こんなところで、まことにそなたに会うことになろうとは――」

太郎左衛門は伊佐次の傍らに膝（ひざ）をついた。聡明（そうめい）そうな目をした十代の少年は、苦労を重ね、やつれた百姓の男になっていた。だが、にじみ出る人柄の優しさや清さは昔と少しも変わっていない。

「伊佐次……」

相手の変わっていないことが嬉しくもあり、悲しくもあった。

伊佐次が百姓一揆に加わった事情も、自分が予想した通りであろうと思われたし、伊佐次がここに一人でいる理由も、聞かずとも分かる気がした。

伊佐次は自分が仲間たちの足を引っ張ることを恐れ、先に行けと言ったのだろう。

「起きられるか」

太郎左衛門は伊佐次の体に手をかけ抱き起こそうとした。その際、骨の折れた足に響いたらしく、伊佐次はうめき声を上げた。

「すまぬ。無理をさせたか」

伊佐次の怪我の重さを知って、太郎左衛門の気分は暗澹たるものになった。

「そなた、一揆に加わっていたのだな」

太郎左衛門の問いかけに、上半身を起こした伊佐次はうなずいた。ただ、くわしいことについては語れないと初めに告げた。太郎左衛門もそれ以上尋ねる気はなかった。それより、伊佐次をこの場に放っておくわけにはいかない。いつ見回りの役人が通りかかるか分からないのだ。

だが、伊佐次は太郎左衛門の助けを、きっぱりと拒んだ。

「わたしは村の代表として立ったんです。事が終われば名乗り出るつもりですし、死も覚悟の上のこと。万一にも、わたしを助けて逃がしたなどと知られれば、芳次郎さまのお立場がなくなります。わたしのことはお捨て置きください。それに、後で仲間が迎えに来てくれます」

伊佐次の最後の言葉は嘘だろうと、太郎左衛門は思った。が、それを言ったところで、伊佐次の心を変えさせることはできそうになかった。

「芳次郎さま」

その時、不意に伊佐次が太郎左衛門の名を呼んだ。

「わたしのことはいいのですが、代わりにお願いごとを一つしてもよいでしょうか」

意外な言葉だったが、嬉しかった。

「何でも言ってくれ。わしにできることならば、そなたの力になりたい」

飛びつくような思いで、太郎左衛門は言った。

「わたしには十二歳になる倅（せがれ）がおります。平蔵といいます。そして、もう一人、士郎という同い年の少年を引き取っていたのですが、今、二人は韮山に向かっているはずです」

一揆を起こす前、二人をひそかに逃がしたのだという。自分は信念を持って立ち上がるのだから、どうなっても悔いはないが、そのために息子たちがつらい目に遭うのは心苦しかった。それで、自身の故郷である韮山を目指すよう告げたという。そこには、伊佐次の叔父夫婦がおり、仮に彼らが亡くなっていても子供たちがいるはずだ。いざとなればそこを頼れと言ったそうだが、親戚とはいえ、顔も知らぬ相手である。面倒を見てくれるかどうか心もとない。

「もし倅たちが困っておりましたら、助けてやっていただけないでしょうか。倅の平蔵には、わたしが昔、みきさまから頂戴した守り袋を持たせてございます。また、士郎とて我が子と同じ。どうか、二人のことをよろしくお頼み申します」

伊佐次は伏し拝むようにして、太郎左衛門に頼んだ。

「分かった」

太郎左衛門は即座に応じた。

「そなたの倅の平蔵と連れの士郎は、必ずわしが見つけ出して面倒を見る。暮らしが立つよう、一人前の大人になるまで、わしが心にかけると誓う。だから、二人のことは心配するな」

太郎左衛門は伊佐次の手を握り締めて告げた。伊佐次はほっと安堵した様子で、何度も何度も太郎左衛門に頭を下げた。

心を残しながらも、太郎左衛門はその場で伊佐次と別れた。

その後、伊佐次が役人に捕らわれたかどうか、そこまでは見届けていない。伊佐次と別れてから、太郎左衛門は一揆の様子を見て回り、どうやら他国へ飛び火するほどの勢いはもはや持たぬと確認すると、韮山へ引き返すことにした。平蔵と士郎の身が気になったからであった。韮山への道をたどれば、途中で追いつけるかもしれないし、さもなくば韮山で探す必要がある。

太郎左衛門は斎藤弥九郎と共に、韮山へ戻った。疲れ切った様子の少年と出会ったのは、韮山の屋敷近くでのことだ。ただ、話と違って少年は一人だった。口も利けぬほど疲労していたが、確かに太郎左衛門にも見覚えのある妹みきの守り袋を携えていた。

「そなた、平蔵か。伊佐次の倅の平蔵なのだな」

太郎左衛門が問いかけると、少年はただ頭から崩れ落ちるようにうなずいたのだった。

三

郡内騒動の折、伊佐次との間にあったことを語り終えた時、太郎左衛門はひどく疲れた様子であった。平蔵がそのくわしい話を聞くのは初めてで、太郎左衛門と伊佐次の絆についても、これまでよりずっと深く理解することができた。

当時、太郎左衛門は平蔵に告げたのである。一揆が終結して関係者の追及が始まったが、一揆に加わった伊佐次はつかまれば相応の罰を免れないだろう、と。そして、平蔵が戸田村へ赴く直前には、伊佐次が一揆の最中に命を落としたと教えてくれた。

それなのに今、その発言を覆し、伊佐次が生きているかもしれないと言う。なぜそう言えるのか。その理由を平蔵は知りたかったが、今の太郎左衛門の話だけでは分からなかった。重い病を患っている相手に、本人が語ろうとしない話を強いることもできかねて、

「今日はこれで失礼いたします」

と、告げた。

思えば、造船を妨害しようとする士郎への対策もまだ聞いていない。だが、

――人の非難を恐れるな。人に恨まれることを恐れるな。己に確かな信念があれば、それでいい。

という太郎左衛門の言葉が、この件に対して平蔵がどう振る舞えばよいか、の答えであるような気がした。それが聞けただけで、今日の訪問は十分に実りあるものであったと思う。

「また、参ります」

　さらに平蔵は告げた。

「無理をするな。そなたは今、船造りで大変な時であろう」

　造船作業の障りになってはならぬという太郎左衛門の言葉を受け、

「それでは、船が完成した時に再び参ります」

　と、平蔵は言い直した。

　アレクサンドル・モジャイスキーが日本の船大工たちに告げたところでは、おろしあ側は船の完成に約三か月を見込んでいるという。今年の終わりに着工したとして、来年の三月中には完成させたいと思っているはずだ。

（どうか、それまではお逝きにならないでください）

　せめて船の完成は太郎左衛門に見届けてもらいたかった。自分に船大工の道を開いてくれた太郎左衛門にこそ、この国の行末を左右することになる船の完成した姿を見てほしい。

　平蔵はその思いを胸に、頭を下げた。

「そなた、前にここにいた時、みきに会うていたな」

　いよいよ下がろうとした時、太郎左衛門がふと思い出したように言い出した。

「みき……さま？　は、はい。戸田へ行ってからも、時折、ものを贈ってくださいました。お顔を拝したのはここにいた時だけですが」

平蔵は驚きのあまり、少しどぎまぎしながら答えた。

みきとは太郎左衛門の妹で、幼い頃は伊佐次と親しかったという女人である。二十年前、平蔵がここに連れてこられた時にはもう他家に嫁いでいたが、平蔵のことを聞き、わざわざ里帰りしてきた。

——そなたが伊佐次殿のお子か。

当時、みきは平蔵を見るなり、声を震わせた。そして、驚いている平蔵をその場で抱き締め、「よう無事でいてくれた」と涙ぐんだのであった。

初対面の平蔵には、ただただ吃驚(びっくり)する出来事であったが、みきにしてみれば、伊佐次の子というだけで平蔵が特別な少年に見えたのだろう。

平蔵の目に、みきはそれまで見たことのないほどきれいで、かぐわしく優しい女人と映った。母の顔を知らずに育った平蔵にとって、女人へのあこがれを初めて抱かせた人であった。あれから二十年の時を経た今も、そのような女人とは出会っていない。

「みきが今、わしの見舞いにここへ来ておる。成人したそなたを見れば、さぞ喜ぶことであろう。会うてやってくれるか」

太郎左衛門は最後にそう告げた。

「は、はい」

断る理由も思いつかず、平蔵は返事をして頭を下げていた。

廊下に出ると、少し離れた場所に控えていた女中が寄ってきたので、太郎左衛門からみきに会っていくよう言われた、と伝えた。

「ご案内いたします」

そういう段取りであったのか、女中は何も訊き返さず、先に立って歩き出した。廊下を進んで離れまで行き、「お客さまをお連れいたしました」と声をかける。

「どうぞ」

懐かしい声が胸に沁み入るように感じられた。平蔵が部屋の中へ入ると、縁側に近いところに座っている人の姿が目に飛び込んできた。

「平蔵か？」

わずかに目を瞠ったみきが、静かに問うた。平蔵はその場に座ることさえ忘れ、一瞬茫然としていた。

変わったところはもちろんある。肌のつややかさは消え、髪にも白いものが交じっていた。身に着けている小袖や羽織も、昔よりはずっと地味なものだ。だが、慈しみ深い笑顔も気品のある物腰も変わっていない。たおやかだった昔のみきの姿が重ね合わさる。

（変わらぬ人もいるのだ）

と、思った。あの当時、自分は変わりたい、生まれ変わりたいと、切実に思っていた。ただ、その思いだけで生きてきた二十年と言える。そして、変われたのかどうか。自分では分からなかった。

ただ、かつての好ましさをそのまま宿して、二十年変わらぬ人がいるということは、平蔵の心を穏やかに満たしてくれた。

平蔵は驚きから覚めると、すぐに正座して頭を下げた。

「平蔵でございます。いつもお心にかけてくださり、ずっとお礼を申し上げたく思っておりました」

「さようなことはよい。こちらへ来て、よう顔を見せてくだされ」

みきは涙声で言い、平蔵を手招いた。平蔵は顔を上げ、膝を進めた。

「そなたを見ると、わたくしの知らぬ伊佐次殿の姿を思い描くことができるようじゃ」

温もりのある声に包まれると、先月初めの地震からこの方、ささくれ立っていた心がやんわりと癒されていくようだった。

「そなたも立派になって……。伊佐次殿にも見せてやりたいものです」

みきは声を震わせて言った。その言葉を嬉しく聞きながらも、みきの物言いが平蔵には引っかかっていた。「見せてやりたかった」ではなく、「見せてやりたい」という言葉は、今もなお生きている者に対して使うものではないのか。

もしかしたら、太郎左衛門と同じように、みきも伊佐次は生きていると考えているのではないか。そして、太郎左衛門がみきに会っていけと言ったのも、事情をみきの口を通して聞かせようというつもりだったのではないかと、この時、平蔵は思い至った。

「あの、みきさま」

平蔵は思い切って口を開いた。

「旦那さまは先ほど、伊佐次は生きているかもしれないとおっしゃいました。二十年前、死んだと聞かされていたから驚きました。今もこのお言葉をどう受け止めればいいのか、分かりません」

平蔵の話を聞いても、みきは表情を変えなかった。

「そなたが驚く気持ちは分かります」

「どうして、旦那さまはあんなふうにおっしゃったんでしょうか。生きているかもしれないとおっしゃるには、それなりの理由があると思うのですが」

「無論、さようです」

みきは静かにうなずいた後、

「そなたはそれを知りたいのですね」

と、平蔵の目をまっすぐに見据えて尋ねた。

「……はい」

躊躇いつつも平蔵はうなずいた。みきはそれを見届けてから、口を開いた。

「そなたが戸田へ去って、そう、十年近くが過ぎた頃でありました。わたくしのもとへ文が送られてきたのです。誰からということは記されておらず、歌が一首したためられていただけ。されど、わたくしには、その歌と筆の跡から、文を送ってきたのが伊佐次殿と分かりました」

ずっと身近にいた者であれば、筆跡からその相手が分かるということに、異論はなかった。平蔵とて、あの投げ文の送り主が分かったのは、筆跡を知っていたからだ。

「その歌は、わたくしが少女の頃、最も好きな歌だと言って、伊佐次殿に手本を書いてもらった歌でした。何度も何度も見た字ゆえ、見間違えるはずもない」

とすれば、その文を書いた者が伊佐次であることを疑う余地はないのだろう。伊佐次は確かに生きている。いや、十年前は確かに生きていた。

書かれていた歌が何という歌なのか、みきは語らなかった。二人の思い出にまつわる歌を、平蔵もあえて訊くつもりはなかった。すると、

「平蔵、そなたは伊佐次殿から守り袋を持たされていましたな。昔、わたくしが伊佐次殿に差し上げた守り袋のことです」

と、みきは突然話を変えた。

「はい。それを江川さまにお見せして己の証とするように、ということで」

「それは、今も持っているのですか」

「はい。肌身離さず持ち歩いております」

平蔵はそう答え、今も首から紐でぶらさげている守り袋を、懐の中から取り出した。一度、紐が弱くなってしまっただろうと、みきが美しい組み紐を戸田に贈ってくれたことがあって、紐はそれに付け替えていたが、袋は二十年前のものである。

「中を見たことはありますか」

「いえ、ありません」

平蔵は首を横に振った。神社のお札か何かが入っているのだろうと思っていたが、二十年の長きにわたり、それを開けたことはない。

「ならば、袋を開けてごらんなさい」

みきは微笑を浮かべて告げた。

「えっ」

「その守り袋を伊佐次殿に差し上げたわたくしが言うのですから、かまいませぬ。わたくしは少し席を外しますが、ここで待っていなさい」

みきはそう言い置くと、立ち上がり、部屋を出ていった。その間、一人で静かに中身を検められるよう、気を遣ってくれたのだろうか。

平蔵は錦の布で作られた守り袋を、初めて開けた。大工仕事で節くれだった武骨な指に、繊細で小さな守り袋は何とも開けにくかった。緊張のゆえか、平蔵の指はかすかに震えた。

どうにかこうにか袋を開けると、中には折り畳まれた古い紙が入っている。破いてしまわないよう注意しながら、平蔵は中身を取り出した。それから息を止め、ゆっくりと紙を開いた。

紙をすっかり開くと、平蔵にも見覚えのある字が視界に飛び込んできた。

「これは……」

小さな声を上げた時、戸が開かれて、みきが部屋へ戻ってきた。一通の書状らしきものを手にしている。

みきは平蔵の前に座ると、自ら持ってきた書状を開き、それを平蔵の方に向けて差し出した。

「わたくしのもとに届いた伊佐次殿からの文です」

と、みきは告げた。

「わたくしが兄上にお渡しし、兄上がずっと手もとに置かれていました」

守り袋の中に入っていた紙と、みきが持ってきた書状が横並びに畳の上に置かれている。

両者はまったく同じ文字が同じ筆遣いでしたためられてあった。

天の海に雲の波立ち月の船　星の林に漕ぎ隠る見ゆ

みきがそこに書かれた一首の歌を清らかな声で吟唱する。それが、みきの最も好きだという歌であった。

平蔵もその歌を知っていた。かつて船大工になると決めた時、餞のように太郎左衛門が教えてくれた歌だったのだ。

——そなたはあの月のような船を造れ。

二十年ほど前、夜空から切り取ったような三日月を見上げながら、太郎左衛門は平蔵に告げた。平蔵自身もまた、あの月のような船を造りたい、と切実に思った。太郎左衛門の言葉はみきの好きな歌と共に、凝然とする平蔵の耳もとでいつまでも鳴り続けていた。

四章　人斬り土郎

一

戸田村にほど近い土肥は金山で知られる土地だが、そこの小諸屋という宿に、十二月の初めから五、六人の若者たちが滞在し始めた。江戸から上方へ向かう旅の途中だと言っていたが、派手な格好といい、粗暴な物言いといい、悪党そのものである。

黒船来航以来、幕府や藩の支配力の弱まりが露呈した形で、悪党は村々の厄介者となり果てていた。もはや取り締まりには期待できないというので、自衛に努める村もあり、百姓たちが剣術の稽古に励む姿もめずらしくない。

小諸屋に泊まっている男たちは、二十代から三十代の連中で、皆、刀を持っていた。日中であれ夜であれ、交替で誰かがふらりと外へ出ていき、またふらりと戻ってくる。彼らが外で何をしているのかは、宿の者には分からなかったが、少なくとも事件は起こしていないようなので、小諸屋も迷惑顔は見せられなかった。

やって来た際、「今年の終わりまでは世話になる。それまでの前金だ」ということで、十分すぎる金を差し出されている。　働いているようにも見えぬのに、金はそれなりに持っているのが不思議であった。


　十二月十二日の昼、外から小諸屋へ戻ってきた男が、

「士郎はいないのか」

と、声を発した。部屋には五人の男たちが溜まっていたが、

「あいつなら外だろ。素振りか駆け足に出てるんじゃないか」

隅に寝転んでいた男が返事をする。

「まったく、ここでも稽古は欠かさぬときた」

あきれたような調子の声が上がり、失笑が漏れた。

「あいつ、練兵館の出だからな。半端なことはできねえんだろ」

「練兵館って、神道無念流のあれか」

別の男が驚きの声を上げた。

江戸の三大道場の一つで、斎藤弥九郎が道場主を務める神道無念流の練兵館。その名を知らぬ者はこの中にいなかった。

「住み込みだったらしい。けど、前に練兵館の話をしてくれって頼んだら、そっけなく断られた。あの頃のことは話したくないんだとよ」

「しかし、毎朝毎晩の素振り千回と、暇さえあれば山道の駆け足。あれは練兵館仕込みだったのか」

「稽古をしないと気持ち悪いとほざいてたぜ」

「そりゃあ、大したもんだ」

男たちの声は、相手を小馬鹿にしているようでもあり、妬ましさを覚えているようでもある。

その時、部屋の戸が開いて、三十路ほどの男が無言で中へ入ってきた。

「おい、士郎」

直前に外から戻ってきた男が慌てて声をかける。士郎と呼ばれた男は不機嫌そうな顔を向けただけで、返事もしなかった。

「お前が昔の知り合いだって言ってた、例の船大工だがな。今朝早く村を出たそうだぜ」

士郎の目が細められ、鋭い光を宿す。

「怖い顔すんなよ」

目を向けられた男がたじろいだ様子で、士郎に言った。

「村を出て、どこへ行ったんだ?」

士郎が低い声で問うた。

「向かった先は知らねえが、達磨山を登ったって話だ」

それを聞くなり、士郎はすぐに踵(きびす)を返した。

「おい、どこへ行く」

士郎は答えず、廊下を引き返していった。

「勝手な真似はするなよ」

仲間の忠告に対し、返事もない。

「ちっ、愛想のねえ野郎だ」

舌打ちの声と同時に、戸が荒々しい音を立てて閉まった時、士郎はもう草履を履いて外へ出るところであった。

（あいつは韮山代官のもとへ向かった）

士郎には直感があった。おそらくあの男は投げ文の筆跡を見て、誰が書いたものか気づき、相談に行ったのだろう。

無論、気づいてもらわなければ困る。気づかれるように書いたのだから。

そのことが、事態をどう転がしていくのかは、士郎自身にも分からなかった。が、あいつと太郎左衛門を動揺させられれば、まずはそれでいい。

あいつは邪魔者だった。昔の知り合いという意味でも、士郎の心と剣をかき乱すかもしれないという意味でも。その上、あいつは事もあろうに異人たちと親しくしている。

あいつのいない隙を狙って異人を斬ればいいが、さすがに役人の目が光っている今は難しい。異人が戸田へ入って以来、幕府は村へ通じる修善寺越え、真城越え、小土肥越え、井田越えなど、計六か所に新たな番所を置いていた。が、小土肥に配された役人の幾人かはすでに籠絡してある。

この機に、船大工たちも籠絡してやろう。士郎はそう計画していた。

あいつと違って、他の船大工たちは異人を憎んでいる。いずれ造船事業が始まれば、多くの船大工たちがおろしあ人に近付けるはずだ。うまくいけば、おろしあ人を誘き出す手引きをさせられるかもしれない。

(異人は斬る)

そのためにこそ、士郎は戸田村まで来た。本当は全員叩き切ってやりたいが、村の異人は百人を超えるという。まずは一人か二人。斬り殺すか、せめて怪我を負わせられれば、攘夷断行の先駆けとなる。開国に反対する者たちは力を得て、大いに奮い立つことだろう。

――お前は志士になるのだ。捕らわれの身であるあのお方のため、お前は異人を斬れ。

そう告げるあの人の前で、士郎は異人斬りとなることを誓った。今、小諸屋で一緒にいる連中は一応、同志である。

あの人がそうしろと言うから、くだらない連中とも江戸から行を共にしてきた。が、彼らは所詮悪党、自分とは違う。自分は志士になる男だ。

（あいつと最も親しい異人を斬りたい）

今、士郎の胸にあるのはそれだけだった。攘夷を実行するだけならば、別に特定の異人を狙う必要はない。その方が成功する見込みも高くなる。だが、あいつが異人と親しくしていると知ってしまった以上、もはや自分を抑えることはできなかった。

異人を斬る瞬間のことを想像すると、胸が熱く燃え、血が沸き立つ。それを静めようともせず、士郎はただひたすら戸田村へと走り続けた。

そのうち、心に語りかけてくる声があった。士郎の身内にいつしか棲みついた鬼畜の声である。

――お前は本当に異人を斬りたいのか。

斬りたいとも――と、士郎は答えた。それを己の使命と思えばこそ、戸田村までやって来たのだし、今もこうしてひたすら駆けているのではないか。

――違う。お前は志士だの使命だの、耳に心地よい言葉を並べ立てているが、本当にやりたいことを隠しているだけだ。お前が本当にやりたいことは、異人を斬ることではない。

では、俺の本当にやりたいこととは何だ——と、士郎は自問自答する。

確かに、つい先ごろまでの自分は、己の本当にやりたいことが分かっていなかった。何も分からぬまま、ただ剣の腕を磨いてきた。

それが楽しかったのかと訊かれても、答えようがない。

剣を振るうこと自体が好き、あるいは剣の道が己を磨くことと同義である、という者が剣術家の中にはけっこういるが、士郎はその類ではなかった。剣術に興味などなかったが、剣を取るより他に道はなかったのだ。

親も兄弟もなく、帰れる故郷もない。己が己であると証を立てるものが何一つなかった。せめて剣術で人並みの者となり、他人から認めてもらえるようにならなくては。

そうならねば、自分の声になど誰も耳を傾けてはくれない。ちっぽけな、力を持たぬ弱者の声など、自分こそが正しいと喚き立てる厚顔無恥な強者の大声にかき消されてしまうのだ。

いつかは己の力を示してみせる。そして、自分の言葉こそが正しいのだと、人に分からせてみせる。

黒船が来航したのは、まさにその頃だった。

見たこともない異国の大型船、そして強国の理を振りかざして弱小国に開国を迫る異人たちは、己を弱者と弁える士郎にとって、憎むべき強敵そのものであった。

強者の言いなりになっていては、相手を付け上がらせるだけだ。弱者の言葉を聞かぬ強者には剣で分からせるしかなく、弱者の剣とはそのために在る。異人を斬ることこそ自分の本当にやりたいことで間違いない。

堂々と答えた士郎に、鬼畜の声はあざ笑うように畳みかけてきた。

——己の剣術は異人を斬るためのものだと、お前は心の底から思っているのか。

当たり前だ、と士郎は胸の中で叫び返す。

我が剣は異人を斬るためのもの、それ以外に何があるのだ、と。

——お前は異人憎しと思う前から、ある目的を持って剣を磨いてきたはずだ。斬りたい奴がいたからだろう？

さっきから何を言う。俺が本当に斬りたい奴とは誰だ。

——そんなものは決まっている。船大工のあいつだ。

鬼畜の声は勝ち誇ったように高らかな声を上げて笑い出した。

「違う！」

士郎は外にいるということも忘れ、声を出していた。

（俺はそんな小事のために、剣を磨いてきたのではない！）

心の中の鬼畜は声を上げて笑うだけで、もう士郎に問いをぶつけてこようとはしなかった。

忌々しい。だが、それを生み出したのが他ならぬ自分であることは、士郎が誰よりもよく分かっているのだった。すべては二十年近く前のことにさかのぼる。

二

──助けてくれ。

必死に声をかける。上から自分を見下ろす少年の顔があった。まったく動じたところのない無表情だった。その冷酷さにぞっとした。

──俺たち、兄弟だろう？

すがりつくように再び叫んだ。が、少年の顔は無表情のまま……。

「うわあっ！」

自分の出した大声ではっと目が覚めた。

「大丈夫か」

三十路くらいの見知らぬ男が、士郎を心配そうに見つめていた。

「お前さんは山中に倒れていたのだ。私は甲斐屋九郎兵衛(かいやくろべえ)という薬の行商をしている者だよ」

男は自ら名乗り、士郎にも名を尋ねた。しかし、士郎には答えられなかった。自分が何者で、どこから来て、どこへ行こうとしていたのか、何も思い出せなかったのだ。

「これはいかん」

士郎の容態を察した甲斐屋は、まず体の具合を検(あらた)め、自分の持っていた薬でできる手当てを施してくれた。幸い重傷は負っておらず、記憶を失くしたことより他に後遺症と呼べるものもなかった。

「私は江戸へ向かう途中なんだが、もしお前さんが一緒に行ってもいいというのなら、連れていってあげよう」

甲斐屋は士郎にそう申し出てくれた。それを断るなら、近くの村を回りながら自分の素性を探るしかないのだが、生憎(あいにく)、その辺りは一揆(いっき)で騒がしくなりそうな気配だという。そう聞いて、士郎は甲斐屋に江戸へ連れていってもらうことにした。

江戸へ着いてからは、甲斐屋が取り引きしているという、日本橋(にほんばし)の三国堂(みくにどう)という薬種問屋で世話になった。甲斐屋は士郎の記憶が戻るまで世話をしてもいいと言ってくれていたが、そうなると、常に甲斐屋の行商に付き従わねばならぬこととなる。

だが、その件について士郎が悩み続ける必要はなくなった。

「……本所南割下水(ほんじょみなみわりげすい)の韮山代官屋敷……江川太郎左衛門さま」

三国堂が商いをする客の中に、その人物がいた。そして、その名を聞くなり、士郎は脳天を打ち割られたような衝撃と共にぶっ倒れた。

――韮山代官江川太郎左衛門さまを頼れ。

伊佐次から聞かされていた言葉が頭の中をぐるぐるめぐっている。

このことが呼び水となり、士郎はその後、記憶をすっかり取り戻せたのであった。

伊佐次が行けと言っていたのは韮山屋敷の方だが、江戸にも代官屋敷があり、太郎左衛門が江戸と韮山を行き来していることは聞かされていた。江戸まで来てしまった以上、韮山を目指すより、本所の屋敷へ向かった方がいい。太郎左衛門がこの時、韮山と江戸のどちらにいるのかは士郎には分からなかったし、三国堂の者たちも知らなかった。

「そういうことなら、三国堂の手代さんが屋敷に行く折にでも、一緒に連れていってもらえばいい」

甲斐屋は士郎の話を聞いて、三国堂に頼んでくれた。

「代官さまに引き合わせることはできないが、屋敷への道案内ならば手代にさせましょう」

三国堂の主人からの返事に、士郎はよろしくお願いしますと頭を下げた。

「もう心配は要らないだろう」

甲斐屋とは三国堂で別れることになった。

「私はまた甲斐へ引き返す予定なんだが、記憶も戻ったことだし、誰かお前さんのことを伝えてほしい身内はいるのかね」

別れ際、親切心からそう言ってくれる甲斐屋に対し、士郎は少し迷ったものの、

「郡内の下和田村、伊佐次という百姓に……」

と、名前だけ告げた。甲斐が一揆で騒がしい時、伊佐次とのつながりを言うことが正しいかどうか分からない。そうした事情を甲斐屋はすばやく察したらしく、

「お前さんが生きて江戸にいるってことだけ伝えればいいね」

と言うだけで、それ以上のことは尋ねなかった。

「下和田村の方へ行くかどうかは分からないから、あまり期待はしないでくれ」

甲斐屋の言葉に、無言でうなずく。甲斐屋が村へ行く見込みどころか、伊佐次が生きている見込み自体、決して高くはないだろう。士郎も大きな期待をかけていたわけではなかった。

「御恩は一生忘れません」

士郎は甲斐屋と別れる際、深々と頭を下げた。甲斐屋に助けてもらうことがなければ、自分はあのまま死んでいたかもしれない。そう思うと、まさに地獄に仏と呼べるような人であった。

「何、行商をしていれば、いろんな人に会う」

甲斐屋は気さくな調子で、恩を感じる必要はないと言ってくれたが、士郎自身はいつか恩返しをしなければいけないと思っていた。

甲斐屋の方が先に三国堂を発ち、その数日後、士郎は三国堂の手代に連れられて、本所南割下水の代官屋敷へ向かった。

「あたしは別の用事がありますから、門番の人に引き合わせはしますが、そこで失礼します。その先はご自分でお願いしますよ」

案内役の手代は士郎に言った。士郎としても、くわしい素性を三国堂の人々に語ったわけではないから、その方がありがたかった。

「韮山代官さまのお屋敷は大事なお取り引き先ですから、うちの看板を汚すようなことはしないでくださいまし。他ならぬ甲斐屋さんの頼みだから、旦那さんもお引き受けしたんだと思いますが」

はっきりと言わぬまでも、士郎のことを胡散臭く思っているのが言葉の端々からうかがえた。腹は立たなかった。甲斐屋に連れられて三国堂へ立ち寄った際には、記憶のなかった自分なのだ。それがいきなり記憶を取り戻し、韮山代官に用があるなどと言い出せば、疑われても仕方がない。

まして甲斐国は一揆の最中である。甲斐の郡内出身者だと告げることで、一揆との関連を疑われれば、太郎左衛門に会わせてもらえない恐れもあった。

郡内から来たとは言わず、伊佐次の名前だけで取り次いでもらえないだろうか。伊佐次との関わりを示す証の品があれば、何とかなるかもしれない。別れ際、伊佐次はその用意もしてくれたのだが、生憎、それは士郎の手もとにはなかった。

結局、心を決めかねているうちに、本所の代官屋敷に到着してしまった。

「日本橋の三国堂でございます。いつもご贔屓にしていただきまして」

門番の前まで進むと、手代が愛想よく挨拶した。

「今日は、こちらに御用がおありの人をご案内いたしました」

手代がそう言って、士郎を振り返った。門番の眼差しが士郎の方へと向けられる。

「この少年がそうか」

門番の目に怪訝な色が浮かび上がった。

「くわしいお話はご本人からお聞きくださいまし」

手代は言っていた通り、引き合わせただけ済ませると、「では、これで」と士郎を残し、去っていった。士郎は門番の前に進み出た。

「俺は士郎といいます。伊佐次という人から代官さまを訪ねるようにと言われて参りました」

「いさじ？　いさじとはどこのいさじだ」

案の定、門番はその言葉だけでは中へ話を通してもくれなかった。こんな時、伊佐次が用意してくれたゆかりの品があればよいと思ったが、どうしようもない。

「に、韮山の伊佐次と言っていただければ、お分かりになると思います」

一瞬迷ったが、士郎はそう告げた。

「韮山だと？　では、あちらから出てきた者か」

「あ、はい。そうです」

成り行きからうなずいてしまった。嘘を吐いてまずかったかと思った時、敷地の中からこちらへ向かってくる人影があった。

「これは、斎藤殿。お帰りでございますか」

現れた体格のよい男に、門番が声をかける。その歩き方を見るだけでも、相当に鍛えていると分かる男であった。斎藤と呼ばれたその男は、士郎に目を向けた後、門番に尋ねた。

「この少年は？」

「韮山より参った者で、士郎と申すそうです。生憎、代官さまは韮山におられますので、行き違いでしたな」

「士郎だと？」

門番の説明を聞くなり、斎藤の表情がにわかに変わった。

「ご存じでいらっしゃるのですか」

門番の方も驚いたように、斎藤に問う。

「そういえば、斎藤殿はつい先日まであちらにおられたのでしたな」

「いや、まあ。しかし、韮山から来た、だと……？」

斎藤の顔に浮かぶ怪訝そうな色合いは、次第に深まっていくようだった。

「少しそなたの話が聞きたい。ここでの立ち話も何だ。私の道場が九段にあるゆえ、そちらへ来てもらえるか」

斎藤は士郎に目を据えて、突然言い出した。射貫くような眼差しに、抗う術は持たなかった。気圧されたように、士郎はうなずいていた。

「斎藤殿に心当たりがあるのならよかった」

安心した顔つきで言う門番に見送られる形で、斎藤は歩き出し、士郎は続いた。九段の道場に到着するまで、斎藤は一言も話さなかった。士郎もその間は無言を通した。

「ここだ」

斎藤から告げられた道場は、士郎には大きな屋敷と見えるほど立派な構えの建物だった。その名を練兵館といい、江戸三大道場の一つだということは後に知った。

門をくぐり抜けるなり、門人たちの気合が高らかに聞こえてくる。冬だというのに、その熱気のこもった声を聞いていると、こちらまで汗が噴き出してきそうだ。

士郎はそれまで剣術を学んだことはない。甲斐の郡内にも百姓や町人の通える道場はあったが、通いたいとはまったく思わなかった。場違いのところへ来てしまったという居心地の悪さが、士郎の全身を包み込む。

しかし、敷地の奥へ進むにつれ、道場の掛け声も小さくなり、居心地の悪さは薄れていった。

奥には別棟が設けられていて、士郎はそちらへ連れていかれた。

八畳ほどの座敷へ通された後、斎藤から「しばし待て」と言われた。斎藤は刀掛けに二刀を置くと、いったん座敷を出ていったが、やがて、袴を脱いだ小袖姿になって戻ってきた。

「さて、そなたの話を聞く前に、私からいくつか問いたいことがある」

斎藤がまず切り出した言葉に、士郎は黙ってうなずいた。

「実は、そなたの名を甲斐で耳にした」

士郎は息を呑んだ。

「騒動の最中のことだ。伊佐次という男から、平蔵という息子と士郎という少年のことを頼まれた。まあ、頼まれたのは私ではなく、江川さまであるが。それで問いたい。そなたは先ほど韮山から来たと言ったそうだが、それはどういうことだ？」

「あれは、偽りでした」

士郎はすぐに言い直した。

「甲斐の郡内から来たと言えば、騒動との関わりを疑われて、代官さまに会わせてもらえなくなるかと思って」

斎藤の前で嘘を吐いたと白状するのはきまりが悪く、士郎は自然とうつむいていた。斎藤には、相手にその手のきまり悪さを感じさせる威圧感があった。

「そうか」

斎藤は短く応じただけであった。責める口調ではなかったが、やむを得ないことだと思ってもらえたかどうかは分からない。

「では、甲斐から来た士郎ということで、間違いないのだな」

士郎は一呼吸置いた後、小さな声で「……はい」と答えた。

「今度こそ、嘘偽りはないのだな」

念を押すように、斎藤は問うた。士郎は先ほどの偽りを責められているように感じつつ、「……はい」と小さく返事をした。

「ならば、よい。私は韮山代官江川太郎左衛門さまの手代を拝命する斎藤弥九郎と申す者。江戸にては、ここ練兵館の道場主をも務めている。そなたは江川さまが面倒を見るとお約束した者ゆえ、ひとまず私がここにて世話をいたしたいのだが、そなたはどうじゃ」

「俺は、代官さまを頼れと言われてましたので」

「江川さまは今は韮山を離れられぬゆえ、すぐにお会いすることはままならぬ。ただ、そなたの暮らしが立ち行かなくなるようなことはないゆえ、そこは安心してほしい」

「俺は、ここで何をすればいいんでしょう」

士郎は戸惑いながら尋ねた。

「ここは道場ゆえ、門人たちが多く出入りしている。そなたには門人たちの世話を含む雑用をしてもらいたいが、どうじゃ」

士郎はうなずいた。

「それから、平蔵のことだが」

斎藤が言葉を継いだ。

「すでに、平蔵は韮山にて江川さまの保護を受けている。平蔵はそなたとはぐれたと言っていたそうだ。山中を捜し回ったがついに見つけられなかった、と。そなたは死んだかもしれぬと思い、たいそう憔悴(しょうすい)していたそうな」

その言葉を聞くなり、士郎の胸の中に激しい怒りが湧き上がってきた。

しかし、斎藤の物言いからして、太郎左衛門は平蔵の言葉を信じているようであった。その太郎左衛門を、斎藤もまた信じている。斎藤の信じているものに異を唱えてはならないと、この時、士郎は直感した。

「平蔵とは確かに山の中ではぐれました。俺は崖(がけ)の下へ落ちたんですが、その先は意識を失ってました。目覚めた時には記憶も失っていたんです」

士郎はそう告げ、続けて自分が目覚めてからのことを正直に語った。最後に、

「あの、俺のこと、平蔵に伝えますか」

念のため、斎藤に尋ねた。斎藤は案の定、怪訝な顔をした。

「平蔵が気に病んでいるゆえ、伝えてやった方がよいと思うが、そうしてほしくない理由でもあるのか」

平蔵には何も知らせないでほしい。もう関わりを持たずに暮らしていきたい。それが士郎の本音であった。

「俺のこと、あいつに話すのなら、俺はここを出ていきます」

出ていってどうするという思案もなかったが、口が勝手に動いていた。江川太郎左衛門を頼りたい気持ちはあるが、あいつと一緒なら話は別だ。

すると、斎藤は「そうか」と呟き、

「そこまで言うのなら、私に拒む理由はない。平蔵には告げぬと約束しよう。そなたが平蔵に伝えたいと思う時が来たら言いなさい。それでよいな」

と、続けて言った。

「はい。ありがとうございます」

士郎はほっとして礼を述べた。平蔵に伝えてほしいなどとは、一生思うはずがなか

った。

「それにしても、薬の行商甲斐屋か。そなたはまこと、よい者にめぐり会えたな」

感慨深い様子で呟く斎藤の言葉に、士郎は深々とうなずき返した。

その後、士郎は外出の許しをもらい、三国堂へ舞い戻った。練兵館で暮らすことになった事情を伝えておけば、いずれは甲斐屋にもそのことが伝わるはずである。

そして、士郎は練兵館で雑用係として働くようになった。ただ生きることに精一杯で、将来のことを考える余裕などなかったのだが、その気持ちががらりと変化したのは、十三歳の冬のことである。

約一年ぶりに、大恩人である甲斐屋九郎兵衛と再会したのがきっかけであった。

三

甲斐屋が練兵館を訪れた目的は、薬の売り込みが主たるもので、士郎との再会はついでだったようだ。それでも、客人の取り次ぎに出た士郎は、玄関口の甲斐屋九郎兵衛を見るなり、

「甲斐屋さんではありませんか！」

と、いつになく大きな明るい声を上げていた。

「ああ、やはりここにいたんだね、士郎。三国堂の旦那から話は聞いていたんだが」

甲斐屋も嬉しそうな笑顔を見せた。もっと早く様子を見に来ようと思ってはいたのだが、江戸に滞在する期間も短いことが多く、なかなか来られなくてすまなかったと、甲斐屋は言った。

「こちらこそ、命を救っていただいたのに、何のお礼もすることができず、申し訳ないことでございました」

士郎は玄関口に正座し、甲斐屋に向かって深々と頭を下げた。

「いやいや。袖振り合うも多生の縁だからね。なあに、私はこれから道場主相手に商いをするが、お前さんがここにいてくれるのも、力強い後押しになってくれるかもしれない」

甲斐屋の商いに利用されると言われたようなものだが、悪い気などしなかった。むしろ、少しでも甲斐屋の役に立てるならありがたい。

「では、先生のもとへご案内いたします」

雑用係の仕事も板についてきた士郎を、甲斐屋は一安心というように見つめていた。

斎藤と甲斐屋との対面は終始、和やかな雰囲気で行われた。練兵館にはすでに出入りの薬売りもいたが、道場は怪我人もしょっちゅう出るから、薬が不足することも多い。士郎が甲斐屋を大恩人と話していたこともあって、商談はすんなりまとまった。

「それでは、江戸へ参りました折には、ちょくちょく足を運ばせていただきます」

甲斐屋は恭しい態度で頭を下げた。斎藤は部屋の隅に控えさせていた士郎を顧み、

「甲斐屋とは久しぶりであろう。恩人との再会なのだから、ゆっくり話をするといい」

と、勧めてくれた。こうして暇をもらった士郎は、甲斐屋に誘われ、九段下の茶屋へと向かった。

「ところで、お前さん、剣術は学んでいないのかね」

茶屋の席で落ち着くなり、甲斐屋はそう尋ねた。

「はい。特に斎藤先生から勧められることもありませんでしたので」

脳裡(のうり)に自分を見殺しにしようとした少年の顔が浮かんだ。何があっても生き延びるためには強くならなければならない。剣を学ぶことはその近道であったが、自分の考えを斎藤にうまく伝える自信がなかった。下手なことを言って、剣を報復の手段に考えているなどと疑われては、道場を追い出されるかもしれない。

「お前さん、斎藤さまの信頼を損ねるようなことをした覚えはないのかね」

さらに甲斐屋が尋ねてきた。

思い当たることと言えば、韮山代官の江戸屋敷を訪ねた折、韮山から来たと嘘を吐いたことくらいであった。その話を打ち明けた後、甲斐屋は少し考え込むようにしていたが、

「道場に置いてもらって、剣術をやらぬという手はない。斎藤さまはおそらく、お前が剣術を教えてくれと言い出すのを待っておられるのだろう。百姓、町人も剣を学ぶ時代だ。何、遠慮はせず、剣術を教えてくださいと申し出てみればいい」

と、士郎に勧めた。

「理由を訊かれないでしょうか」

「理由など、斎藤さまのようになりたいからだと言えばいい」

甲斐屋から力強く言われて、士郎はその気になった。

「分かりました。それならば、剣術を学びたいとお頼みしてみます」

「ただ、これだけは覚えておいたらいい。斎藤さまの前ではもう二度と嘘は吐かぬことだ」

甲斐屋の忠告に、士郎はしっかりとうなずき返した。

練兵館に帰った士郎はさっそく、斎藤に剣術を学びたいのですが、と申し出た。

「うむ」と短く応じた斎藤の様子は、控えめながら、やはり満足しているように見えた。

「ここは道場ゆえ、学びたいと言う者を拒んだりはせぬ。しかし、道は決して平坦ではない。そなたに耐えられるか」

耐えられます——と答えようとして、一瞬躊躇（ちゅうちょ）した。斎藤の前で二度と嘘はいけない。もちろん、意識した上での嘘ではないが、できるかどうか分からぬことに、安易な返事は避けるべきであった。

「耐えようという覚悟は持っております」

と、士郎は答えた。

「万一にも途中で投げ出すようなことになれば、ここを出ていってもらう。再び雑用に戻すことは、他の門人の手前、示しがつかぬのでな。それでもよいか」

この問いかけにはもっと困惑した。だが、ここで願いを取り下げたりしたら、斎藤に失望されるだけである。ここはもう、このまま突き進むしかなかった。

「分かりました」

士郎は本気で答えた。

「よし。武術を行う者にとってまず大切なのは、体力と胆力。体と心、双方の力だ」

「はい」

「ならば、まずは朝と晩、駆け足で九段坂の往復をして力をつけよ。朝晩それぞれ百往復、できるな」

どのくらい大変かは見当もつかなかったが、否と言えるような場面ではなかった。

士郎は再び「はい」と答えた。

「ひと月の間、一日も休まずそれができたら、次へ進もう。一日でも休んだら、それまでの回数は無効とする。なお、剣の修行を始めてよいと私が言うまでは、雑用の仕事はこれまで通り続けてもらう」

こうして、その日の晩から、士郎の修行が始まった。

朝は六つの鐘が鳴るまでに、晩は六つの鐘が鳴ってから、修行を行わねばならない。その上、一日も休まずとは雨が降ろうが、坂の上から強い風が吹き下ろしてこようが、続けなければならないのだった。

初日の晩、気持ちの昂り(たかぶ)もあり、五十往復くらいまでは何とか順調に進めることができた。しかし、五十を過ぎると、息が切れた。七十を過ぎると、足がおかしくなるくらい重くなった。歩いて上り下りするなら何でもないし、同じ距離を走って往復するのも大したことはない。だが、段のある坂を駆け足で上り下りすることがこれほど苦しいとは！

途中、めまいを起こしそうになりながら、歩いてしまおうかと何度も思った。どうせ誰が見ているわけでもない。いや、それを言うなら、数をごまかしたところで、誰かに分かるわけではない。

――これだけは覚えておいたらいい。斎藤さまの前ではもう二度と嘘は吐かぬことだ。

その度に甲斐屋の言葉が耳によみがえった。そして、斎藤はどうあっても自分の嘘を見抜くのではないかという恐れがあった。

(俺は強くなって、いつか江川さまにお会いするんだ!)

その思いを胸に、士郎は九段坂の往復に耐え抜いた。

終わった後は布団に倒れ込むように眠ったが、翌日はもっとつらかった。太腿が腫れて熱を持ち、激しく痛むのだ。歩けないというほどではなかったが、駆け足で九段の坂を上り下りできるとは思えない。

その状態で坂の駆け足をすれば、体を痛めると門人たちから言われ、結局、足の痛みが引くまで修行はできなくなった。

「いきなり百回やろうとするのではなく、百往復できる体を作るべく、まずは毎日続けられる数で行うことだ」

門人たちから忠告を受け、足の痛みが引いてから再び坂の駆け足が始まった。

ひと月かければ、次の段階へ進めると思っていたのは甘かった。斎藤の口にした修行をこなせる体さえ、自分は持っていなかったのだ。自信も失くしたし、再び百往復を始めた数日後、大雨の中、駆け足をして風邪を引き込んだ時には、やる気さえ体から抜け落ちていく気がした。

それでも、ふた月かけて、士郎は斎藤の課題を成し遂げた。その結果にごまかしや嘘はいっさいない。

「よし。では、次は二百往復ずつだ」

斎藤からは、褒め言葉の一つもなく、ただ次の課題が申し渡されただけであった。今度は、二百回往復できるだけの体作りから始めねばならなかった。

それでも、修行を始めた直後のような激しい痛みを、体が感じることはなくなっていた。九段坂の二百往復をひと月続けた後、士郎は竹刀を持たせてもらった。素振りの型を教えてもらい、それからは朝晩五百ずつの素振り。数は徐々に増やされ、その次は木刀での素振り。

道場の中で竹刀を振るうことが許されたのは、九段坂の上り下りを始めてから二年後のことであった。それを機に、士郎は雑用を外され、斎藤のそばに仕える付き人となった。

五年が過ぎ、いつしか十年が過ぎた。

道場の中で、門人たちと試合ができる立場になっても、士郎が太郎左衛門に会える機会は訪れなかった。平蔵に自分のことを伝えないでくれと斎藤に頼んだ手前、太郎左衛門にだけこっそり会わせてほしいとは頼みづらかった。しかし、いつか自分が斎藤を満足させるほど強くなれば、斎藤の方から会わせようとするのではないかと士郎は考えていた。

太郎左衛門に会うために剣術を磨くのか。剣術を磨き上げたからこそ、太郎左衛門に会いたいのか。

もはや後先はどうでもよくなっていたが、太郎左衛門との対面は士郎の意地となっていた。太郎左衛門に会うまでは、自分の剣の道が中途半端な気がしていたのである。

もはや、斎藤から課題を出されることはなくなっていたが、士郎は自分で九段坂の朝晩の二百往復、竹刀での素振り千回ずつを自らに課し、休むことはしなかった。

やがて、十五年ほどが過ぎた。

嘉永六（一八五三）年、江戸湾に黒船が姿を見せる。

江戸中が大騒ぎになり、瓦版が飛ぶように売れた。無論、練兵館もその例に漏れず、来る日も来る日も、門人たちは黒船のことを語り続けた。

黒船がいかに度肝を抜くほど大きく、その船体が頑丈に造られているか、大砲がどれほどの威力を持つのか、昂奮気味に語る者たちは士郎の周りにも多かった。門人たちの中には異国への強硬姿勢を訴える者もいた。

その者たちと同様、士郎もまた熱に浮かされたように思いめぐらした。

（そうだ。異人の言いなりになどなるものか）

自分に何ができるか――と思案した時、脳裡に浮かんだのは韮山代官江川太郎左衛門のことであった。郡内騒動後の太郎左衛門の活躍は、練兵館にいる士郎の耳にも入ってきていた。農兵の創設を幕府に進言しただけでなく、洋式砲術を取り入れたり、韮山反射炉や品川台場を築くなど、数々の重要な政策に推進役として関わっている。士郎はそんな太郎左衛門の下で、自分も力を発揮したいと考えた。

太郎左衛門のもとへ行くにはどうすればいいか。斎藤弥九郎に仲立ちしてもらうしかないが、斎藤は二十年近くもの間、士郎を太郎左衛門に引き合わせようとしなかった。その斎藤の心を動かし、すぐにでも太郎左衛門と引き合わせてもらうための方策――それはないわけでもない。

本当のことを話せばいいのだ。

初めて会った時、斎藤の信頼を得るために、あえて言わずにおいた真実を打ち明けるのは、今をおいてない。

「斎藤先生、お話があります」

士郎は斎藤のもとへ出向き、改まった様子で切り出した。

「実は郡内騒動のことで、お伝えしていなかったことがあるのです」

士郎は騒動の直前、伊佐次から逃げるように言われた時のことから語り起こした。

「俺たちは山中をさすらい、そこで……平蔵とはぐれました。俺は記憶を失い、甲斐屋さんに拾われて江戸へ。平蔵は韮山の江川さまを頼ったと、斎藤先生がお話しくださいました」

「うむ。平蔵がその後、戸田で船大工になったという話も、そなたに伝えたはずだ」

「はい。あの時、俺が記憶を失ったのは崖から落ちたせいでした。足をすべらせた俺は木の根につかまりながら、上にいるあいつ……平蔵に助けを求めました。助けてくれ、俺たちは兄弟だろう、と――。けれども、あいつは冷たい目をして、俺を見捨てたんです。俺が死ねばいいと思ってたんだ！　そうすれば、自分だけが江川さまの庇護を受け、いい目を見ることができるから」

「何を言う。そんな真似をして平蔵にどんな得があるというのだ」

「あいつはそういう奴なんです。どうしてなのかはあいつに聞いてください。あいつが何を考えて、俺をひどい目に遭わせるのか、俺だって本当のところは分かりません」

言い募る士郎を前に、斎藤は腕組みをして一言問うた。

「なぜ、初めに言わなかった」

「言えなかったんです。斎藤先生も江川さまもあいつの言葉を信じていらっしゃると思えたから。俺が嘘を吐いていると思われるのが嫌で、言えなかった。でも、これが本当の話です。どうか江川さまに会わせてください。今さら、あいつの嘘を暴いてどうこうしたいわけじゃない。ただ、俺は江川さまのお役に立ちたいんです。なぜなら、俺が……俺こそが……」

士郎は溜め込んでいた言葉を吐き出した。この二十年、誰かに言いたくてたまらなかった言葉、偽ってきた己自身を解き放ってくれるその言葉を。

斎藤はいつしか目を閉じていた。

ややあってから、斎藤はゆっくりと目を見開いた。

「嘘偽りは私の最も嫌うところだ」

「存じております」

「士郎、今ならばまだ許してやれる。そなたは黒船の騒動に浮かされ、最も大事なものが見えなくなっているのだ」

斎藤の目の中には、相手を哀れむ色が浮かんでいた。それは、いつもの厳しい眼差しを向けられるより、ずっとつらかった。士郎は自分でも思いがけないほど、深く傷ついていた。

「先生、それはどういう……ことでございますか」

震える声で、士郎は訊き返した。

「己の偽りをしかと反省し、謝罪いたせ。さすれば、我々はまだ師匠と弟子でいられる」

「俺が偽りを述べたのであれば、いくらでも謝ります。けれど、俺は嘘は吐いていない。俺は斎藤先生の前では二度と嘘を吐かないと、自分に誓ったんです。嘘を吐いてるのは俺じゃなくて、あいつの方……」

「愚か者！」

　士郎の懸命な声は、斎藤の怒声に遮られた。もはや斎藤の目の中に哀れみも厳しさもうかがえない。そこに浮かんでいるのは、相手を蔑（さげす）む色だけであった。

「そなたは二十年もの間、この私のそばで何も学ばなかったのか！」

　情けない――心底失望したような声が、士郎に降り注がれた。

（俺は断じて嘘は吐いていない。天地神明に誓って、俺は――）

　その上、何をしてもらったわけでもない江川太郎左衛門のため、刻苦して身につけたこの剣を使おうとさえ考えた。これほどの義、これほどの真心をもってしても、自分は嘘吐き呼ばわりされ、愚か者と罵（ののし）られ、何も学んでいないと叱責（しっせき）されなければならないのか。

（こんな屈辱はない）

　心の中から、噴き上げてきたのは、怒りではなく、虚（むな）しさであった。

　これまでの自分は何だったのか。自分は真実を心に秘め、この二十年近く何に耐えてきたのだろう。

　士郎はふらふらと立ち上がると、斎藤に挨拶の言葉も述べず、部屋を出た。そして、その足で練兵館を飛び出し、二度と帰らなかった。

四

その日から、士郎は当てもなく江戸の町をさすらった。飯屋、居酒屋、茶屋、船宿――ありとあらゆる場所で、黒船について語り合う相手、攘夷論をぶちまける相手には事欠かなかった。気が合えば、まるで十年来の友人のような気安さで、次の店まで共に行き、時には初対面の男の家へ上がり込んで泊まらせてもらうこともあった。

そんなふうにひと月も荒んだ暮らしを続けていた頃だったろうか、ある日、目覚めると、士郎は知らない宿にいた。訊けば品川の宿だという。こういうことはこれまでにもあったが、この日は一緒に泊まったはずの男たちが誰一人いなかった。わずかに持っていた金もなくなっていた。

「お客さん、昨夜の宿代と酒代、お仲間の分もまとめてお支払いいただきますよ」

宿を出る時にそう言われた。先に出ていった連中は支払っていかなかったらしい。

「生憎、金を持っていない。どうやら、奴らに持っていかれちまったみたいでね」

言い訳すると、宿の主人は「それはお気の毒なことです」とうわべだけは言い、その場に控えさせていたらしい奉公人たちに士郎の周りを囲ませた。

「その件についちゃ、後で番屋に届けた方がいいでしょう。ですがね、私どもの宿代はあなたにお支払いいただかなけりゃいけないんです。今、持ち合わせがないというなら、お家へ知らせて持ってきていただいたらどうですか」

最後には、役人を呼ぶと言われた。もし身元を調べられたら、話は斎藤のもとへ伝わるだろう。士郎を引き取ることを斎藤は断るかもしれない。それはいいとしても、斎藤にこの状況を知られるのは屈辱だった。

(甲斐屋さんなら……)

ふと浮かんだのは、命の恩人の顔であった。その後も、甲斐屋は出入りの薬売りとして練兵館に顔を見せていたから、今もなお士郎とは付き合いがある。時折、外へ連れ出し、料理や酒をおごってくれることもあった。

江戸に在住しているわけではないが、今でも日本橋の三国堂と取り引きしているのは知っていた。彼が江戸にいて士郎の危機を耳にしたなら、金を貸してくれるかもしれない。

「日本橋に三国堂という薬種問屋があって、そこに出入りしている甲斐屋というお人に……」

見込みのほどは決して高くなかったが、士郎はそう口走っていた。

「何だ、日本橋三国堂さんのお知り合いでしたか」

三国堂が大店だと知っているらしく、宿の主人はにわかに機嫌を直した。

「違う。三国堂さんは俺のために金なんて出しませんよ。でも、三国堂にいる甲斐屋さんに話してもらえれば」

慌てて士郎は言い直したが、どっちだっていいと、主人から言い返された。

「とにかく、金をきれいに払ってもらうまで、おたくにはここにいてもらいますよ」

士郎はそのまま宿に留め置かれ、宿の小僧が三国堂へ走らされた。この時、幸いなことに甲斐屋は江戸にいて、その日も暮れようという頃、甲斐屋は士郎の留め置かれた品川の宿まで来てくれた。

「甲斐屋さんっ！」

甲斐屋がまるで仏のように見えた。そして、昔も自分は甲斐屋のことをそう思ったことがあったと、遠い日に心を向けた。

甲斐屋は宿の主人が言うままの支払いを済ませ、士郎を解放してくれた。

「ありがとうございます。金は必ずお返しいたしますので」

士郎は甲斐屋に深々と頭を下げた。甲斐屋はわずかに顎を引いただけで、その場では士郎を咎めたり叱ったりする言葉を口にしなかった。

知り合ってからもうずいぶんになるが、もともと縁もゆかりもない自分に、甲斐屋はどうしてこれほど親切にしてくれるのだろう。ありがたく思う一方で、ほんの少し疑問が湧いたのも事実であった。

「どうぞ、またお出でください」

態度を翻した主人に見送られ、甲斐屋と士郎は宿を出た。

「来なさい」

二人きりになると、甲斐屋はいつになく強い語調で命じ、士郎を路地裏にある小さな居酒屋へと連れていった。

「先日、練兵館に行ったのでね。お前があそこを出たことは知っていた。だが、こうも早く身を持ち崩していたとは思わなかったよ」

「甲斐屋さんのこれまでの御恩には感謝してもしきれないと思っております。けど、練兵館を出たのが間違っていたとは今も思っていません」

士郎は力をこめて言い返した。二十年の間、自分を食べさせてくれ、剣術を教えてくれた斎藤への恩義はすでに失せている。斎藤を配下とする江川太郎左衛門への信頼も薄れかけていた。

「一体、お前は何がしたいのだ」

どこか重々しい甲斐屋の口の利き方はそれまでのものとは違っていた。が、不思議なことにそういう口調があまり不自然ではなかった。

「俺は異人をこの国から追い払いたいだけです。あいつら、大砲積んでるからって無茶苦茶言いやがって。強けりゃ何やってもいいって、悪党と同じじゃないですか。そういうの、おぞましいくらい腹が立つんですよ。だから、昨日は浦賀に泊まってる船に殴り込みをかけて、異人を斬りに行こうって言ってました」

「大砲を積んでいる船に、長脇差で襲撃か」

士郎の腰のものに目をやって、あきれたように甲斐屋は言う。

「そんなのはやってみなければ分からないでしょう」

士郎は抗弁した。

「それで酒を食らい、挙句、金を盗られたのでは元も子もない。まあ、刀を取られなかっただけましというものか」

ふて腐れた顔つきの士郎を、甲斐屋はしばらくじっと見つめていた。それから、

「私は、元は武士だ」

と、低い声でいきなり切り出した。

「へ？」

何を言われているのか、よく理解できぬまま、士郎は甲斐屋を見つめ直した。顔立ちすら別人に見える男が目の前にいた。言葉遣いを少し改めただけで、甲斐屋は士郎の目に、すっかり武士の風格を持つ男として映っていた。

「甲斐守鳥居耀蔵さまを知っているな」

甲斐屋は問うた。

「あの妖怪と言われた？」

思わず口を滑らすと、その直後、甲斐屋から見たこともない鋭い目で睨みつけられた。

「あ、いや、南町奉行であった鳥居さまならば、もちろんお名前は知ってます」

すくみ上がってしまい、士郎はすぐに言い直した。

士郎が江戸で暮らすようになって、数年が経った頃、鳥居耀蔵が南町奉行となった。しかし、その当初から前任者を策略でもって失脚させたと噂されていた。また、天保の改革により、贅沢をした町人を手厳しく取り締まったため、町では蛇蝎のごとく嫌われていたはずだ。「妖怪」というあだ名は「耀蔵」の「よう」と「甲斐守」の「かい」とを合わせて付けられたものであった。

練兵館からあまり外へ出なかった士郎の耳にさえ入ってきたくらいだから、町中ではさらにいろいろと言われていたことだろう。

だが、鳥居耀蔵は自らを引き立ててくれた老中水野忠邦をも裏切り、水野を失脚させた。そのことで、後に返り咲いた水野本人により地位を追われたと聞く。その後、どこかの藩にお預けの身となったのではなかったか。士郎が覚えているのはそのくらいだったが、

「私は鳥居さまの配下の者だ」

甲斐屋はこの時、そう打ち明けた。

「えっ？　だって、甲斐屋さんは鳥居さまが失脚なさる前から……」

薬の行商人だったではないか——という言葉は出てこなかった。

ようやく気がついた。甲斐屋は鳥居耀蔵の隠密として動いている者だったのだ。鳥居が失脚してから、武士を辞めて商人になったのではなく、元から商人に成りすましていたのだろう。

さらに気がついたこともある。

鳥居耀蔵は江川太郎左衛門との確執が噂されていた時期があった。太郎左衛門の配下である斎藤弥九郎の練兵館に、甲斐屋が出入りしていたのは探りを入れるためだったのか。そして、必要以上に自分のことをかまってくれたのも——。

「俺のこと、利用してたんですね」

かつて商いに利用されたと分かってもまったく不快でなかったのに、政（まつりごと）に利用されたと聞くのは、何となく嫌な気がした。

だが、甲斐屋は士郎の拗（す）ねた様子にも傷ついた表情にもかまうことなく、落ち着き払っていた。

「さすがに、お前を江川代官の縁者と知って助けたわけではない。もちろん、練兵館への出入りについて、お前を利用させてもらったのは確かだが」

甲斐屋は悪びれずに続けた。

「今や、鳥居さまは何のお力も持っておらぬ。されど、あの方は一貫して開国に反対を唱えてこられた。蛮学社中の者たちを捕らえたのも、開国支持者をあれ以上はびこらせぬために、やむを得ず行ったことであった」

渡辺崋山や高野長英を捕らえた事件について、甲斐屋はそう語った。

今は士郎自身も、開国には断固反対、異人は追い払うべきだと考えている。鳥居耀蔵については失脚した時の評判を鵜吞み(うの)にして、あまりよい印象を持ってこなかったのだが、甲斐屋の言葉を聞くうち、士郎は認識を改めていた。

「江川代官は開国支持者だぞ」

続けて告げられた甲斐屋の言葉に、

「え？」

士郎は愕然(がくぜん)としたが、すぐに猛然と言い返した。

「そんなはずはありません。韮山反射炉や品川台場は、異国船の攻撃に備えて、江川さまが築かれたものではありませんか」

「そうした業績を支えていたのは江川代官の海防論だ。しかし、異国に備えよと言いつつ、江川代官の真の狙いは開国だ」

江川太郎左衛門――一度として会ったことはなかったが、頼れる人と信じ、強くなって認めてもらいたいと願っていた相手の姿が、この時、音を立てて崩れ落ちていった。

江戸中の人々が憎んでいる異人を受け容れ、開国を目指していたとは。江川太郎左衛門こそが妖怪ではないか。

「お前は開国に賛同か。ならば、話すことなど何もない。ここで別れよう。お前の命は私が助けたものだが、それをどう使おうが、私の知ったことではない」

冷酷に聞こえる声で、甲斐屋は告げた。

「開国には断固反対です！」

士郎はむきになって言い返した。

「強い奴の言いなりになってちゃいけない。俺は異人が憎いです。弱い相手を脅しにかかる悪党のようなあいつらは、断固として追い払うべきだ」

力を振りかざす強者に、弱者が立ち向かって何が悪い。悪党相手に良民が自衛の剣を持つのと同じことだ。言ってしまえば、この国に踏み込んできた異人には何をしたってかまわない。

士郎が勢い込んで言い募ると、甲斐屋は士郎の目を見据えながら、それでいいというようにゆっくりとうなずいた。

「ならば、お前に働く場を与えよう。これは、お前を利用しようとして言うのではない。仲間として共に働こうと言っているのだ。この国を守るために」

「この国を守るために？」

「そうだ。異人たちからこの国を守るためだ」

今、いちばん聞きたい言葉であった。それは、腹の底から士郎を奮い立たせた。

黒船来航以来、何かしなければならぬという焦りにも似た思いを抱え、ようやく思い切って行動した結果が、練兵館を飛び出すという仕儀になってしまった。その後はもう、自分の命にさえ意味を見出せなくなっていたのだ。異人を斬って自分も死ぬより他には――。

だが、甲斐屋はそんな自分に働く場を与えてくれる。生きる意味を与えてくれる。もとより、この命は甲斐屋によって救われたものだ。この人のために働くことこそ、自分の為すべきことに違いない。

「分かりました」

よろしくお願いします――と、士郎は甲斐屋に頭を下げた。

それから一年以上が過ぎた。

おろしあの船「でぃあな号」が沈没したこと、新たな船を建造する費用を幕府が出すと決めたこと、その造船所は戸田村につくられること。それらの話を士郎が甲斐屋から聞かされたのは、幕府の命令が下ってすぐのことであった。

「お前は仲間たちと共に戸田へ行け」

甲斐屋はそう士郎に命じた。

「折を見て、おろしあの海兵を斬り殺し、造船計画を潰せ」

甲斐屋の言葉に、士郎は自信のみなぎる低い声で「お任せください」と答えた。

五章　峠の闇討ち

一

平蔵が韮山を往復した日から十日ほどが経った十二月二十四日、ついに造船着工の儀式が行われた。船大工の守り神である屋船久久能知神への祈りが捧げられ、宮司が祝詞を上げる。

そうした日本の一連の儀式は、ロシア人将校であるアレクサンドル・モジャイスキー海軍大尉にとって、ただただめずらしいものであった。

設計技師であると同時に、この一連の日本渡航における記録係をも務めるアレクサンドルは、せっせとペンを走らせ続けた。

戸田は駿河湾という大きな湾の中に、さらに小型の湾を成す特殊な地形である。本国に敵対する国の軍艦から見つからぬよう、新しい船を建造するのに最適の場所であった。

御浜岬の浜辺には松の木が植えられ、船乗りたちが神に祈りを捧げるという神殿がある。神殿といっても、無論、ギリシアやローマ風の建物ではなく、教会とも違う。信者たちは神殿の中へは入らず、外で祈りを捧げるのだ。

むしろ、神殿以上に立派な造りをしているのは、神殿の前に建てられた建造物で「トリイ」というものだと、友人のヨシフ・ゴシケーヴィチ通訳官が教えてくれた。

左右の太い柱の上に横に走る二本の柱を取りつけ、美しい朱色で塗られたそれは、戸田湾の青い海と白い砂浜に映えて、何とも美しい。

外海から目につきにくい、この美しい村は、アレクサンドルには宝石箱のように見えていた。

造船所は湾のちょうど真ん中あたり、牛が洞という場所にある。

アレクサンドルの主な役割は設計図の作成指導だったので、すでに大きな仕事を為し終えた気分であった。造船指導は、コロコーリツェフ海軍少尉に引き継ぐことになっている。

船大工の藤蔵と平蔵は師弟関係らしいが、二人ともアレクサンドルの目には慎重に過ぎると映っていた。フィートを尺に言い換える面倒な計算を、何度もやり直すのには少しあきれたが、その甲斐あってか、設計図は実にしっかりとしたものが完成した。

造船着工の儀式が終わったその日のうちに、牛が洞の造船所には数多くの船大工たちがやって来て、造船作業が本格的に始まった。彼らは初めに紹介された七人の棟梁たちの弟子だという。

その中に、アレクサンドルの見知った顔があった。かつて平蔵を罵っていた剣呑な顔つきの男と、平蔵を殴って唾を吐いた小柄な男である。日本人は概して気性が穏やかで礼儀正しいというのが、ロシア人将校たちの認識であったため、あの場面はひどく印象的だった。

造船所にあの時の二人がいたとヨシフに話したら、ヨシフも彼らのことは覚えていた。さらに、二日後には剣呑な顔つきの男が「マンサク」といい、小柄な男が「コキチ」というのだと、名前まで調べ上げて教えてくれた。

アレクサンドルは以後、平蔵とこの二人の様子をうかがうようになっていた。

造船の作業はまず設計図に合わせて木材を切るところから始まる。造船所の中でも外でも、船大工たちが木材に線引きをする姿が見られた。出色だったのはこの線引きに使われる「スミツボ」という、糸と滑車を使った大工道具である。

「我が国にはない道具だ」

アレクサンドルは、オランダ語を話すコンスタンチン・ポシェート海軍少佐と日本の森山士官を介して、平蔵からその仕組みを興味深く聞いた。

その時、作業をしている大工たちの間から、怒声が上がった。声の主は親方の一人、寅吉である。温厚な人物だと思っていたが、大工仕事が始まると、人が変わったように手厳しく荒っぽい調子になっていた。

「甲一と合わせる甲二の板はどこだ」

「あ、あの。線引きされたものがまだ届いてなくて」

「なら、お前が行って催促してこんか！」

まだ二十歳にもなっていないような船大工が寅吉から怒鳴りつけられていた。その時、「ちょっと失礼します」と平蔵がその場を離れ、例の万作と小吉たちのところへ向かった。平蔵が話しかけても、万作はそっぽを向いて返事をしない。小吉はぼそぼそと言い訳めいたことをしゃべっているようだ。

そのうち、平蔵が声を荒らげると、寅吉に怒鳴られていた若い大工がなだめるように割って入った。

「何か揉めているようですが、作業のことは親方たちに任せてあります。我々はあちらへ」

森山士官がそう言って、ロシア人たちを別の場所へ連れ出したので、それ以上のことは分からなかった。

その後、ヨシフから聞いた話によれば、あの時は、藤蔵のところの大工が木材の線引き、寅吉のところの大工が切断と、流れ作業を行っていたらしい。ところが、線引き作業が迅速でないため、作業の滞った寅吉が怒ったのであった。

「しかし、トラキチさんはどうして作業を怠けていた大工たちを直接叱らなかったんだ？」

アレクサンドルが首をかしげると、ヨシフはさらに説明を続けた。

「マンサクさんはトラキチさんの弟子じゃないんだ。自分の弟子じゃない大工にはあまり強くは出られないんだろう。だから、自分の弟子に早く受け取ってこいと怒鳴ったんだ」

「じゃあ、あの若い大工はとばっちりを受けたってことか。気の毒に」

「彼はトウゾーさんの息子なんだそうだ。トラキチさんのところで修業しているらしい」

それで、アレクサンドルにも、船造りに対する大工たちの態度の違いと対立とが見えてきた。

平蔵や藤蔵、寅吉は船造りに協力的で、万作や小吉は非協力的。藤蔵や寅吉のように偉い立場の者は別として、その下の者たちの間では諍いが起きている。

平蔵が殴られたのもそれが背景にあったのだろうし、万作たちは協力的な者たちへの反撥から仕事を遅らせ、藤蔵の息子を巻き込んだ嫌がらせをしているのだ。

万作たちがそんな態度を取るのも、直接の上役である藤蔵が怪我のせいで現場に出ていないことが背景にあるらしい。

「造船作業は大丈夫だろうか」

「ああいう連中がいるのは当たり前だ。むしろ彼らが少数で、大多数の日本人が協力的な方が驚異的だろう」

と、ヨシフは言う。

「ヘイゾーさんは大丈夫かな」

再び仲間たちに殴られるようなことにならなければいいが、と思う。

「こればかりは、私たちが出る幕ではないしな」

無力感をにじませながら言うヨシフに、アレクサンドルも返す言葉は持たなかった。

こうした現場での小さな揉め事はいくらかあったが、日本の船大工たちはおおむね仕事熱心であった。慎重で、細部まで気を遣い、根気強く仕事をするのは、設計図作成時の平蔵と同じである。

アレクサンドルは彼らの仕事ぶりを細かく観察し、その上で怠りなく記録に励んでいた。

そして、着工から数日後、日本の暦で言う年明けとなった。

ロシア側の認識からすれば、着工した時はすでに西暦一八五五年であったが、日本ではまだ年が変わっていなかったのだ。

年明けから数日間、日本人は交替で休みを取るという。そして、この期間中に、ロシアの海兵たちが村人たちから餅を振る舞われたの、菓子を振る舞われたのと言い合っていた。

「そのことは、あまり日本の将校たちの前では言わぬ方がいいぞ」

ヨシフが海兵たちに忠告していたので、アレクサンドルは理由を尋ねた。

「この村の人たちは、将校たちから『やるな、もらうな、付き合うな』と命じられている。コンスタンチン少佐がモリヤマさんからそう聞いたそうだ」

この年明けの期間も、平蔵は毎日牛が洞の造船所へやって来ていた。ヨシフが休まないのかと尋ねると、自分は新年を一緒に祝う人がいないので大丈夫と答えたという。

「家族がいないのだろう」

と、ヨシフは言っていた。くわしくは知らぬそうだが、夫人がいないとは本人の口から聞いたらしい。

年明けからしばらくすると、船造りの工程は木材の切断と並行して、組み立て作業に入った。ここでアレクサンドルを驚かせたのは「スリアワセ」という作業だった。

例のまっすぐ線を引ける「スミツボ」には感心させられたものだが、船大工たちが木をまっすぐに切るとは限らない。木の声を聞き、木目に沿って切るという。

そうやって切った木材はゆるやかに波打っていた。この木材を別の木材の上に置き、その波打つ切り口に合わせて線を引いていく。

　こうしてできた二枚の板は、まっすぐ切断したものより断面の面積が大きくなる。さらに、専用の鋸で両者の切断面をけば立たせ、それによって隙間をしっかりと埋めつつ組み合わせていくので、より丈夫な仕上がりになるのだ。この緻密な作業が「スリアワセ」で、これを行う寅吉の手際のよさはすばらしいものであった。

　平蔵は、作業場が牛が洞に移ってからは、木材の線引きに従事していた。万作や小吉も同じだが、彼らがいつも寄り集まって、だらだらと仕事をしているのに対し、平蔵は常に黙々と一人で仕事をしている。

　ロシア側に協力的な平蔵が船大工たちから孤立していることは、明らかだった。といって、平蔵は幕府の士官らに取り入っているふうでもない。例の脅迫状の一件など、事の次第をロシア側にばらしてしまった平蔵に、森山士官が気分を害したようにも見えた。

　とすれば、平蔵は仲間たちから嫌われ、幕府上官から睨まれても、ロシアのために行動してくれたということになる。

　どうしてそこまでしてくれるのだろう。

　平蔵の話に出てきた「シロー」なる人物のことも分からない。脅迫状に関わる人物とも考えられたが、あの時の平蔵の言葉はヨシフもほとんど理解できなかったというので、まったくの謎である。

ただ、その後は幸い、脅迫状が送られてくることもなく、不測の事態も起こっていない。

そんなある日、平蔵が造船所に姿を見せないことがあった。

日本の暦で言う一月十六日である。年が変わった時でさえ、休みを取らなかった平蔵の身に何があったのだろう。

船大工たちから暴行を受けていた姿や、「シロー」という男について何やら昂奮気味に語っていた姿が思い出された。そこで、ヨシフと相談の上、思い切って藤蔵に尋ねてみた。すると、

「あいつは今日は休んでるよ」

と、藤蔵はヨシフに答えたそうだ。正月休みもずっと働かせてしまったので、今日は休みを取らせたということらしい。

「『ヤブイリ』なんだそうだ」

それは何だと、アレクサンドルが訊き返すと、何でもこの日に休暇を取る風習があるらしいと、ヨシフが教えてくれた。

まあ、休暇を楽しんでいるということなら、心配する必要もないのだろう。

そう思っていたアレクサンドルとヨシフが思いがけない話を聞いたのは、その日の

午後のことであった。

二

その日の昼休み、アレクサンドルとヨシフのそばへ一人の男が近付いてきた。小柄なこの男が小吉ということを、すでに二人は知っている。

ふだんは気弱そうにおどおどしているくせに、一度火がつくと止まらなくなる、そういうタイプのようであった。

何やら早口でしゃべっているが、「ヘイゾー」という言葉以外は、アレクサンドルには分からなかった。ヨシフは何とか理解しようと努めていたが、平蔵のようにゆっくりと分かりやすくしゃべってくれるわけでもないため、なかなか苦労しているようだ。

「ヘイゾーさんは、ダルマという山を越えたところに行ったらしいんだが、帰りもその山を越えてくるそうだ。その峠までヘイゾーさんを迎えに行ってほしい、というようなことを言っている」

ヨシフが何とか聞き取って、アレクサンドルに伝えた。

「私たちに行けというのか？」

意図がよく分からず、アレクサンドルはヨシフに訊き返した。

「どうやらヘイゾーさんが私たちにそう伝えるよう、この人に頼んでいったそうだ」

小吉はアレクサンドルと目が合うと、自分の言葉が疑われたと思ったのか、自信のなさそうだった顔を急に赤くした。今にも怒り出すか、泣き出しそうに見えた。

「この男はヘイゾーさんを殴っていたじゃないか。私はどうも信用できない」

アレクサンドルはヨシフに目を戻して告げた。

「ああ。確かにその通りだが、あれはこの人の考えではなく、マンサクさんにそそのかされたんだろう。この人はたぶん、マンサクさんに逆らえないのだ」

「だとしても、この人はヘイゾーさんを殴り、唾まで吐いた。もし脅されてやったのだとしたら、この人は自分が殴られるのが嫌だからという理由で、ヘイゾーさんを殴ったのだ。そんな自分勝手な男を私は信用できない」

アレクサンドルは腹立ちをこめて言ったが、

「ならば、この人の言葉は聞き流して無視するか？」

と、ヨシフから問われると、すぐにうなずくことはできなかった。

「ヘイゾーさんはどうして、私たちに峠に来てほしいと言ったのだろう」

「この人の言うところでは、どうやらフジさんを見せるためだというのだが」

ヨシフはこの時、困惑した表情を見せた。

「フジさん？」

　どこかで聞いた言葉のような——と首をかしげた途端、この国でいちばん高い山の名だと思い出した。初めて見たのはディアナ号の船上からで、この戸田村からも晴れた日にはよく見える。しかし、ここからでも見えるものを、わざわざ峠まで呼び出して見せることはないだろう。「さん」とつくのなら、人の名前なのだろうか。

　アレクサンドルがそのことを問うと、ヨシフの表情はますます困惑したものとなっていった。

「私もそう思った。だが、フジさんという人を村へ連れてくるのなら、私たちが峠へ出向く必要もない。すると、フジさんはそこから別の場所へ行く予定なのかもしれないな」

　ヨシフが自分の想像も交えてしゃべっているのは、小吉に尋ねてもよく分からなかったためらしい。

「そもそも、フジさんとは男なのか、女なのか」

「さあ。日本人の名前はよく分からないからな」

　尋ねてみるか——と、ヨシフから言われたが、アレクサンドルは首を横に振った。

　ひとまず、ヨシフが小吉に「分かった」と答えた。すると、小吉はヨシフに一枚の紙を押し付け、それで自分の役目は終わったとばかり、ほっとした様子で二人から離れていった。渡された紙には、造船所から山の峠への道順が絵で記されている。

その後も二人は話し合い、小吉が信用できるかどうかは別として、峠へは行ってみようという結論に至った。

造船所での作業が始まった今、設計図に問題でも生じない限り、アレクサンドルに仕事はない。仕事上の通訳からは外れているヨシフも同じだった。記録係としての務めとプチャーチン海軍中将への報告義務はあるが、この日の午後のわずかな時間を空けるくらいは問題ないだろう。

「脅迫者の方は大丈夫かな」

ヨシフが念のためという口ぶりで呟いた。無論、そのことはアレクサンドルも忘れていない。

「だが、あれ以来、何の脅しも襲撃もないようだから、大丈夫だろう。それに、我々がダルマという山へ行くことは、脅迫者も知りようがない」

「脅迫者がここの内部の者だったら？」

ヨシフが念には念を入れて問う。

「内部に、シローという者がいたのか」

ヘイゾーから聞いた「シロー」が脅迫者の可能性があるので、その名前にはアレクサンドルもヨシフも警戒し続けていた。

「今のところ聞かないな」

「なら、大丈夫だろう。ま、ヘイゾーさんが実は暗殺者で、我々を騙しているなんてことなら、どうにもならないがね」

アレクサンドルは冗談めかして言い、ヨシフもその冗談を笑い飛ばした。

この余裕は二人が小型銃を携帯していたためでもある。もちろん、日本人を撃つのは気が進まないが、殺さない程度に怪我をさせることは可能だ。幕府士官や船大工を撃てば大問題になりかねないが、暗殺者から身を守るのは軍人として当然の行動である。

ところが、いざ出かけようとしたところで、二人の計画は頓挫した。

「あんた、通詞だろう？」

ヨシフがある日本人大工から呼び止められたのである。技術に関わることと思われたので、

「わたし、船造りのこと、分かりません」

ヨシフは身振りを交えて断ろうとしたのだが、

「あんたが聞いて、しかるべき人に伝えてくれりゃいい」

と、言い返された。

生憎、森山士官とコンスタンチンの二人の通訳は、別の仕事に関わっていて手が空

かないらしい。

「私は先に向かっている。場所は分かるだろう？　用事が済んだら追いかけてきてくれ」

アレクサンドルはそう言うと、ヨシフを置いて、先に達磨山へ出発することにした。

造船所の建物を出て少し行くと、小吉が近付いてきて、携帯用の明かりを渡してくれた。火を点(つ)けて、こうやって持つのだと、わざわざ実践してくれる。それが「チョウチン」と呼ばれる明かりの道具だと、アレクサンドルは知っていた。

「ありがとう(スパシーバ)」

と、思わず言ってしまったが、相手はきょとんとしているだけだった。

アレクサンドルは提灯(ちょうちん)を受け取り、地図を頼りに達磨山への道をたどった。

日没の時刻は日に日に遅くなっていく季節で、外はまだ明るい。行きはともかく、帰りは暗くなるだろうと、小吉は明かりを渡してくれたようだった。話し相手もいないので、アレクサンドルは足早に道を急いだ。

峠までの上り道は決して楽ではなかったし、かなり曲がりくねっていて、少しいらいらさせられることもあったが、アレクサンドルは精力的に距離を縮め、やがて地図に印の付された峠に出た。

目の前には海が開けており、その向こうに美しいなだらかな山が見える。見事な左右対称を成しており、神の手による造形だと言われても大いに納得できる美を備えていた。

「おお」

アレクサンドルは海と山の景色に見入った。

その時になってようやく、それがこれまで何度も見た「フジ」という名の山であることに思い至った。だが、峠から見晴るかす山の姿は、ディアナ号の船上や戸田村の平地から見た時よりはるかに美しく、見た目の大きさといい、見える角度といい、これ以上はない完璧(かんぺき)さを備えている。

時はちょうど日没の直後、海も山も残照がかろうじて浮かび上がらせていたが、すぐに見えなくなる時分であった。

淡いクリーム色の残照の中で、海は深く沈み込むような藍色(あいいろ)に、山は蒼白(あおじろ)い色を帯びている。空は海よりも明るい薄青で、淡い光をその奥に宿していた。

アレクサンドルはその景色を目に焼き付けようとするかのように、見つめ続けていた。瞬(まばた)きもせず、息をすることさえ忘れていたと気づいたのは、山の稜線(りょうせん)がぼやけてあいまいになり、すべてが薄墨色に沈んでからのことであった。

その時になって、ようやくアレクサンドルは、ここへ平蔵を迎えに来たのだということを思い出した。だが、どうやら平蔵はまだ来ていないようである。「フジさん」

なる人物が平蔵と一緒なのか、別々に来るのかは分からない。

取りあえず、明かりを点けておいた方がよさそうだと、アレクサンドルは提灯を下に置き、その用意に取りかかった。と、その時だった。

ひゅんと、何かが音を立てて、アレクサンドルの前を横切っていった。

アレクサンドルはその一瞬前に後ろへ身を退き、難を逃れた。刃が風を切る音だった。

何者かが斬りかかってきたのだ。

アレクサンドルは体勢を整えるや、銃に手をやった。斬りかかってきた者の姿ははっきり見えないが、黒い塊は見て取れる。

アレクサンドルはさらに後退しつつ、銃を抜くと、両手で構えた。銃口を相手の腰から下の辺りに据える。

次に相手が動く気配を感じたら、迷わず引き金を引くつもりだった。

その時、アレクサンドルが狙い澄ましていた黒い塊とは、別の塊が動いた。

(仲間がいるのか)

そちらに銃口を向けようとしたが、動転のあまり、引き金を引いてしまった。

どん——激しい衝撃音が静かな山を震わせる。

ほとんど地面に向けて撃った形なので、威嚇にはなったろうが、どちらにも当たっていない。なおも警戒を緩めず、アレクサンドルは銃を構えていたが、前方で二つの黒い塊がもつれ合っていることに気づいた。

視界は悪く、先ほどアレクサンドルが見事な景色に打たれたその先は崖である。もつれ合ったまま、二人が落ちていく可能性も低くはないだろう。どうしたものかと迷ったアレクサンドルは、一瞬後には心を決め、銃口を空へ向けると、再び引き金を引こうとした。

その瞬間だった。

「ヘイゾー！」

揉み合っているどちらかの口から、そう叫ぶ声が聞こえた。

引き金にかけたアレクサンドルの指は凍りついた。

声は平蔵のものではない。初めの刺客が平蔵のわけがないから、後から来た男が平蔵で、刺客がその名を叫んだということか。

「ヘイゾーさん！」

アレクサンドルも叫んだ。この闇の中、自分が無事であることを知らせたかった。また、相手が応じてくれると信じてもいた。

しかし、二人はアレクサンドルの声を聞くなり、さっと跳び離れたようであった。しばらくすると、二人の気配は完全に消えてしまった。

「ヘイゾーさん？」

アレクサンドルは再び、今度は先ほどよりずっと小さな声で、もう一度呼びかけた。

この時も返事はなく、人の気配も感じられない。

平蔵ならば、この場に残って、自分に声をかけてくれたに決まっている。

では、あの二人がいずれも平蔵ではなかったとしよう。ならば、どうして、片方の男はあの場で「ヘイゾー」と叫んだのか。

浮かんでくる疑問には何一つ答えが出ない。

アレクサンドルは提灯の明かりを点けることも忘れ、その場に座り込んだまま、茫然としていた。

三

「アレクサンドル、無事か」

二人の男たちが立ち去って、さほどの時を置かずに現れたのは提灯を持つヨシフであった。ヨシフは通訳の役目を果たした後、急いでアレクサンドルを追いかけてきたそうだが、途中、銃声を聞いて慌てふためき、その後は必死に走ってきたという。

「あ、ああ。私は無事だ」

アレクサンドルはヨシフの手を借りて立ち上がり、衣服の汚れを払い落とした。

「何があった？」

ヨシフが口早に尋ねてくる。

「……わけの分からないことが起きた」

提灯の灯に浮かび上がる達磨山の峠道はどこか不気味であった。それを凝視しつつ、アレクサンドルは今この場で見聞きしたことについて語り出した。


その頃、反対側から達磨山を登っていた平蔵もまた、途中で山に響き渡る大きな音を聞き、急いで峠まで駆け上がってきたところであった。

「誰かいるのか？」

提灯の明かりに気づいて足を止めると、幾分警戒しながら、平蔵は尋ねた。

「ヘイゾーさん！」

聞き覚えのある声はアレクサンドルのものであった。

「アレクさんですか？」

平蔵は声を張り上げながら再び、提灯の灯に向かって駆け出した。

「アレクさん、それにヨシフさんも」

平蔵は二人の姿に仰天しつつ、「大丈夫ですか？」とすぐに尋ねた。見たところ、二人とも怪我をしているふうではない。ただ、アレクサンドルの表情が強張っているのと、その衣服が汚れているのを除いては。

「何があったんですか？」

平蔵はヨシフに目を向けて尋ねた。

「ものすごい音がしましたが」

さらに言うと、ヨシフがおもむろにうなずく。

「アレク、銃を撃ちました。でも、人に当たっていません」

その返事にひとまず安心する。とはいえ、どうしてアレクサンドルは銃を撃たなければならない羽目に陥ったのだろう。軽率に銃を撃つような人には見えないが。

「アレク、ここで狙われました。相手の人、去ったが、ここは危険。ヘイゾーさん、帰りましょう」

続けて、ヨシフが言う。

「アレクさんが狙われた？」

かつて投げ込まれた脅し文のことが平蔵の頭をよぎっていった。あの見事な筆跡と共に――。

「分かりました。とにかく急いで山を下りましょう。くわしい話は宝泉寺で聞きます」

平蔵の言葉を理解した様子で、ヨシフが大きくうなずき、アレクサンドルにおろしあの言葉でそれを伝えた。アレクサンドルが無言でうなずき返す。

それから、三人はアレクサンドルが投げ出していた提灯を拾い上げ、後は口も利かずに急ぎ足で達磨山を下りた。

戸田村に灯るいくつもの明かりが、ふだんよりずっと温かく感じられた。


平蔵が再び口を開いたのは、宝泉寺へ到着し、「どうしたんですか、皆さん」という小僧の驚く声を聞いた後のことである。

「今日、俺は達磨山の向こうへ出かけたんだが、二人が峠まで迎えに来てくれたんです。慣れない山道で足もとが汚れているでしょうから、きれいにして差し上げてください」

平蔵の言葉に小僧はうなずくと、すぐに盥に入れた水を持ってきて、二人のおろしあ人を玄関口に座らせ、その足を洗い出した。

そういう扱いを受けたことがなかったらしく、二人は戸惑ったようだが、疲れていたせいか、何も言わず小僧に任せている。

平蔵自身も盥を借りて、汚れた足袋を脱ぎ、足を洗った。それから、アレクサンドルは衣服も取り替え、いつかの日のように、ヨシフの部屋へ三人で集まる。

小僧には、食事も茶も後でいいと告げ、ひとまず話を聞くことにした。

「達磨山であったことを教えてください」

平蔵が二人の前に座り、真剣な眼差しを注ぐと、ヨシフがおもむろにうなずき、語り出した。

「ヘイゾーさん、今日、お休みだと聞きました。わたしたち、ヘイゾーさんの言葉を伝えられて、ダルマの山へ行きました」

「俺の言葉？」

平蔵は怪訝な声で呟いた。

「いや、わたしは誰にもそんなことを頼んでいません」

ヨシフに向かって、はっきりと言い、平蔵は首を横に振ってみせる。

「誰がそう言いましたか？」

さらに尋ねると、

「コキチさん」

と、ヨシフが答えた。

「小吉？」

事情を呑み込めなかったが、先を促すように目を向けると、ヨシフは再び語り出した。

「コキチさん、わたしたちに言いました。ヘイゾーさんが峠まで迎えに来てほしいと言っていた。そこで、フジさんに会わせる。だから、峠に行け、言いました」

「富士山？」

富士山を見せてやりたいから峠に来い、という伝言のつもりだろうか。しかし、おろしあ人の二人は、フジさんという人物がそこに来ると思っていたようだ。

取りあえず、何も言わず話の先を聞いた。アレクサンドルとヨシフは二人で峠へ向かうつもりだったが、ヨシフが通詞の仕事で遅れることになったという。それも、日本人大工の側からヨシフを呼び止めたと聞いて、何やら作為めいたものを、平蔵は感じた。

先に峠へ向かったアレクサンドルは、日の暮れる頃に到着した。そこで、山と海の景色に見とれていたところ、辺りが暗くなってすぐ、何者かに剣で襲われたという。その直後、別の者が現れ、一人目の襲撃者と揉み合いになった。そのどちらかの口から「ヘイゾー」という叫び声が漏れたと聞き、

「ヘイゾー、と言ったのですか？」

平蔵は驚いて訊き返した。ヨシフが「そうです」と答え、アレクサンドルは幾度もうなずいた。

「アレクは後から来た人、ヘイゾーさんかと思ったそうです。違いますか？」

「わたしではありません」

平蔵は首を横に振りながら、きっぱりと言った。

「どうして、その人はヘイゾーさんの名を叫んだのでしょうか？」

わけが分からないという表情を浮かべながら、ヨシフが訊く。

「それは、わたしにも分かりません」

平蔵は心持ち蒼ざめた表情になって答えた。

「それに、ヘイゾーという名前は、特にめずらしいものではありません」

平蔵の言葉に、ヨシフはあいまいにうなずき返したものの、アレクサンドルの聞いた「ヘイゾー」が、自分たちの知るヘイゾー以外の「ヘイゾー」だとは思えぬようであった。

「ヘイゾーさん、フジさんとは誰ですか？　二人のうちのどちらかが、フジさんだったのではありませんか？」

ヨシフが新たな問いかけをした。

「いえ。それは人の名前ではありません」

平蔵は少し表情を緩めて答えた。

「フジさんとは、富士という山のことです。山のことを『さん』ともいうのです」

「フジという山なら、わたしたちも知ってます。日本では、人にも山にも『さん』とつけるのですか？」

ヨシフが困惑した表情を浮かべて言う。

「それは、意とするところが違うのですが」

しかし、くわしく説明している暇はないので、平蔵は省略して話を先に進めた。

「アレクさんが峠で見たのは富士の山で間違いありません。あそこから見る富士の山は格別美しいのです」

平蔵の言葉を、ヨシフがアレクサンドルに伝えた。強張っていたアレクサンドルの表情も、この時初めて、少し和らげられた。

「でも、ヘイゾーさん、わたしたちに峠へ行け、言ってないです。ならば、コキチさん、嘘を吐きましたか？」

不審げな声で訊くヨシフの言葉はもっともだった。

平蔵は深呼吸を一つした後、ヨシフの目をしっかりと見据え、改まった様子で口を開いた。

「小吉はわたしの仲間の船大工です。喧嘩もしましたが、もともとわたしたちは仲がよかった。わたしは小吉に言ったことがあります。アレクさんとヨシフさんに、いつかあの峠からの富士を見せたい、と。小吉はたぶんちょっと驚かせるつもりで、二人にそんなことを言ったのではないでしょうか」

「嘘を吐いたわけじゃないのですか？」

「嘘といえば嘘ですが、わたしたちを峠で鉢合わせさせ、驚かせようとして言ったことです。だから、悪く思わないでください。根は……いえ、本当はいい男なんです」

平蔵の必死の言葉が通じたかどうかは分からないが、ヨシフはそれ以上、小吉への疑惑を口にすることはなく、別のことを尋ねた。

「アレクを襲ったのは誰ですか」

「たぶん、あの脅しの文を送ってきた奴かその仲間です。アレクさんのあとをつけて、できるだけ村から離れた隙を狙ったのでしょう」

「その後、飛び出してきたのは……？」

「それは、わたしにも分かりませんが、もしかしたら、公儀のお役人かもしれません。もしくは、お役人に頼まれてアレクさんを守っていた人がいたのではないでしょうか」

次から次へとくり出されてくるヨシフの問いかけに、平蔵は必死に頭を働かせながら答えていった。

どう言えば、アレクサンドルとヨシフが船大工たちを疎ましく思わず、この造船作業を成功させたいと思い続けてくれるか。それだけを懸命に考えて、思いつくままに口を動かす。

「なるほど、お役人がわたしたち、守ってくれていた」

どちらかが「ヘイゾー」と叫んだ謎は解決しなかったが、取りあえず、ヨシフとアレクサンドルは平蔵の返事に納得したようであった。

「アレクさん、大変な目に遭わせてしまい、本当に申し訳ありません。今夜はゆっくり休んでください」

平蔵はアレクサンドルに目を向け、深々と頭を下げて告げた。

「ダイジョブ、アレクさん、ダイジョブです」

アレクサンドルは、自分を指さしながら「ダイジョブ」とくり返した。やっと頭を上げた平蔵は風呂敷(ふろしき)包みを引き寄せると、

「これをもらってくれませんか」

中から小さな布包みを取り出し、二人の前へそれぞれ一つずつ差し出した。

アレクサンドルとヨシフは顔を見合わせ、手を出しかねている。

「どうぞ。二人のために今日、探してきたんです」

平蔵が明るい声で勧めると、二人は小さな布に包まれたそれを手に取った。布を開けていくと、出てきたのは木の細工物である。

「スミツボ！」

叫んだのは、アレクサンドルだった。

墨壺(すみつぼ)はアレクサンドルがひどく興味を示した大工道具である。木の工芸品としても美しい。

「おろしあには無いものだそうですから、持ち帰ってください。ヨシフさんは使わないのなら、それを使う人への贈り物にしてくれればいいです」

アレクサンドルとヨシフのために、平蔵が買い求めてきた墨壺は、竜の形に細工された、工芸品としても優れた品物であった。

「スパシーバ。ヘイゾーさん、スパシーバ！」

アレクサンドルが突然叫び出し、平蔵の手を取って何度もそうくり返す。平蔵は驚いて、手を取られたまま、ヨシフに「何ですか」と尋ねた。

「ありがとう、どうもありがとう、とくり返してます」

ヨシフが顔をほころばせながら言う。

「ヘイゾーさん、ほんとうにありがとう、ございます」

ヨシフが改まった様子で言い、苦労して膝(ひざ)を折って座ると、日本人がするように手を前について深く頭を下げた。アレクサンドルもはっとした様子で平蔵の手を離すと、ヨシフと同じようにする。それが、日本で最も敬意のこもった感謝の表現と思っているようであった。

「やめてください！」

平蔵は慌てて言い、二人の両肩に手を置き、顔を上げるように動作で示した。

「そんなふうにしてもらうほどのことじゃありません」

むしろ、本当はどんなに責められても仕方ないくらいである。アレクサンドルが危うい目に遭ったのは間違いなく自分のせいなのだから。

（本当にすみません、アレクさん、ヨシフさん）

口にはできない詫びの言葉を、平蔵は心の中で述べた。自分は何をされても仕方がない。人の非難を恐れずに生きよ、という太郎左衛門の言葉も胸にある。しかし、他人が傷つけられるのは話が別だ。

墨壺を手に喜び合っている二人を前に、平蔵は静かに目を伏せた。胸の中にこの一件を企んだ相手への抑えがたい怒りの嵐が吹き荒れているのを、心優しい人たちに知られたくないからであった。

万作が行きつけにしている安酒を出す居酒屋と小料理屋はいくつか知っている。平蔵は怒りを溜め込んだまま、その一軒一軒を当たっていった。

一軒目の居酒屋と二軒目の小料理屋にはいなかった。が、かえって都合がよい。確かめておきたいことがあった。

「万作たちがいつもの大工仲間以外と飲んでるのを見たことはありませんか」

運び役の女中たちに訊いて回った。初めは困ったような顔をしていたものの、小銭をつかませると、どちらの店の女中も見たとうなずいた。相手は長脇差を持った浪人のような男で、村の者ではなかったという。

それで、おろしあ人襲撃のからくりは大方分かった。

万作や小吉たちと襲撃者はつながっていたのだ。小吉はアレクサンドルを目的地へ差し向ける役だったのだろう。そして、襲撃者は脅し文を送ってきたあの男に決まっている。

止めた相手のことは謎だったが、仲間内での諍いでもあったものか。「ヘイゾー」と叫んだのも不明だが、一連の事件に平蔵が関わっていると、おろしあ人たちに疑わせるつもりだったのかもしれない。

平蔵は二軒目の小料理屋を出ると、溜めた怒りを吐き出すように、勢いをつけて走り出した。落ち着いてゆっくり歩くことなどできなかった。

そして、目星をつけた三軒目、万作と小吉たちがいた。

「外へ出ろ」

平蔵は万作のもとまでつかつかと歩み寄り、その衿に手をかけるなり、低い声で告げた。

「何だと、てめえ」

酔っぱらいながら言い返す万作の言葉などに耳もくれず、平蔵は鋭い目を小吉へと向けた。

「小吉、お前もだ」

小吉がびくりと全身を震わせた。恐ろしさの余り、もう平蔵とは目を合わせていられぬというふうにうつむいている。

「他の奴らはついてくるな」

平蔵はその場にいた船大工たちの顔を順番に睨み据えて告げた。ふだん見せない平蔵の怒りの形相に、誰もが凍りついたように動かない。脅しが十分に効いているのを確かめると、平蔵は万作の衿をぐいと引き上げた。万作が抗いきれず、腰掛けから腰を浮かす。両者の力の差は歴然としていた。

「小吉、早く来い！」

平蔵の鋭い声で命じられると、小吉が逆らい切れぬという様子で立ち上がる。

平蔵は万作を引き摺りながら外へ連れ出し、小吉がその後に続いた。

「お前ら、自分たちが何をやったか、分かってんだろうな」

平蔵は万作の耳に自分の口を近付けると、暗い声でささやいた。

「何のことだか分からねえな」

ふて腐れた声で万作は言う。だが、その声にわずかな脅えがにじんでいることに、平蔵は気づいていた。

「ごまかしも言い訳も聞く気はねえ」

平蔵は冷えた声で言い、万作の額に自らの額をぶつけ、その顔を穴のあくほど睨みつけた後、同じ目を小吉の方へ向けた。すっかり脅え切って、うつむこうとする小吉に向かって、

「目をそらすんじゃねえよ」

と、平蔵はどすの利いた声を飛ばした。

小吉が「ひいっ」と悲鳴のような声を上げ、必死に上を向く。

「お前らは人斬りと通じておろしあの人を危険にさらし、ご公儀の造船計画を潰そうとした。これがどんな罪に当たるか分かるよな」

「別に、俺はご公儀に楯突こうなんて」

抗弁しようとする万作の声に、

「俺が訴え出りゃ、お前らは牢屋送りだ」

と、平蔵は押しかぶせるように言った。

「俺が言いたいことは二つ。死に物狂いでおろしあの船を造れ。他の奴らにもそうさせろ」

有無を言わせぬ言い方で、平蔵は告げた。

「もう一つ。二度とおろしあの人たちに手を出すな。その手助けもするな。それだけだ」

小吉は無論、万作ももう何も言い返そうとはしなかった。

「この仕事が終わったら、俺は戸田村から出ていってやるよ。けど、この仕事だけは邪魔させねえ。俺が言った二つを一つでも守らなけりゃ、お前らは終わりだ。いいな」

平蔵は万作をどんと突き放した。よろめいた万作がそのまま尻をつく形で倒れ込む。

「はったりだ。俺たち相手に、お前一人で何ができる」

万作が負け惜しみのように喚き立てた。

「平蔵の言いなりになんかなるなよ、小吉。お前は俺たちの言うことを聞いてりゃいいんだ」

万作から脅されて、小吉が泣き出しそうな顔を、平蔵の方に向ける。

「俺は、万作みてえに甘くないぜ」

平蔵は小吉の耳もとでささやいた。ただし、万作にも聞こえるほどの大きさの声で。

「殴って終わりにはしねえ」

平蔵は小吉にそれだけ言うと、歩き出した。

背後から小吉の悲痛な叫びが聞こえてきたが、振り返りもせず歩き続けた。やがて、万作のものと思われる怒号が、それにかぶさる。

平蔵は無表情のまま、なおも歩幅を緩めず歩き続けた。

六章　城の溜池

一

達磨山の峠でおろしぁ人が襲われた翌一月十七日、空は気持ちよく晴れ上がった。

昨夜一晩、韮山へ行こうか行くまいか、さんざん悩み続けた伊佐次が、ついに重い腰を上げたきっかけは大したことではない。昨夜から降り出した雨が明け方になってやんだ、ただそれだけのことであった。

雨の音を聞きながら眠れぬ夜を過ごすのは、まったく気が重かった。とんでもなく悪いことが起こりそうだと分かっていながら、自分は為す術もなく、この世で最も大切なものを失うのではないか。一晩中、そんなことばかり考え続けた。それが、今朝起きてみたら、空は打って変わって明るく、流れる雲は真っ白だった。これならば、あの達磨山の峠から見える富士もさぞや美しかろう。そう思ったら、宿にじっとしてなどいられなくなった。

伊佐次は自分でも驚くほど軽い足取りで、達磨山を登り出した。

峠まで一気に達すると、ようやく足を止めて富士に見入った。昨夕、この同じ場所で、異人を斬ろうとした男に跳びかかったことが、まったく夢のようであった。相手の顔がはっきり見えたわけではない。声も聞かなかった。

（だが、あれは……）

このまま放っておけば、日本人に限らず、誰かが命を落とすことになりかねない。これ以上、座視するわけにいかなかった。

昨日は、たまたま目を付けていたおろしあ人が峠へ向かうという不審な行動を取ったため、あとをつける気になったのだった。まさか、あのような事態になるとは想像もしていなかった。もしも自分があとをつけていなければ、おろしあ人か、彼に斬りかかっていった男のどちらかが死んでいただろう。

この先、そうした事態だけは避けねばならない。

やがて、伊佐次はくっきりと白く浮かび上がる美しい富士に別れを告げると、再び歩き出した。

事態を正確に知るために、韮山代官屋敷を訪ね、幼なじみでもある江川太郎左衛門からすべてを聞く。すでに二十年の歳月を経たとはいえ、郡内騒動のお尋ね者である自分が韮山代官を訪ねていけば、相手に迷惑がかかると思えばこそ、これまではそうしてこなかった。

しかし、黒船が来航した今、幕府も郡内騒動どころではあるまい。それに、戸田の造船所の状況はもはや放置できぬ事態に陥りかけている。

伊佐次は十七日の晴れた空と富士山に背中を押されるようにして、自身の故郷でもある韮山を目指したのであった。


郡内騒動に村の代表として深く関わり、つかまれば死罪であった伊佐次は、約二十年前、かろうじて逃げ延びられた。動けぬ怪我を負って仲間と別れ、太郎左衛門との邂逅を果たした後は死をも覚悟していたのだが、何とか九死に一生を得たのである。もっとも骨まで達した怪我が完全に治るまでには時を要したし、今も伊佐次は歩く時にはわずかに足を引き摺らねばならない。それでも、生き延びられただけで幸いだと、伊佐次は思っていた。

太郎左衛門に二人の子供を託した以上、もはや心残りもなかったのだが、命を拾ったからには生き続けねばならぬと思い直した。子供たちの行末を見届けたいという我欲も湧いた。

平蔵は血のつながったたった一人の我が子であるが、士郎とて我が子同然である。悪党の父親に育てられた士郎は、目つきが鋭く、根性がひねくれていた。とにかく自分勝手で、自分がよい目を見、得をするためにはどうしたらよいか、常に頭をめぐらし、他人を陥れたり騙したりすることに、何の躊躇もない少年であった。

だが、そんな士郎を、伊佐次は哀れに思っていた。

喧嘩沙汰で命を落とすような父親に育てられてきたのである。その父親が親としての責任を果たしていたかどうかも、疑わしい。士郎は生き延びるために、知恵を働かせなければならぬ育ち方をしたのであり、それは士郎のせいではない。

人の皮をかぶった小さな獣。

誰かが士郎を教え導いてやらねばならなかった。そうでなければ、士郎は大人になっても獣のままだ。周りの他人を傷つけながらしか生きられなくなる。

自分が士郎の導き手になってやりたいと、伊佐次は思った。その気持ちに偽りはないが、その役目を途中で投げ出したのは事実である。その上、伊佐次は実の子である平蔵までも捨てることになった。

郡内騒動から三年後、十分な時を経たと判断した伊佐次は、ひそかに太郎左衛門の周辺をうかがい始めた。が、韮山代官屋敷に二人の子供たちの姿はなかった。おそらくどこかへ預けられるか、もらわれるかしたのだろうが、行き先を探るのもそう容易くはいかない。

そうするうち、一人が戸田村の船大工の親方、藤蔵に引き取られたことを知った。もう一人はどこでどうしているのか。それは、今に至るまで、伊佐次も知らぬことであった。

故郷の韮山へ到着した伊佐次は、道で人と行き合う度、うつむきがちになってしまうのを止められなかった。郡内騒動以来、染みついた習性である。

だが、代官屋敷へ向かう道すがら、どうも様子がおかしいことに、伊佐次は気づいた。道で行き合う人々の顔が一様に暗く沈んでいるのだ。中には泣きはらした顔の者や、涙を拭きながら歩く者までいた。

（まさか！）

嫌な予感が胸に走った。もはや代官屋敷までの道をゆっくり進むわけにはいかない。足を引き摺る伊佐次は、全速力で走れぬことをもどかしく思いながら進んだ。

「すみません」

代官屋敷がすぐそこに迫ったところで、伊佐次はすれ違った年輩の男女に声をかけた。夫婦者と見えるその二人も、沈鬱な表情を浮かべている。

「あのう、何かあったのでしょうか」

伊佐次が遠慮がちに声をかけると、うな垂れていた二人は顔を上げた。

「あんた、余所の人だね」

男が伊佐次の顔に目を向けて言った。

「へえ。戸田の方から来た者ですが」

「そうかい。太郎左衛門さまが昨日、江戸でお亡くなりになったそうなんだよ。俺たちは今、弔問に行ってきたところさ」

「太郎左衛門さまがっ！」

伊佐次は大きな声を上げていた。

「あんた、戸田から来たと言うたね。太郎左衛門さまも先月、戸田へ行かれたんじゃ。けど、帰ってこられたかと思うたら、すぐに江戸へお発ちになった。お加減が悪かったそうなんだが、お上が強引に来いと迫ったらしゅうてなあ。あんまり頼りにされるのも善し悪しじゃ」

二人は続けて、太郎左衛門がいかに優れた人物だったかということを語り出したが、伊佐次の耳にはほとんど何も入ってこなかった。

とにかくすぐに弔問に伺いますと答え、二人と別れた後、伊佐次は再び走り出した。間もなく、見覚えのある韮山代官屋敷の門が見えてきた。忌中の札が貼られており、この辺りの百姓と見える人々が、思い思いに屋敷に向かって手を合わせていた。中には地面に正座して深々と頭を下げている者もいる。

伊佐次もまた、その場で深く頭を下げ、手を合わせた。

（ご生前のうちに、しっかりとお礼を申し上げることができず、申し訳ございません

でした。芳次郎さま、どうか安らかにお休みください）

しばらくの間、祈り続けた後、伊佐次はゆっくりと目を開けた。

誰かの眼差しが自分に強く注がれているのを感じ、はっと身を強張らせる。気づかぬふりをして、このまま立ち去ろうかとも思ったが、なぜかそれができなかった。伊佐次はそちらへ目を向けた。

（みきさま！）

伊佐次をじっと見つめていたのは、薄墨色の地味な小袖をまとった女人であった。

伊佐次はその場から動き出せなかった。

先に動いたのは、みきであった。

門の脇から外へ出てきたみきは、門前で手を合わせている人々に軽く頭を下げながら、伊佐次の方へ近付いてくる。

やがて、みきが伊佐次の横を軽く頭を下げながら通り過ぎていった。

「お城の溜池で」

みきはささやくような声で、それだけ告げた。

二

伊佐次が溜池で溺れかけている子犬を見つけたのは、十二歳頃のことだったか。なぜ溜池へ立ち寄ったのかはもう忘れてしまった。ただ、この韮山城跡は木々が生い茂って森のようになっており、鳥がたくさん集まってくるのどかな場所であった。

二親を亡くした後、叔父夫婦の厄介になっていた伊佐次は、自分の居場所がないように感じることがままあった。そういう時はいつでも、韮山城跡の溜池へ向かった。鳥の声を聞きながらぼんやりと時を過ごしていると、心は知らぬ間に和んでくる。

たぶん、その日も何か胸の疼くようなことがあり、溜池へ出かけたのだろう。ただ、この時は到着する前から、必死の鳴き声と騒がしい水音が聞こえてきた。慌てて溜池へ駆けつけてみれば、白い子犬が溺れかけている。

伊佐次は迷わず小袖を脱ぎ捨てると、溜池の中へ飛び込み、子犬を助けた。

季節は春のことだったので、水はさほど冷たくなかったが、さすがに岸へ上がると何度もくしゃみが出た。子犬も寒さに震え、くしゃみをした。

「お前、どこかで飼われているのか」

伊佐次は子犬の体を手拭いで拭いてやり、自分も小袖を身に着けると、子犬を連れて城跡の森を出た。飼い主を探してやらなければならない。

だが、もしも飼い主がいなかったらどうしたものか。伊佐次自身が飼ってやりたくとも、叔父夫婦にそれを切り出すのは遠慮があった。

しかし、それは杞憂に終わった。子犬には飼い主がおり、それが韮山代官の職を代々受け継ぐ江川家だったのである。

当主の次男は芳次郎といい、伊佐次も顔を知っていた。この辺りでは「お屋敷の若さま」で通っていたが、その若さまが子犬を抱えた伊佐次に、道で声をかけてきたのだ。

「そなた、その犬をどうした？」

これまで行き合うことはあっても、ただ頭を下げるだけだった相手から、突然ものを尋ねられ、伊佐次は仰天した。

芳次郎は伊佐次より三つ年上で、なりも大きく、ずいぶん大人びて見えた。

「この犬はお城の溜池で溺れかけていました。飼い主を探そうと思って連れてきたのですが」

伊佐次が子犬を抱きかかえたまま答えると、その時、子犬がくうんと甘えた声で鳴いた。

「やっぱり、シロウじゃないか」

その時、芳次郎が明るい声で叫んだ。

「若さまのお犬でしたか」

伊佐次はシロウと呼ばれた犬を、芳次郎の方へ差し出しながら言った。芳次郎はシロウを受け取り、「お前、無事でよかったなあ。みきがどれだけ心配していたことか」と、子犬に向かって話しかけている。それから、伊佐次に目を向けると、

「そなたのお蔭だ。まことにかたじけない」

と、軽く頭を下げた。

「そんな、俺は当たり前のことをしただけです」

恐縮して伊佐次は言ったが、芳次郎はたいそう感謝してくれた。伊佐次の家の場所と名を聞き、いずれ改めて礼をすると約束した。

その日は子犬を芳次郎に渡して、そのまま別れたのだが、伊佐次は芳次郎の言葉を鵜呑みにしていたわけではない。礼をしてもらうほどのことでもないし、実際、芳次郎が伊佐次のことなど忘れてしまっても仕方ないと思っていた。

だが、芳次郎はその後、自ら伊佐次の家へ足を運んだ。そして、今、父は江戸に行っているが、母と妹が礼をしたいと申しているので、伊佐次を屋敷に招きたいと言ってくれたのである。

叔父夫婦も驚いていたが、伊佐次も驚いた。

とにかく仰せのままにというので、叔父夫婦に見送られ、伊佐次は韮山代官屋敷へ行き、奥へ招かれた。ここで、伊佐次は芳次郎の妹のみきに出会った。

「そなたがシロウを助けてくださったのですね」

伊佐次より一つ年下のみきは、初対面の時から屈託のない笑顔を、伊佐次に向けた。

(花桃のような少女だ)

伊佐次はそう思った。花桃はあの韮山城跡の林の中にも咲いている花だ。白、紅、薄紅色の花をつけるが、咲き匂う姿が八重桜のようにかわいらしい薄紅色の花桃が、伊佐次はいちばん好きだった。みきはその薄紅色の花桃のつぼみのように見えた。

こうして、伊佐次と芳次郎、みきとの絆(きずな)が結ばれた。

シロウは真っ白な毛並みから、みきによってそう名付けられたという。なぜ「シロ」ではなくて、「シロウ」なのか、一度、伊佐次はみきに尋ねたことがあった。

「だって、シロウの方が呼びやすいのですもの」

屈託のない笑顔を浮かべて言うみきはいつしか、伊佐次の心の多くを占める少女になっていた。

もっとも、その想いが確かなものとして心に根ざす前に、別れの時が二人に訪れた。花桃のつぼみの開花を伊佐次が見ることはなく、伊佐次の中で、みきはいつまでも初々しいつぼみ花であった。が、そのつぼみが一度だけほころびかけた——それも伊佐次一人の思い込みではなく、みき自身もまたそれを望んだのではないか、そう思える出来事があった。

最後に二人で溜池を訪れた時のことであった。

季節は春の半ばの頃。それほど天気が変わりやすい時節でもないのに、出かける前は晴れていた空がいつしか曇りを帯びていた。

「何やら、通り雨でも来そうな空になってきましたね。今日はもう帰りましょうか」

伊佐次が立ち上がりかけながら言うと、その袖をみきがつかんでいた。黙って首を横に振る。

伊佐次が韮山を出て甲斐へ行く日が迫る今、二人が一緒にいられる時は――ましてや二人きりで過ごせる時などは、もうあまりないのだと、二人とも分かっていた。

伊佐次は上げかけた腰を再び下ろした。溜池の周りを駆け回っていた犬のシロウが二人のそばに戻ってきて、帰らないのかというように鼻を摺り寄せてきたが、伊佐次もみきも立ち上がろうとはしなかった。

それでいて、二人とも言葉は交わさなかった。ただ、うつむき、何を話せばいいのか、分からないといった様子で、途方に暮れていただけだ。

そうしてもいられなくなったのは、突然、降り出した雨のせいであった。ぽつりぽつりと降り出した雨は急に激しさを増し、溜池の水面（みなも）を叩（たた）く雨の音も大きくなってきた。それまで鏡のようだった溜池の水面は、今や雨粒の作る波紋を際限なく広げている。

「こっちへ」

篠突く雨に打たれながら、伊佐次は急いで立ち上がり、みきに手を差し出した。みきを立ち上がらせると、木々が固まって生えている林の方へと走った。二人の後について、シロウが駆けてくる。

そして、伊佐次は枝葉が十分生い茂っている木の根元で足を止めた。立ち木を背にするよう、みきを立たせ、伊佐次はその前に立って、雨が落ちてこないか空を見上げた。雨空は暗い上に、林の中なのでさらに見通しが悪い。

その暗がりの中で、みきの顔色はいつも以上に白く見えた。

「伊佐次殿」

不意に呼ばれ、伊佐次は「はい」と返事をして、みきと目を合わせた。が、目が合うなり、みきはうつむいた。

その後、伊佐次の胸にふわりと柔らかなものが触れ、あるかなきかの重みがそっとかけられた。

みきが伊佐次の胸に身を寄せ、頬を触れさせたのだった。すぐ目の前にあるみきの肩に、腕を回すことはできたが、伊佐次は何もせず、ただ胸をみきに貸し続けていた。

二人はその姿勢のまま動かなかった。

ただ、木々の葉に降りかかる雨の音だけが絶え間なく鳴り続けている。その音は決して小さくはなかったのに、伊佐次は息苦しいほどの静寂を感じていた。

それが破られたのは、足もとに身を摺り寄せたシロウの鳴き声だった。

葉に落ちた雨の滴が、頭に落ちてきたのか、きゃんと鳴いて全身をぶるぶると震わせている。それを機に、みきは静かに伊佐次から離れた。伊佐次は何事もなかったかのように、身を屈めてシロウの頭を撫ぜ、「大丈夫か」と声をかけた。

通り雨はほんのわずかの間のことで、雨は間もなくやんだ。

二人と一匹は林から出て、再び溜池のほとりにやって来た。

地面はぬかるんでいたが、空はすでに明るかった。その空を映した溜池の水面も輝いていた。

明るい日の光の下で、みきはいつものように朗らかな微笑を浮かべている。

夢を見ただけだ、と伊佐次は思った。昏い空の下、見てはならない夢を見たのだ、と——。

みきはいつもの通りに振る舞い、伊佐次もそれに合わせた。二人がこの出来事を口にすることはいっさいなかった。

それから数日後、伊佐次は韮山を去って甲斐へ向かった。

三

伊佐次は溜池を前に、ただ立ち尽くしていた。どのくらいの時が経ったのか、背後に近付く人の気配が伊佐次を我に返らせた。

振り返ると、向かってくる人影は二つある。一人はすぐに、先ほど再会したばかりのみきだと分かった。もう一人は大柄な二本差しの男である。目を凝らしていると、やがて近付いてくる男の顔立ちがあらわになってきた。

（あのお方は……）

会ったのはただ一度だけだが、凜々しく引き締まった顔つきにも、その立派な体格にも見覚えがあった。二十年ほど前の郡内騒動の折、太郎左衛門と一緒に甲斐を巡り歩いていた男だ。

「お待たせいたしました」

みきが伊佐次に向かって、落ち着いた声で告げた。

「こちらは、斎藤弥九郎さまです。長きにわたって兄上に仕えてくださり、この度も江戸屋敷から訃報を届けてくださいました。伊佐次殿がお尋ねになりたいことをご存じではないかと思い、わたくしがお頼みしてお連れしたのでございます」

みきの説明を受け、伊佐次は斎藤に頭を下げた。

「わたしは伊佐次と申します。斎藤さまとは郡内騒動の折、甲斐でただ一度だけお目にかかりましたことを、たった今、思い出しました」

「うむ。私も覚えている。あの時、そなたは死ぬ覚悟だと申しており、江川さまもやむを得ぬことと考えておられた。そなたはすでに亡くなったとばかり、私は思っていたのだが……」

斎藤は伊佐次が生きていたことに、驚きを隠さなかった。

「みきさまのお話では、江川さまはそなたが生きていることをご存じだったというが」

「はい。直にお目にかかることはございませんでしたが、みきさまを通じて、生きていることはお知らせいたしました。今日伺ったのは、あの時、太郎左衛門さまにお頼みした二人の子供のことについて、お尋ねしたかったからなのですが」

伊佐次が説明すると、斎藤はみきと顔を見合わせた後、

「みきさまから伺い、私の知っていることだけでも、そなたに話すべきだと思って参った。そなたはどこまで知っている？」

と、伊佐次の目をまっすぐ見て尋ねた。

「平蔵が戸田で船大工をしていることは存じております。みきさまがお気にかけてくださっていることも」

そう言って、伊佐次は目をみきに向け、頭を下げた。みきは礼には及びませんというように、慎ましく首を振る。伊佐次は再び目を斎藤に戻すと、

「戸田でおろしあの船を造っていることや、その仕事場に脅し文が送られたことも知っております」

と、続けた。脅し文の中身については、船大工に酒をおごって聞き出したことだ。

「これは、わたしの勘でございますが、船大工たちの中には、脅し文を送った連中と通じている者がいるかと思われます」

だから、おろしあ人は達磨山の峠へ誘き出され、襲われたのだろう。もっとも、あの達磨山の峠の闇討ちについては、止めに入った伊佐次自身、理解の及ばぬ事情がからんでおり、念のため斎藤にも話さなかった。

「士郎の行方についてはまったく知らないのか」

幸い斎藤の問いかけは別の方へと向かった。

「はい、まったく存じません」

ずっと探していたが、つかめなかったのだと、伊佐次は正直に答えた。

「士郎は……死んでしまったのでしょうか」

思い切って斎藤に問う。斎藤は士郎について知っていることがあり、それを告げに来てくれたのではないかという予感があった。

「士郎は死んでいない。いや、少なくとも去年までは生きていた」

斎藤は少し苦みの混じった声で告げた。

「士郎はずっと江戸にいたのだ。私の練兵館で預かっていた。無論、江川さまもご承知の上でのことだ」

あの子が江戸にいるとは思ってもみなかった。せいぜい太郎左衛門のいる韮山周辺か、さもなくば故郷の甲斐国にいるであろう、と思い込んでいたのだ。

驚く伊佐次に、士郎が江戸の代官屋敷を訪ねてきて斎藤と出会ったこと、練兵館へ連れていって面倒を見るようになり、後に太郎左衛門と相談の上、士郎をそのまま預かり続けたことを、淡々と語った。

「では、士郎は今も江戸にいるのでしょうか」

「それは分からぬ」

斎藤は難しい表情になって答えた。

「黒船以来、江戸では若い者たちが皆、浮き足立っておる。私の道場も同様で、士郎も自らの剣を使って世のために何かしなければならぬと思い詰めたようだ。それ自体を悪いとは言わぬが、士郎は江川さまに会わせろと申し出てきた。幕臣である江川さまの配下にでも取り立ててもらおうと思ったのだろう。その際、ある偽りを口にした。私はそれが許せず、かなり強い口ぶりで叱責（しっせき）したのだ。すると、士郎は私のもとを飛び出していってしまった」

以来、今に至るまで帰ってきておらぬ、と斎藤は話を締めくくった。

士郎がどんな偽りを口にしたのかと、伊佐次は斎藤に尋ね、その返事を黙って聞いた。伊佐次がそのまま考え込むように沈黙していると、

「伊佐次殿、これを御覧ください」

みきが進み出て、袂から取り出した書状を差し出した。

「兄上がお亡くなりになる前、戸田の役人に問い合わせ、韮山へ届けてもらったもののようです。中には、おろしあの船を造ることへの非難と脅し文句が書かれておりました」

伊佐次は目を瞠って、その書状を受け取った。包み紙の中から取り出した文に目を通すと、確かに脅し文句が連ねられてある。ただし、伊佐次はその内容よりも、筆跡に目を奪われていた。

「先日、平蔵がここへ参り、兄上にこの脅し文のことを話していきました。平蔵はこう申していたそうです。この脅し文を書いたのは幼なじみの士郎に違いない、と」

みきの説明を聞いた斎藤が、茫然とする伊佐次の傍らから、文をのぞき込むようにした。

「ああ、なるほど。確かにこれは士郎の蹟だな。私にも見覚えがある」

斎藤はすぐに言った。

「士郎は子供の頃から、このように見事な字を書いたのですね」

「は、はい。わたしが昔、手ほどきを……」

伊佐次はどことなく上の空のような調子で答えた。

「とすると、士郎は戸田の近くにいるということか。そして、おろしあの兵士、もしくは船造りに関わる役人や船大工を付け狙っている、と?」

斎藤は厳しい声で言った。

「師匠として、さような真似をさせるわけにはいかぬ。どこにいるか分かっているのであれば、私が行って江戸へ連れ戻すが……」

憤然とした口ぶりで続ける斎藤に、「されど、斎藤さまには江戸で御用もございましょう」と、伊佐次は柔らかく切り返した。

「戸田の近くというだけで、どこに身を潜めているか分からぬ士郎を捜し出すのは至難の業です。士郎はわたしの倅も同じ。ここはわたしが何とかいたしますので」

伊佐次が言うと、斎藤は「さようか」と応じ、それ以上は意を通そうとしなかった。

「では、私はお屋敷の方に戻らせていただきますが」

斎藤がみきに目を向けて告げた。みきは少し考えるようにしていたが、

「わたくしはもう少しここにおります。伊佐次殿はこのままお帰りになるでしょうが、

お話ししたいこともありますので」

と、落ち着いた声で述べた。

「分かりました。それでは、私は一足先に帰っておりましょう」

斎藤は軽く頭を下げると、そのまま溜池を離れていった。池のほとりには、伊佐次とみきの二人だけが残った。

「平蔵は一人前の船大工になりました。わたくし、先日、久しぶりにあの子を見て、本当に嬉しくなりましたの。初めて会うた時は心もとなかったあの子が立派になったものだ、と」

みきは平蔵のことを語り始めた。

「子供の頃の平蔵は、あなたや士郎と離れ離れになったばかりで、不安だったのでしょう。何かに脅えているようにも見えましたので、わたくし、あの子を滝山不動さんへ連れていきましたの」

「滝山不動へ？」

伊佐次は意外な言葉に目を見開いた。

滝山不動とは、源頼朝がこの地に流されていた頃、源氏再興を祈願したという不動明王が祀られている御堂のことである。同じく、この地に流された僧文覚が頼朝に旗揚げを勧めた場所であることから、旗揚不動とも呼ばれていた。そして、この不動堂の奥の院には、大不動明王が安置されていて、この像は太郎左衛門やみきの父が奉納したものであった。

この滝山不動は韮山の人々に深く信仰されていたが、伊佐次もまた同じだった。毎日のように足を運び、不動堂と奥の院の不動明王に祈りを捧げていた。

「わたくし、少し不安もありましたの。あなたが熱心に拝んでいたお不動さんを、平蔵にも見せてやりたいと思う一方で、あの子が脅えたりはしないか、と。火炎を背負い、剣と縄を手に、こちらを睨みつけてくるお不動さんは、子供の目にはそれは恐ろしいものですから。ですが、まったくの杞憂でした。あの子は脅えるどころか、食い入るように熱心にお不動さんを見つめていましたわ」

なぜあんなに怖い形相をしているのか、人を救うはずの仏像が剣と縄を持っているのはなぜなのか、そういうことを、真剣な表情でみきに尋ねたらしい。

幼い頃のみきが不動明王の形相を怖がっていたことを、伊佐次は懐かしく思い出した。どうしてあんなに恐ろしい明王像を熱心に拝むのかと訊かれたこともあった。その時、自分は何と答えたのだったか。

――人の煩悩を剣で断ち切り、悪を縄で縛り上げ、人々を力ずくで救おうとしてくださるからこそ、あのように憤怒のお顔をなさっているのですよ。

みきがそう説明するのを聞いて、平蔵はたいそう感じ入っていたという。

「その様子を見た時、ああ親子だなと思いました」

みきはしみじみとした声で言った。

みきが平蔵に語った説明は、かつて自分がみきに告げた言葉だと、伊佐次は思い出した。そういう力ずくで救ってくれる強い不動明王に、幼い頃の伊佐次は胸を打たれたのである。自分もそうなりたい、だから不動明王を拝むのだと、伊佐次はみきに答えたのだった。

「平蔵はあの時、『どんなに悪いことをした人でも、お不動さまは救ってくださるのですか』と、わたくしに尋ねましたの。わたくしはその通りだと答える一方で、平蔵があなたのことを気にしているのではないかと思いました。ですから『そなたの父上は悪いことをしたわけではない。一揆を起こすのは確かに罪ではありますが、それをすることで救われる人が必ずいる。力ずくで人を救おうとする行いは不動明王さまと同じなのだ』と申しましたの。そうしたら、平蔵は深くうなずき、その日から韮山を去るまで毎日、滝山不動さんに足を運ぶようになりました。昔のあなたと同じように」

みきの言葉に、伊佐次はそっとうなずき返した。

「あの子は……」

そう言いかけたみきは、思い直したように口を閉じると、「あの子などと言うのはもうおかしい立派な大人ですけれど……」と呟いて、ほんの少し微笑んだ。

「平蔵はあなたから渡された守り袋を、この二十年、一度も開けたことがなかったそうです。先日、わたくしが開けてみるように勧めたら、中にあなたの書いたお手本が入っていて、ずいぶん驚いておりましたよ」

「そうでしたか」

と応じて、伊佐次は静かにうなずいた。

みきは伊佐次から目をそらし、溜池の水面へと目を転じると、呟くように語り出した。

「わたくし、初めに二人の名を聞いた時、士郎という子が伊佐次殿のご実子ではないかと思いましたの。その、名前からそう思ったのですけれど」

こんなことを申し上げるのは失礼でしょうか——と、みきは伊佐次に目を戻して尋ねた。

「いいえ、少しもそんなことはありません」

伊佐次は静かな声で答えた。

我が子を持った時、その子を「しろう」と名付ける考えは、実は伊佐次の胸中にもあった。結局はそうせず、伊佐次を婿養子としてくれた義父の名を採って「平蔵」としたのだが、だからこそ士郎に出会った時、宿縁を感じたのだ。韮山での輝く思い出と深く結びついた名前、我が子につけようかと一度は考えた名前を持つ少年であるがゆえに。

「士郎は誰かを殺めようとしているのでしょうか。まさか、平蔵を狙っているなどということはありますまいな」

みきは心配そうな声で呟いた。

「平蔵も士郎も俺の倅です。命に懸けて人斬りにはさせません」

伊佐次がそう告げた瞬間、目の前の溜池に突然、波紋が浮き上がった。と思った直後、ぱらぱらと雨が降り出した。

「雨が……」

みきが袖で顔を覆いながら、空を見上げる。先ほどまで晴れていた空が、城跡周辺だけ黒雲に覆われている。しかし、遠くの方は明るい空が広がっており、通り雨であろうと思われた。

「あちらの林で少し雨をしのいでから、お帰りになった方がよいでしょう」

伊佐次はみきに林の方を示して告げた。

「あなたもご一緒に」

みきは伊佐次に言い、伊佐次はうなずいた。

昔のように、手をつなぐことも、走っていくこともしなかった。二人は一歩一歩を踏み締めるように、確かな足取りで林へと向かって歩いた。

ようやく雨をしのげる場所まで来たみきは、大木を背にして立ち、空を見上げるようにした。生い茂った枝葉が広がるばかりで、空は見えない。晴れている時でさえ小暗い林の中は、雨の時は夕方のように暗かった。

その時、風が吹いたのか、葉の揺れる音と共に雨粒がぱらぱらと音を立てて落ちてきた。

「あ」

みきが袖で顔を覆うより早く、伊佐次が右腕を掲げ、その袖でみきの頭を庇うようにした。

伊佐次の目とみきの目が合った。暗い林の中ではあったが、互いの目の光だけはよく見えた。

「恩に着ます」

みきは目をそらしてうつむくと、小さな声で礼を述べた。

「いいえ」

伊佐次は目を閉じると、静かな声でそう答えた。

萌え出たばかりの春の若葉に、雨の匂いが入り混じってふっと鼻先をかすめていく。青くさく、さわやかなその香は、ひどく懐かしい想いを伊佐次の胸に運んできた。

七章　でぃあな号

一

一月も半ばになると、戸田村のそこかしこに春が感じられるようになった。梅の花がほころび始め、何より冬の間は凍てつくように見えた海が、今は大きな青い絹を広げたように、柔らかく凪いでいる。そうした季節の移ろいと行を共にするかのように、造船所内の刺々しかった雰囲気も少しずつ和らいでいくようであった。

一月十七日の仕事が終わった後、

「今日は、あいつら、ずいぶん真面目に仕事をしてたじゃねえか」

平蔵だけを残した造船所内で、藤蔵は言った。

「皆、心を入れ替えたのだと思います」

藤蔵と目は合わせず、平蔵は淡々と答えた。

「お前がやったんだろ」

不意に、藤蔵は声の調子を変えて訊いた。

「えっ」

平蔵は目を上げて、藤蔵の顔をまじまじと見つめた。

「様子を見てりゃ、おおよそのことは分かる。お前一人が憎まれ役になって、船大工たちとおろしあの連中がうまくいくように仕向けたんじゃねえのか。ま、どうやったかは訊かねえが」

藤蔵はそれから平蔵の目をのぞき込み、再び声の調子を変えて続けた。

「お前、大丈夫なのか」

その声からは、平蔵を本気で心配する気持ちが伝わってくる。

昨晩脅しつけてから、小吉は平蔵の姿を見れば逃げ出すようになり、万作は目を合わせようとしなくなった。他の連中の態度も今まで以上によそよそしく、平蔵を見る目は尖(とが)っている。

だが、それでいいのだと、平蔵は思った。船さえ完成すれば、後のことはどうでもいい。たとえ、船が完成した直後、殺されたところでかまうものか。

「俺が連中から何かされるんじゃないかと、ご心配ですか」

平蔵はわざと気楽な調子で訊き返した。

「お前の度胸が据わってるのは分かる。けど、あまり連中をなめない方がいい」

「平気です。船が完成するまで、あいつらは俺にもおろしあの人たちにも手出しはしません」

確信に満ちた口ぶりで、平蔵は言った。藤蔵はやや複雑な表情をした。

「おろしあの連中は船が完成すりゃ、すぐに出航するだろう。国へ帰るのか、下田へ戻るのか、どっちにしろ連中が手出しできねえとこへ行くからいい。けど、お前はどうなんだ」

「俺もどこかへ去りますよ」

さらりと平蔵は告げた。

「何だって」

「連中に約束しましたから。けど、この船が完成するまでは、意地でもここにい続けます。いさせてください」

驚き覚めやらぬ藤蔵に、平蔵は頭を下げた。

「お前がいなけりゃ、この船は完成しねえ。けど、お前、行く当てはあるのか」

「当てなんかなくても、もうやっていけます。親方に連れられて、ここへ来た時のような餓鬼じゃねえんですから」

平蔵が言うと、藤蔵はほうっと一つ大きな溜息を漏らした。

「そうだな。お前は一人前の大工になった。まして、おろしあの船の建造に関わったとくりゃ、どこへ行っても重宝されるはずだ」

「なら、心配は要りませんね」

平蔵は明るく返事をしたが、藤蔵の表情は言葉と裏腹に、なおも暗いものを宿していた。

「お前を追い込んだのは、この俺だな」

ぽつりと、力のない声で藤蔵は呟く。その後、平蔵から目をそらすと、

「身の危うさを感じたら、完成前でも去っていいぞ」

独り言のように、ぽつりと漏らした。

「そんなことはしません」

藤蔵の不安を吹き払うような声で、平蔵は言った。

「第一、船大工たちの態度が改まったところで、例の脅し文の方は解決したわけじゃありません。俺たちの仕事を邪魔しようって奴らは、まだこの近くにいるはずです」

「そうだな」

顔を引き締めて、藤蔵はうなずいた。

「脅し文があってから、特に何もなかったので、少し気が緩んでいたかもしれん」

昨日、アレクサンドルが峠で襲われたことを、藤蔵は知らない。平蔵が口止めしたわけではないが、アレクサンドルとヨシフは自らの上官に報告しなかったようだ。

そのため、事件を知っているのはおろしあ人の二人と平蔵、襲った当事者と彼らに

通じていた船大工たちだけであった。

アレクサンドルたちが報告を避けたのは、造船作業に支障をきたすことを心配したからであろう。その気持ちを思うと、なおさら船造りを成功させなければと、平蔵は思う。おろしあ人のためにも、江川太郎左衛門のためにも。

——人の非難を恐れるな。人に恨まれることを恐れるな。

韮山で聞いた太郎左衛門の言葉がよみがえる。

(江川さま。俺のやったことは間違ってなかったですよね)

平蔵が目を閉じ、太郎左衛門に問いかけた時、

「藤蔵はいるか」

突然、造船所の戸が開いて、幕府の役人が二人駆け込んできた。

「何事ですか」

藤蔵が不審げな声で訊き返す。

「たった今、韮山より知らせが届いた」

「韮山……?」

平蔵は思わず呟いていた。

「昨日、代官の江川太郎左衛門さまがお亡くなりになったそうだ」

「江川さまがお亡くなりに!」

藤蔵が立ち上がろうとしかけ、いまだ完全には治らぬ腰の痛みに顔をしかめた。

（江川さまがお亡くなりになった）

平蔵は目を閉じ、ひと月ほど前に会った時の面影を脳裡(のうり)に浮かべる。本人の言葉から、遠くない日に別離の時が来ることは分かっていた。だが、それでも船の完成を見届けてほしかったという、口惜しさと寂しさは込み上げてくる。

「江川さまは建造取締役であられた。このお役が別の方に引き継がれるのかどうかは、まだ分からぬ」

「川路さまもおられるゆえ、こちらの計画に障りが出ることはないと思うが」

役人たちはそれだけ言うと、他にも知らせたり相談したりしなければならぬ相手がいるのだろう、慌ただしく造船所を出ていってしまった。

「お前から聞いてはいたから、少しは覚悟もしていたつもりだったが……」

藤蔵が低く沈み込んだ声で呟く。

「こんなに早くお逝きになってしまわれるとは……」

その声に無念の思いがにじんでいた。

「はい。完成した船を見ていただきたかったです」

平蔵はうつむきがちに呟き、唇を嚙(か)み締めた。

「だが、空の上からでも、江川さまは船を見てくださるさ」

「そう……ですね」

藤蔵の言葉にうなずきながら、ふと、平蔵はかつて太郎左衛門と共に見た夜空を思い出していた。一首の歌が耳もとをよぎっていった。

二

二十年ほど前、一人になった平蔵は、伊佐次の言葉に従い、韮山を目指した。だが、端から伊佐次の叔父の家を訪ねていくつもりはなかった。伊佐次の叔父が生きているかどうかも怪しかったし、生きていたとしても息子の代になっているはずだ。となれば、まだしも太郎左衛門を訪ねる方が、伊佐次の息子と信じてもらえる見込みがある。

ところが、韮山まで何とかたどり着き、後は代官屋敷を訪ねていくだけとなったところで、平蔵は力尽きかけていた。

「そなた、平蔵か。伊佐次の倅の平蔵なのだな」

そんな平蔵を見つけ、声をかけてくれたのが太郎左衛門であった。甲斐の視察からちょうど戻った太郎左衛門と出くわしたのだ。平蔵が伊佐次の守り袋を取り出すと、太郎左衛門はすぐに大きくうなずき、代官屋敷へ連れていってくれた。そこで十分な食事を与えられ、介抱を受けて、ようやく話ができるようになると、

「一緒にいた士郎とは山道ではぐれてしまいました」

まず口をついて出たのは、士郎のことであった。

出発して間もなく、人目につかないように二人で山奥へ分け入ったこと、勝手が分からず獣道のようなところを進んでしまったこと、士郎が足を滑らせ、山の斜面を転がり落ちていったこと。身に起こった出来事を、平蔵はしゃべり続けた。

「俺は慌てて追いかけました。士郎のように落っこちたらいけないから、地面に尻をつけるようにして滑りながら、くり返し名を呼んだんです。でも、返事は全然聞こえなくて……」

斜面の先には崖があり、その下まで行くことはできなかった。それでも、しばらくはその辺りを捜し回っていたのだが、やがて食べるものも尽き、泣く泣く一人で歩き出した。

山中で動けなくなりかけたが、幸い猟師が見つけてくれ、食べ物も分けてもらえた。山を下りてからは、農家の庭先に吊るしてあった干し大根を勝手に取ったことも、正直に話した。

「士郎は助かっているでしょうか」

そう口にした時は思わず涙がこぼれた。

「よう分かった。もう心配せずともよい」

太郎左衛門は平蔵に優しい言葉をかけ、しばらくこの屋敷で暮らせばよいと言ってくれた。士郎の行方も捜してやると約束してくれた。伊佐次は一揆側の代表として追われるだろうと言われたが、それは覚悟している。

自分はきっと助からない、それでもいいのだと、伊佐次は言っていた。二度と会うことはできないだろうが、自分はいつでも二人を見守っている、とも――。

平蔵は心身共に疲れ果てていたが、代官屋敷で世話を受けるうち、少しずつ癒されていった。

やがて、季節は冬になり、富士が雪化粧した姿を見せるようになっても、士郎は見つからなかった。伊佐次がどうなったかも、太郎左衛門の口から伝えられることはなかった。

太郎左衛門から今後のことを問われたのは、冬の半ば頃だったろう。

「平蔵よ。そなたはこれからどうやって生きていきたい？」

「どうやって？」

そう訊かれても、平蔵には答えようがなかった。

「伊佐次がああなった以上、父親の田んぼを受け継ぐことはもはやできまい。だが、百姓になりたいというのなら、この韮山で養子の口を見つけてやることはできる」

よい申し出ではあったが、平蔵はすぐに返事をしなかった。だが、太郎左衛門はさ

してこだわるふうもなく、

「実は、わしは考えていることがあるのだ」

と言い出した。

「先だっての甲斐の一揆で考えさせられたことだ。もはや刀や鉄砲を持つのは武士だけという時代ではない。海の向こうからは異国の大型船が近付いてきている。いずれは、それに備えて海の防備も固めなければならないだろう。その時、武士だけでは兵士が足りなくなる」

太郎左衛門の話が、自分の今後とどう関わるのか、平蔵には見当もつかなかった。

「ついては、百姓たちを兵士として育てるべきだと、わしは思うておる。つまり、農民の兵、農兵だ」

百姓は武器を持ってはならない、そう徹底されてきた世の中の仕組みを根本から覆そうという考え方だった。そのことは平蔵にも理解できた。

今は、そのかつての仕組みにきしみが生じている。浪人、百姓、町人の別を問わず、世のはみ出し者たちが集まって悪党と称し、長脇差を振り回す時代だ。百姓たちは己の要求を通すため、鍬(くわ)や鎌を武器にする。そんな世の中において、刀や銃を持つのが武士だけというのはゆがんでいる気もした。そのゆがみが、悪党を生み出し、一揆を生み出しているようにも思えた。

「わしは農兵を作るよう、ご老中に進言するつもりだ」

堂々とした口ぶりで、太郎左衛門は告げた。それから、平蔵の目をのぞき込むようにすると、

「どうだ、平蔵。そなたも農兵を目指してみないか」

と、続けた。曇りのない太郎左衛門の目は、自らの信念に確かな自信を持ち、力強く輝いていた。

すばらしい話を聞かされているということは分かった。そして、平蔵がそれを断るはずがないと、太郎左衛門が思っていることも分かった。

しかし、平蔵は太郎左衛門から目をそらし、首を横に振った。

「俺は刀や鉄砲は持ちたくありません。一揆の時のことを思い出すから」

そう答えた平蔵に対し、太郎左衛門は「そうか」と応じただけだった。残念そうな表情も見せなければ、さらに誘うということもしなかった。

「ならば、農兵とはならず、ふつうの百姓になるのはどうだ？」

その問いかけにも、平蔵は首を横に振った。

「それでは、そなたは何になりたい？」

「俺は――」

平蔵は顔を上げ、太郎左衛門の目を見つめ返しながら、一気に告げた。

「百姓と悪党でなければ何でもいいです」

その時の気持ちとしては、それ以外の答えは出てきようもなかった。何になりたいなどという気持ちはなかった。

そんな平蔵に対し、太郎左衛門はこの時も「そうか」と短く応じた。

「いいだろう」

突き放されるかと思っていた平蔵には、意外と思える言葉が続いた。

「なるべく、そなたの考えに沿う形で考えてみよう」

太郎左衛門はそう言って、話を終えた。それがどういう意味か分かったのは、それから半月ほどを経た頃だったろうか、十二月に入って間もない日のことであった。

その日の晩、平蔵は太郎左衛門の部屋へ呼ばれた。

「そなたを船大工の親方に預けることにした」

突然、そう告げられた。それが、百姓と悪党でなければ何でもいいと言った平蔵の望みに沿う形で、太郎左衛門が用意してくれた自分の将来なのだと、一瞬遅れて平蔵は理解した。だが、嬉しいとかありがたいとかいった気持ちは、すぐには湧かなかった。

「ここから山を越えた海沿いに戸田村という、漁師の多く暮らす村がある。そこには、船大工たちの工房もあるのだが、藤蔵という親方がわしの知り合いでな。そなたを預かってくれるそうだ。そなたは藤蔵の弟子となり、船大工となる修業に励め」

「はい」

平蔵は淡々とうなずいた。自分の言い分を聞いてもらえたのだから喜ばしい話なのだが、なかなかそうは思えなかった。太郎左衛門に礼を述べていなかったことに気づき、慌てて「ありがとうございます」と頭を下げると、

「少し外へ出ないか」

と、いきなり太郎左衛門が告げた。

冬の寒い晩のことだ。どんな物好きが外に出るのか、という時節であったが、平蔵に逆らいようはなかった。

太郎左衛門は障子を開け、さらにその向こうの戸も開けると、履物を履いて庭へ出た。草履がもう一つ置いてあったので、平蔵はそれを借りて、太郎左衛門の後に続いた。

外の風に当たった途端、全身に震えが走った。太郎左衛門は羽織を着ていたが、平蔵は小袖(こそで)のみである。思わず衿(えり)を合わせると、

「寒いか」

と、太郎左衛門が微笑みながら尋ねた。

「いえ、大丈夫です」

やせ我慢をして、顔を空に向け、そう答えた。その目の中に、ほっそりとした月が飛び込んできた。そういえば、今日は三日だったと、平蔵は思い出した。

その瞬間、どういうわけか、韮山に来てから通い続けた滝山不動の不動明王の顔が浮かんだ。と思う間もなく、不意に何かが込み上げてきた。

「父ちゃんも士郎も、たぶんもうこの世にはいないんですよね」

これまで自分から太郎左衛門に尋ねたことのない問いかけが、口をついて出た。

「伊佐次は死んだと聞いている」

太郎左衛門が淡々と告げた。

「つかまって磔（はりつけ）にされたわけではない。捕らわれる前に死んだそうだ」

「そう……ですか」

「士郎の行方はいまだつかめていない」

すまぬ——と続けられた太郎左衛門の言葉に、いいんですと、平蔵は応じた。

「二人とも天に昇ったのなら、それで……」

そう言って、夜空の三日月をじっと見据えた。

ややあって、太郎左衛門の動く気配が伝わってきたが、平蔵は動かず、夜空の月を見つめ続けた。すると、何かがふわりと肩にかけられた。太郎左衛門が羽織を脱いで、着せかけてくれたのだった。

「あ、ありがとう存じます」

礼の言葉を述べた時、声が震えた。夜空から切り取ったような三日月が、視界の中でかすかにぼやけた。

平蔵は思い出したように月から目をそらし、傍らの太郎左衛門を見つめた。太郎左衛門は月を見ていた。

「月を船にたとえた昔の歌があることを知っているか」

太郎左衛門は月から目をそらさず、突然言い出した。

「いえ、知りません」

平蔵が答えると、太郎左衛門はそのままの姿勢で、一首の歌を口ずさみ始めた。

天の海に雲の波立ち月の船　星の林に漕ぎ隠る見ゆ

古い歌だというが、意味はそのまま理解できる。天の海、雲の波、月の船、星の林――何というきれいな言葉のたとえ方なのだろうと思った。

これまでそんなふうに思う言葉に出あったことはなかった。

平蔵はこの時、生まれて初めて、心の中のさまざまなものが洗い流されていく心地がした。

月の船に乗って、天の海を漕いでいく。ああ、おそらく亡くなった人はそうやってあの世へ渡っていくのだろうと、素直に思えた。

「平蔵、そなたはあの月のような船を造れ」

唐突に、太郎左衛門は言った。だが、平蔵は唐突だとは思わなかった。自分も今まさに同じことを考えていたからだ。

あの美しい三日月のような船を造りたい、と――。

天の海を漕いでいく船を造りたい、と――。

「一からやり直せ。そなたはここから生き直すのだ」

太郎左衛門の言葉に、平蔵はすぐさま「はい」とうなずいた。そして、「ありがとうございます」と続けて言い、深々と頭を下げた。

先ほど部屋の中で、船大工になれと言われた時には少しも動かなかった心が、今は激しく揺さぶられていた。

あの時、おざなりに口にした感謝の言葉と、同じ言葉であるというのに、それを発する自分の心はまるで別人のように違っていた。

――俺は生まれ変わろう。船大工を目指すんだ。

平蔵はもう一度、夜空の月を見上げた。くっきりと浮かび上がるその月に向かって、平蔵は確かな誓いを立てた。

三

「ヘイゾーさん」

たどたどしい言葉遣いの声に呼ばれて、平蔵ははっと我に返った。

声のした方へ目をやると、アレクサンドルの姿が見える。その後ろには、こちらへ向かってくるヨシフの姿もあった。

「俺、どうしてここに……」

平蔵は茫然(ぼうぜん)と呟き、周囲を見回した。

そこは、宝泉寺の門前だった。自分がどの道をどう歩いて、宝泉寺へやって来たのか、まったく覚えていない。我に返れば、もう日は完全に落ちているというのに、提灯(ちょうちん)すら持っていなかった。

「どうしたのですか、ヘイゾーさん」

アレクサンドルに追いついたヨシフが、声をかけてきた。アレクサンドルがおろしあの言葉で早口に何か言う。それを受けて、

「また何かありましたかと、アレクが尋ねています」

と、ヨシフが心配そうに言った。「また」というのは、昨日の闇討ちを受けてのこ

とだろう。

「いえ、何も……」

言いかけた平蔵は、それを自分で打ち消した。

江川太郎左衛門が亡くなったのだ。平蔵にとっての恩人というだけでなく、おろしあ人たちにとっても無縁ではない。建造取締役たる太郎左衛門の死は、今後の仕事ぶりに影響がないとは言い切れなかった。

太郎左衛門の死を聞いて動転していたのか、造船所を出てからの記憶がない。それでも、宝泉寺への道を知らず知らずたどってしまったことには、理由があるはずだった。

(俺はきっと、太郎左衛門さまの死を誰かと分かち合いたかったんだ)

とにかく、自分にとって大事な人が亡くなったと誰かに知ってもらい、心を汲んでもらいたかった。

船大工の仲間たちとは、もう仲を修復できないだろう。それは、自ら納得ずくでしたことだから仕方がない。

親方の藤蔵は平蔵の悲しみや寂しさ、虚しさを理解してくれる一人に違いなかった。だが、分かち合う相手としては、年齢も立場も違いすぎる。

では、アレクサンドルやヨシフがふさわしいのかといえば、立場の違いは藤蔵以上だ。そもそも、生まれ育った環境がまるで異なり、言葉さえしっかり通じ合っているとは言いがたい。

（それでも、俺はアレクさんやヨシフさんに会いたかったのか）

　そうだ——と、もう一人の自分が答える。

アレクサンドルやヨシフは、今の平蔵の心を汲んでくれる数少ない人たちだった。

「大事な人が亡くなったのです」

　平蔵は二人を前に告げた。大恩ある人、恩を受けた人——どう言うべきか迷ったが、結局「大事な人」という言葉にした。

江川太郎左衛門であることは、今は言わなくてもいいだろう。今夜か明日、幕府の役人か、二人の上官が伝えてくれるだろうから。

　今は、造船事業の責任者が死んだということより、自分にとって大切な恩人が亡くなったという思いだけに浸っていたい。

　ヨシフはアレクサンドルに平蔵の言葉を伝えた。二人はその後、何度か言葉を交わしたが、ややあってからヨシフが遠慮がちに「ヘイゾーさん」と呼びかけてきた。

「わたしたち、この国のやり方、知りません」

　死者を悼む方法を知らないという意味なのだろう。

「わたしたちのやり方、平蔵さんを慰められない。どうすればいいか、分かりません。

でも、わたしたち、平蔵さんの心、分かります」

懸命に言葉を探し、選びながら伝えてくれるヨシフの心遣いが胸に沁みた。

この国で正しいとされるお悔みの言葉など、かけてもらわなくてもいい。今の言葉だけで十分だった。

「ありがとうございます」

うつむいていた顔を思いきり上げて、礼の言葉を述べた時、空に昇り始めた月が目に飛び込んできた。

十七日の月は満月に少し欠けた形をしている。日が暮れてから少し経った後、昇り始める立ち待ちの月だ。

かつて、太郎左衛門と一緒に月を見た遠い日のことが思い出された。あの日、見たのは三日月だった。そのほっそりとした細い姿は、まさにあの歌の通り、船そのものと思えたものだ。

「昔、その人と月を見ました」

気づいた時には、口が勝手に動き出していた。

平蔵は東の空から昇り始めたばかりの月に目を向けたまま言った。

「その人と見たのは、もっと細い、こういう形の月でした」

空中に、三日月の形を描いてみせる。

平蔵が一言しゃべって間を置く度に、ヨシフのおろしあの言葉が控えめに続けられる。

「その時、その人から歌を教えてもらいました。こういう歌です」

――天の海に雲の波立ち月の船　星の林に漕ぎ隠る見ゆ

平蔵がいつもの会話とはまるで違う表情と口調で、歌を口ずさむと、

「へ、ヘイゾーさん」

ヨシフが困惑した様子で口を挟んできた。

「ごめんなさい。うた――は分かります。でも、何を言っているか、分からない」

「そうですよね。こちらこそすみません」

おろしあ人の二人には分からないだろうと思いつつ、どうしても、この歌を口ずさんでみたかったのだ。

自分が太郎左衛門から教えてもらい、船大工になろうと心を決めるきっかけになった歌、新しく生き直そうという思いを与えてくれた歌。

みきが好きな歌であり、伊佐次が手本に書いた歌であり、自分がその手本をずっとお守りとして持ち続けてきた歌。この歌が自分を守り続けていてくれたのだと、そんな気持ちにさえなりかけていた。

「この歌はこういう意です。空のような海、いや、海のような空か。いや、ちょっと

待ってください」

　言いかけた後、慌てて首を横に振り、平蔵はヨシフにまだ通訳しないでほしいと告げた。ヨシフは分かったとうなずき、黙って待っていてくれる。

　この歌に、深い意味はない。星空に浮かぶ雲や、その間を渡っていく月の美しさを詠んだものだ。ただ、言葉や比喩が類なく美しい。みきが最も好きな歌だと言ったのも、その美しさに惹かれたからだろうと、十分に想像がつく。

　しかし、それをいざ、異国の人に伝えようと思うと、言葉の壁が立ちはだかった。

　この歌の美しさを、ありのままに伝えることの、何と難しいことか。

「天の海」をうっかり「空のような海」と訳しかけたが、それは違う。この場合、海が比喩であり、実際に存在しているのは空の方だ。ならば「海のような空」と言う方が正しいことになる。

　とはいえ、そう言ってしまうと、何とも陳腐な気がして、平蔵は困惑を覚えた。

　さらに、その次は「波のような雲がわき立ち」と言えば、まあ通じるとしても、「月の船」を「船のような月」と言って、アレクサンドルやヨシフに理解してもらえるだろうか。

　平蔵は夜空の月を再び仰いだ。どう見ても、十七日の月は船には見えない。

　だが、あの晩に見た月は、三日月だったのだ。あの時、自分の目には本当に月が船に見えたのだ、と言えば分かってもらえるか。

十二歳の時の自分が、何の説明もされずあれほど心を動かされたというのに、その衝撃や感動を余さず異国の人に伝えることは、どれほど言葉を尽くしても難しい。

「海のような空に、波のような雲がわき立ち、月の船が星の林を漕いでいく、というようなことを歌っています」

月の船と星の林はそのままにした。「月」「船」「星」「林」それぞれの言葉の意味は、ヨシフも知っているはずだ。そして、それが比喩であるということは、前半の説明から察してもらうしかない。

幸い、その意味はヨシフには通じたようであった。納得した様子でうなずいたヨシフは、おろしあの言葉に置き直して、アレクサンドルに伝えてくれた。

「ヘイゾーさん、『アメ』言いましたね。『アメ』分かります。今日の昼、雨降りました。なのに、どうして『海のような空』と言いましたか」

ヨシフが問いかけてきた。「アメノウミ」の部分を、「雨の海」と思ったのだろう。そこに突然「空」という言葉が出てきて困惑したものと考えられた。

「『アメ』とは空の古い言い方なんです。今は誰もそういう言い方はしません」

平蔵が説明すると、ヨシフは了解したようだった。それをアレクサンドルに伝えると、アレクサンドルは注意深い口ぶりで「アメノ……」と口を動かした。が、すぐに詰まってしまう。

「ヘイゾーさん、もう一度、今の歌、歌ってください」

ヨシフの頼みに応じて、平蔵はもう一度、歌を口ずさんだ。アレクサンドルとヨシフを見ると、実に真剣な表情をして、一語も聞き漏らすまいとしている。その熱心さと期待に満ちた眼差し(まなざ)につられるかのように、平蔵は続けて二度、復唱した。

夜空に向かってその歌を歌えば歌うほど、小さく縮こまっていた自分の心が、空のように大きく広がっていく。

「アメノウミ」

平蔵に続いて、アレクサンドルが真剣な面持ちで口を開いた。

「そう、そうです。『アメノウミ』です」

嬉しくなって、平蔵は明るい声を出す。「クモノナミタチ」と続くのかと思ったら、

「ツキノフネ」

という言葉が飛び出してきた。すべては覚えきれなかったのだろう。異国の言葉なのだから当たり前だ、と思っていると、

「ツキノフネ」

もう一度言いながら、アレクサンドルは夜空の月を指さしていた。

アレクサンドルは「月の船」の意味をしっかり理解した上で、その言葉を発してい

たのだと分かった。

目が潤みかけるほどの感動が平蔵の胸に押し寄せてきた。

「この歌を聞いた時、思いました。人は死んだら、空へ昇るのではないか。その時、死んだ人の心は『月の船』に乗って、空へ運ばれるのではないか。そう思ったのです」

平蔵は一言一言を嚙み締めるように、ゆっくりと語った。

「わたしはその時、月の船を造りたいと思った。船大工になろうと決めたのは、その時でした」

どうしてこんなことまで、このおろしあの人たちに話してしまうのか、平蔵は自分でも不思議に思いながらしゃべっていた。

日本人を相手にしゃべったところで、正確に理解してもらえるかどうかは分からない経験であるというのに。

それでも、この二人に伝えたかったのだ。そう平蔵は思った。

ヨシフは平蔵の言葉を、その都度、おろしあの言葉でアレクサンドルに伝えてくれた。

その後、二人は何事か言葉を交わし、ややあってから、ヨシフがおもむろに「ヘイゾーさん」と言い出した。

「わたしたちの沈んだ船、ディアナといいました。知ってますか」

突然の言葉に戸惑いながら、平蔵はうなずいた。

「はい。でぃあな号という名の船だと聞きました」

「ディアナとは何か、知ってますか」

「いいえ、知りません」

話がどこへ向かうのか分からぬまま、平蔵は答えた。そういえば、「でぃあな」という言葉がどんな意味なのか、誰も教えてくれなかったし、平蔵自身も知ろうとは思わなかった。

日本の言葉を理解しろ、と相手に求め、ヨシフにいつも当たり前のように通訳させているのに、自分は何一つ、おろしあの国の言葉を理解しようとしてこなかった。己の傲慢(ごうまん)さを思い知らされ、恥ずかしくなる。

もちろん、おろしあの国が幕府に、開国と通商を強引に要求するのは傲慢であった。だが、そのことと、アレクサンドルたちとの関わりは別ものではないのか。おろしあの国が横暴だからといって、彼らが皆、横暴なわけではない。おろしあの国が傲慢な仕打ちをするからといって、日本の民が同じことをやり返していいというわけでもない。

アレクサンドルとて、こんなにも難しい昔の歌の言葉を理解しようとしてくれたではないか。自分もまた「でぃあな」の意味を真摯(しんし)に受け止めなければならない。平蔵はそう思い、表情を改めてヨシフに向かった。

「でぃあなとは何か、教えていただけますか」

「月の神さまの名前、です」

ヨシフは月を指さしながら言った。

「えっ……？」

思わず驚きの言葉が飛び出してくる。まさに、月の船そのままではないか。

「古い神さまの名前、切支丹と違う」

切支丹が日本で禁止されていることに配慮したのか、ヨシフはそう付け加えた。

「神さまには、男と女がいます。日本の神さまもそうですか？」

ヨシフの言葉に、平蔵は何度もうなずいた。

「ディアナ、美しい女の神さま。月の神さまです」

かぐや姫のようなものだろうか。平蔵は月の女神の姿を想像した。絵草紙で目にするような十二単をまとった姿しか想像できなかったが、アレクサンドルやヨシフが思い描く姿とは、似ても似つかぬものであろう。

だが、月の女神の名を船につけたおろしあの人の心に、平蔵は思いを馳せた。「月の船」を造りたいと思い続け、船大工になった自分が、月の女神の名を持つ船に乗ってこの国に来た二人と出会った——このことは運命とさえ思える。

「アレクはいつか月の船に乗って、空を漕いでいきたいそうです」

ヨシフの言葉を受け、平蔵はアレクサンドルに目を向けた。月の船を造りたいと思う自分がいて、その船に乗って空を渡りたいと夢見るアレクサンドルがいる。

「ありがとうございます、アレクさん」

平蔵はアレクサンドルに頭を下げた。

その言葉はヨシフを通じて、アレクサンドルに伝えられたが、アレクサンドルは不思議そうな表情を浮かべた。

「なぜ、ありがとう、言われるのか、分からないそうです」

ヨシフが日本の言葉で伝えてくれる。

分からなくていいですと答え、平蔵は笑った。

アレクサンドルとヨシフも朗らかに微笑んだ。

十七日の月は柔らかな光を地上に降り注ぎながら、ゆっくりと夜空を昇っていった。

八章　峠の富士

一

　江川太郎左衛門死去の報は、士郎と仲間たちが宿泊している土肥の小諸屋にも届いていた。

　薬売りの甲斐屋九郎兵衛が土肥へ突然現れ、伝えていったのである。

「久しぶりだな。皆、変わらぬようで何より」

　甲斐屋は士郎たちを目の前に並べて座らせ、その顔を鋭い目で見据えながら言った。

　士郎たちの元締めで、おろしあ人殺害を指示した甲斐屋は、ずっと別行動であったが、士郎たちの手綱を締めるのも忘れていなかった。ふだんは見張りの当番に当たらぬ限り、宿で酒を食らっている男たちも、甲斐屋の前では神妙にしている。

　甲斐屋が元は武士であること、薬売りに身をやつして隠密行動をしていることは、その場の誰もが知っていた。が、甲斐屋の本名は、士郎を含め誰も知らない。甲斐屋の背景については詮索（せんさく）しないのが暗黙の了解となっている。

「江川太郎左衛門が死んだ。船造りの責任者だった韮山代官だ」

甲斐屋の突然の知らせに、一同の顔は驚きと昂奮(こうふん)に包まれた。

「甲斐屋さんのご指示ですか？」

中の一人が色めき立って尋ねる。甲斐屋の指示で、自分たちの仲間が太郎左衛門を暗殺したのかと思ったらしい。

「いや、違う。病死だ」

甲斐屋は皮肉っぽい苦笑を口もとに浮かべながら答えた。しかし、そういう誤解を受けたことに、まんざらでもない様子と見えた。

「まあ、お前たちが奴らに脅し文を送り、圧力をかけたことが病状を悪化させたとも考えられる。そういうことであれば、お前たちの手柄と言えぬこともない」

甲斐屋からねぎらいの言葉をかけられ、男たちは互いに顔を見合わせる。士郎一人は誰とも目を合わせず、表情もまったく変えなかった。

「しかし、俺たちはまだ、一人もおろしあの奴らを倒せていません」

中の一人が表情を引き締めて、甲斐屋に告げた。

「そうだな」

甲斐屋がおもむろにうなずく。

「前に一度、士郎が大工連中を使って、うまく人気(ひとけ)のない場所に誘(おび)き出したんですが、

「容易く成功するような仕事でないのは、お前たちとて承知のはずだ。一度や二度の失敗は当たり前。とはいえ、斬りつけることはできたのか」

甲斐屋が士郎に目を向けて尋ねる。士郎が初めて口を開いた。

「斬りかかりはしたんですが、傷は負わせられませんでした。邪魔が入ったのと、おろしあ人が銃を撃ちましたんで」

「そうか。だが、銃を使ったのはそれだけ脅威を感じたということでもある。お前が撃たれなかったのは幸いだった。江川太郎左衛門が死んだ今こそ、奴らが浮き足立つ時でもある。機会はまたあるだろう。くれぐれも気を緩めるな」

甲斐屋は引き続き任務に当たるようにと告げた。その時、日はすでに暮れかけていたが、甲斐屋は士郎たちと同じ宿には泊まらず、すぐに発つという。

「士郎」

いよいよ部屋を出る時になって、甲斐屋は士郎だけを呼んだ。士郎は無言で立ち上がり、甲斐屋と共に宿の外に出た。

昼の間、少し降っていた雨はすでにやんでいたが、うっすらと立ち込める夕闇の中に、雨の匂いが混じっている。

「お前の邪魔をしたのは誰か、分かっているのか」

「……いえ」

士郎は少しの間を置いた後、短く答えた。

「別のおろしあ人ではなかったのか」

「たぶん違うでしょう」

「では、船大工か」

「そうかもしれませんが……。しかとは分かりません」

目を合わせずに言う士郎に、甲斐屋は「私に隠しごとをしても無駄だぞ」と告げた。

「どういうことです？」

士郎は目を甲斐屋に向け、鋭く訊き返した。

「船大工の中に、昔の知り合いがいたんだろう？」

笑いを含んだ声で訊かれ、士郎は甲斐屋を睨みつけた。

「知ってて黙ってたんですか。それとも、俺がそれをあなたに知らせるかどうか、試したってわけですか」

「そういうつもりはない。ただ、知っていたというだけだ。知らせなかったのは、その必要を特に感じなかっただけだ」

それとも――と続けた甲斐屋の言葉に、探るような気配が加わった。

「お前にとって、その船大工は己の役目に障りをもたらすような男なのか」

「いいえ。お役目には何の問題もありません」

「ならいい」

淡々と答える士郎に、甲斐屋は満足げにうなずいた。

「お前の邪魔をしたのが、昔の知り合いということはないのか」

「それはないと思います。その男が出かけた隙を狙ったんで」

この時の士郎は、一瞬の間も置かず答えた。甲斐屋は「そうか」と応じた後、
ふと思い出したように付け加えた。

「お前はとうとう江川太郎左衛門に会えなかったな」

「何が言いたいのですか？」

士郎はじろりと甲斐屋を睨み据える。

「特に何も。ただ、事実を言ったまでだ」

甲斐屋はさらりと言い返した後、

「江川が死んだことをどう思う。お前はあの男との縁を求めていたではないか」

と、士郎に尋ねた。

「特に何も」

甲斐屋の言葉を、士郎はそのまま返した。甲斐屋はにやりと笑った。

「それでいい。役目を与えられた志士は私情に捕らわれるべきではない」

「分かっています」

士郎は挑むような眼差しで答えた。

「あなたは俺の命の恩人だ。そして、進むべき道を教えてくれた。決して期待を裏切ったりはしない」

力のこもった声で、士郎は言う。

「無論、私もお前には期待している」

甲斐屋は言い、士郎の肩に手を置くと、ここでいいと言って、一人で歩き出した。

その背中が夕闇の中に溶け入って見えなくなるまで、士郎は微動だにせず、その場に立ち尽くしていた。

二

おろしあ船の建造取締役であった江川太郎左衛門の急死は、日本の船大工ばかりでなく、おろしあ人たちの心にも不安をかき立てることになった。しかし、

「我々の計画には何の滞りもない」

この度の造船事業の責任者である川路聖謨の言葉が皆に伝えられた。

「韮山代官江川殿は、造船に携わるすべての者が心を一つにし、この事業を成功させ

ることをこそ、願っていた。喪に服する必要もない。一日も無駄にすることなく、造船を進めてほしい。それが、江川殿の遺言であった。我々は命を懸けて、その遺志に応えなければならない」

人の死は、思想や国の違いを超えて、皆の心に敬虔なものを呼び起こす。

新しい船を必要としていたおろしあ人は無論のこと、そのおろしあ人に恩を売りたい幕府の役人たちも、造船の技は知りたいが異国人のために働くのは気が進まなかった船大工たちも、これを機に船の完成に向けて一丸となった。

――江川太郎左衛門さまのご遺志を受け継ぐのだ。

その強い意欲が造船の作業を、一気に押し進めることとなった。

やがて、二月に入ると、造船所内の仕事と並行して、浜辺での組み立てが始まった。外で船が形を成していく姿は人目から隠すことができない。脅し文を送ってきた連中の狙いが、おろしあ人そのものなのか、それとも船の完成を阻むことなのか、しかとは分からないが、組み立て中の船を狙った襲撃だけは食い止めねばならなかった。

また、船が完成に近付くにつれ、それは海側からも目につくことになる。黒船来航以来、諸国の船が日本との外交を求めて沿岸に現れており、他国の船に見つかることをおろしあ側は恐れていた。時はちょうどクリミア戦争の最中であり、敵国であるイギリスやフランスの船はプチャーチンの捕縛を企んでいると思われたからである。

駿河湾の特に奥まった場所にある戸田村は、異国船から目につきにくいだろうと選ばれた場所であったが、用心に越したことはない。

幕府側もおろしあ側も、陸海双方の警戒を強める中、浜辺での組み立て作業は続けられた。

折しも、春の明るい陽気に誘われるように、外での仕事が始まった船大工たちは、それまで以上に熱心に取り組むようになっている。おろしあ人の技師たちとのやり取りも滑らかになり、その頃には、藤蔵の腰の具合もよくなって外に出られるようになった。

作業は順調にはかどり、幸いなことに陸からの襲撃も海からの砲撃もなく、三月に入って間もなく、新しい帆船は予定よりも早く完成した。

三月十日、船を実際に海に浮かべる船おろし（進水式）が幕府主導のもと、行われることになっている。その前日の九日は、船大工たちの皆に、丸一日の休暇が与えられた。

そして、この日、平蔵の姿は戸田村になかった。

春も暦の上では、残すところあと半月余りである。三月の初めには、江川太郎左衛門の四十九日の法要が行われ、すでに魂はこの世ならぬ場所へ運ばれたはずであった。

平蔵は達磨山の峠で、海の向こうにそびえる富士を眺めながら思いを馳せていた。

春の頃は霞のせいで、景色が見えにくいことも多いのだが、幸い、この日は富士の姿がくっきりと見えた。

雪を被っているのは山頂から半ばの高さくらいまで。

達磨山の青々と茂る若葉は目にまぶしく、静かに凪いでいる穏やかな海はちょうど真上に昇った日の光を柔らかく跳ね返している。きらめく光、若葉の緑、海の青――それらの向こうに富士山の冠雪の白さは際立っていた。

その姿の美しさは、とうてい人が造る何ものも及ばず、富士が霊峰と言われるのもおのずから納得できる。我知らず手を合わせずにはいられないような厳かさがある。

(結局、船への襲撃はなかった)

幕府の役人やおろしあの海兵たちが警備に力を入れていたとはいえ、浜辺の作業中に襲撃があると予測していた平蔵にとって、何もなかったのは意外だった。

(アレクさんを襲ったあいつが、あのまま引き下がることはないだろうと思ってたんだが)

平蔵はふた月ほど前のあの日、この場所で起きた出来事について、さらに思いをめぐらす。

あの日の朝、平蔵はこの峠を越えた。朝は曇っていて、富士は見えなかったが、夕方、ここへ来たアレクサンドルは夕闇に沈んでいく直前の富士を見たという。

その後、何者かに斬りかかられ、富士の美しさも半減してしまったかもしれないが、だからこそ、もう一度アレクサンドルにはこの場所からの富士を見せたかった。

船が完成した以上、アレクサンドルたちは間もなく出航してしまうだろう。そうなれば、もう二度と会うことは叶わないかもしれない。

一緒に富士を見るのなら、残るはわずか数日しかなかった。

だが、この日、平蔵は一人で峠へやって来た。今日だけは、誰かを連れてくるわけにはいかなかったからだ。

平蔵は懐から守り袋を取り出した。太郎左衛門の妹みきが伊佐次に贈り、伊佐次を経て自分の手に渡った守り袋である。その中には、遠い昔、伊佐次が和歌をしたためた古い紙と、つい先日、平蔵の留守宅へ投げ込まれていた文が入っていた。

――九日昼九つ（正午頃）、達磨山の峠にて待つ。

新しい方の紙には、そう書かれていた。そして、それは古い方の紙と同じ筆跡だった。

伊佐次は生きているという太郎左衛門の言葉は、本当だったのだと、平蔵はこの文を見て確信した。

しかし、生きていたというのなら、伊佐次はこれまでどこで何をしていたのだろう。

自分の家へこのような文を届けるからには、すでに平蔵の居場所を知っていたということになる。

それなのに、これまで姿を見せず、生きているという手がかりさえよこさなかった。みきのもとへはその手がかりとなる文を送っていたというのに。

その伊佐次が今になって、平蔵に会おうと言ってきた。

なぜ今なのか、気にかかった。

脅し文を送りつけたのも、自分を騙ってアレクサンドルを誘き寄せ、命を狙ったのも、士郎本人だろうと、平蔵は思っている。伊佐次もそのことを知っているのか。

疑おうと思えば、際限なく疑うことができた。

それでも、この文を無視することはできなかった。平蔵は一度開いた文を丁寧に折り畳むと、再びそれを守り袋の中にしまった。

そして、もう一度、眼前の富士に目を向け、二十年近く前、初めてここから富士を眺めた時のことを思い出していた。

あの時、自分は生まれ変わろうと思い、太郎左衛門から教えられた「月の船」の歌を胸に、ここに立っていたのだ。

平蔵は目を閉じ、あの日の富士を心に思い描こうとした。と、その時。

背後に人の気配を感じ、平蔵は急いで後ろを振り向いた。

（伊佐次か――）

だが、平蔵の予想は外れた。その場にいたのはどう見ても伊佐次より若い、平蔵と同い年くらいの男である。男は長脇差を一振り携えていた。

平蔵は振り返ったその体勢で、男から身を遠ざけるように、一歩退いた。だが、退き続ければ、その先にあるのは崖（がけ）である。

相手の男はそれを承知しているかのように、薄く笑いながら、一歩、また一歩と平蔵に近付いてきた。平蔵は男が二、三歩進むごとに一歩ずつ、後ろへ下がった。そして、ついに平蔵の踵（かかと）が崖の間際まで迫った。

「どうする？　そのまま落ちるか？」

男は冷たく笑いながら言った。

平蔵はちらと崖の下に目をやる。樹木が生い茂り、底は見えなかった。

「あの時とは逆だなあ」

平蔵との間をさらに詰めつつ、男が余裕のある口ぶりで呟（つぶや）く。

「俺に助けてくれと言ってみるか。あの時、俺がそうしたみたいに」

男は声を立てて笑った。

「なあ、その時、俺はどうすると思う？　お前を助けると思うか？」

男がさらに一歩進む。平蔵の足もとの小石がぱらぱらと音を立てて、崖の下へと落ちていった。

「お前は俺とは違う。人を見殺しにはしない」

平蔵は初めて男に向かって声を放った。しかし、その声は情けないくらい掠れて聞こえにくいものだった。

「俺を昔と同じに思うなよ」

男はそれまでよりずっと低い声で言った。気がつけばもう、男の顔に笑みは浮かんでいなかった。

「兄弟とも思っていた相手から見殺しにされた。師匠と信じた人からは嘘吐き呼ばわりされた。自棄にもなったさ。が、そんな俺を救ってくれた人がいる。俺はその人の信念のためなら何でもやれる」

「お前も伊佐次に呼ばれてここへ来たんだろう。伊佐次の前でもできると言うのか」

平蔵がやっとのことで言うと、

「おいおい、伊佐次はお前の父親だろう。父親に向かって、伊佐次はないんじゃないのか」

男は再び薄笑いを浮かべながら言い返した。

「もうやめろ、平蔵」

平蔵は悲痛な声で男に言った。

「俺は士郎だ！」

男は平蔵に向かって叩きつけるように叫んだ。その声が頭上に広がる空に虚しく吸い込まれていった。

「そうしようって言い出したのは、お前じゃないか」

再び低い声に戻って、男は続けた。

「『お前のことは俺が守ってやるよ。今からは俺が平蔵と名乗るから、お前は士郎と名乗れ。そうすれば、お前だけでも生き延びられる』――あの時、お前は俺にそう言ったんだよなあ」

男は一言一句違えることなく、かつて平蔵が男に向かって告げた言葉をくり返してみせた。

「そうだよなあ、平蔵。いや、昔のように『士郎』って呼んだ方がいいのか？」

男は声の調子をがらりと変えて叫んだ。恨みの凝り固まったような陰鬱な声であった。

悪党の父親に死なれ、世の中をひねくれた目で見ていた少年は、船大工の平蔵に。

父親に似た、お人好しの素直な少年は、異人を狙う人斬りの士郎に。

郡内騒動が起きる直前、伊佐次の勧めで韮山を目指し逃亡する最中、互いに入れ替わった二人は今、二十年ぶりに互いの姿を見つめ合う。

もはや少年の頃の面影はどちらにもない。

「昔のことはどうでもいいさ」

ややあってから、士郎と名乗るようになった男が言った。

「お前のお蔭で、俺は目が覚めたんだ。他人を容易く信じちゃいけないってな。むしろ、お前には感謝している」

その意見に対し、今の自分がとやかく言う資格はないと、平蔵は思った。だが、伊佐次はこんなふうになった我が子を見たらどう思うだろう。

あの頃は、自分の方こそ、悪党になっても人斬りになってもおかしくない少年だった。

そうならなかったのは、「平蔵」と名乗ったからだ。平蔵に成りすまし、平蔵ならばどう考え、どう行動するか常に考え、そうしてきたからだ。もちろんすべては考え抜いた末の言動であった。しかし、二十年も続けていれば、他人はそれが本当の姿だと思い込む。

(それに、俺には生まれ変わらせてくれた人がいた)

生まれ変われと言ってくれた江川太郎左衛門や藤蔵がいた。

「お前は伊佐次に会うために、ここへ来たんだろう?」

平蔵は一縷の望みをそこにつないで尋ねた。伊佐次ならば——実の父親ならば、今の士郎を変えられるかもしれない。また、士郎も伊佐次へ心を残していたからこそ、ここへやって来たと信じたかった。

「あいつに呼ばれたのは認めるさ」

父親のことを、士郎はあいつと言う。

「だが、懐かしさに浸るために来たんじゃねえ。もちろん、お前も来るだろうと予想はした。俺はな、お前たちが俺の邪魔をするなら斬るつもりで、ここへ来たんだ」

「邪魔をするだって？　お前はこれから何をするつもりだ」

船が完成するまで、何の襲撃もなかったことを不審に思ってはきた。だが、士郎とその仲間たちはむしろ船の完成を待ち構えていたのではないか。出来上がった船を襲った方がおろしあ人にも船大工たちにも、大きな衝撃と悲痛を与えることができると確信して。

「それをお前に教えてやる謂れはない」

士郎は冷えた声で答えた。それから、ぷいと横を向くと、それ以上平蔵との間を詰めようとはせず、そのまま踵を返そうとした。

「伊佐次を待たないのか」

平蔵は問いかけた。

「約束の時刻はもう過ぎてる」

士郎は淡々と答える。平蔵は空を見上げた。日はすでに真上にあり、ここまでは鐘の音も聞こえないが、昼九つは過ぎているのかもしれない。

「俺は暇じゃねえんだ」

士郎はそう言い捨て、戸田村の方へ足を戻そうとした。おろしあの人々に何かするつもりではないのか、いや、完成した船に何かするつもりか、平蔵は焦った。船にもアレクサンドルたちにも、何もさせやしない。

「俺が憎いんだろう？」

平蔵は背中を向けた士郎に大声で訊いた。

「俺を殺せ」

さらに叫ぶと、士郎の足が止まった。

「俺はお前にになら殺されても仕方がないと思っている」

その代わり、船にもおろしあの人たちにも、何もしないでくれ——必死に平蔵は訴えた。

「あの人たちはもうすぐここを出ていく。それでいいじゃないか」

「変わったな、お前」

士郎が首だけをひねって呟くように言った。

「昔のお前は、他人のために何かするような奴じゃなかっただろう」

士郎の言葉が胸に鋭く突き刺さる。確かに、昔の——士郎と名乗っていた頃の自分はそうだった。

三

二十年と少し前。

士郎は父親と一緒に、甲斐国内を巡り歩いていた。

父親と同じようなことをする「悪党」たちはそこかしこで見られた。村人を脅し、あるいは仲間に引き入れ、金をせしめて好き放題をする。腕力はあり、刀も使える者が多かったから、ある村では悪党を追い払うために、別の悪党を雇うというようなことも行われ、時には用心棒まがいのことをして金を稼いだりもする。それが悪党だった。

悪党の父親は博打と酒に溺れ、大声で他人に突っかかり、時には喧嘩で物事を解決するしか能のない男であった。そんな父親のくだらなさに、六つ七つの頃にはもう、士郎は気づいていた。

父親に親しみや肉親の情といったものを感じた記憶はない。いっそ自分を捨てて、どこかへ消えてくれないものかと思ったことはある。あるいは、どこかで野垂れ死んでくれないか、と。

そうすれば、家を持ってふつうに働くまともな大人が、自分を引き取ってくれるかもしれない。もし子供のいない夫婦者の家にでも拾われれば、そこの家の子供にしてもらえるかもしれない。

士郎はそういうふつうの暮らしがしたかった。そして、たいていの子供はそういうふつうの暮らしを、当たり前のように手に入れているのに、どうして自分だけがそうではないのかと、天を呪った。

父親と同じような悪党は何人も見たが、子連れの男など一度も会わなかった。

父親がどうして自分を引き連れて旅を続けているのか、自分の母親はどういう人なのか、士郎は尋ねたことはない。聞いたからといってどうなるものでもなかったし、自分を父親に託さざるを得なかった母親はおそらくもうこの世にいないか、いても頼り甲斐のない女に決まっている。

士郎が軽蔑しきっている父親と、それでも一緒にいたのは、今はまだ一人で生きていくのが難しいと分かっていたからだ。父親と一緒にいれば、少なくとも飢えないでいられる。自分一人でも生きていけるという確信が持てたら、父親とは決別するつもりであった。

士郎が父親と別れる機会はほどなくしてやって来た。士郎が十一歳になった時のことだ。

父親は悪党同士の喧嘩沙汰のせいで、あっさり死んでしまった。喧嘩をしている現場にはいなかったが、父が息を引き取った後、悪党の一人に来いと言われ、亡骸と対面させられた。

「お前の父ちゃん、おっ死んじまったよ」

同情の欠片もない声で教えられたが、特に恨めしく思うわけではなかった。悲しみや嘆きの情は起こらず、ただ虚しい気持ちだけが士郎の心を占めていた。

「おい、子供相手にその物言いはないだろう」

その時、悪党相手に恐れもせず、非難の声を上げた男がいた。士郎はちらと男に目をやり、直感した。この男は自分の味方になってくれる、と——。

士郎はころりと態度を変えた。頭を働かせてそうしたというより、体と口が勝手に動いたという感じであった。

「父ちゃん！」

士郎はしおらしい表情を浮かべ、父の亡骸にすがりついてみせた。泣き真似をするのも、士郎には難しいことではなかった。

ふだんの士郎を知る悪党たちは、しらけた表情を浮かべたり、にやにや笑ったりしていた。だが、そんな連中の反応はどうでもいい。狙いはただ一人だけだ。

果たして、その一人は士郎の網に引っかかった。

それが伊佐次であった。

伊佐次は泣きじゃくる真似をした士郎を慰め、名と年齢を尋ね、これまでどうやって暮らしてきたのかを訊いた。

「しろう、というのか」

名を聞いた時には目を見開き、どういう字を書くのかと尋ねてきた。そして、他に身寄りがないということを知るや、自分の家へ来なさいと言ってくれた。亡骸を弔う手配もすべて調えてくれた。

（やっと、見つけた）

利用できる相手、搾り取れる相手、士郎が狙い通りの生き方をするのに役立つ相手。伊佐次が子供のいない夫婦者であれば、いちばん都合がよかったが、さすがにそこまで狙い通りにはいかなかった。伊佐次には、士郎と同い年の息子がいたのだ。妻に先立たれた伊佐次は息子と二人暮らしだった。

「平蔵という。お前たちはこれから兄弟になるんだ」

伊佐次は二人を引き合わせて告げた。

「うん。分かったよ」

平蔵は屈託のない笑みを浮かべて言った。

父親が突然連れてきた見知らぬ少年に対し、胡散臭い目を向けるでもなく、嫌な顔をするでもなく、兄弟になれと言われれば分かったとうなずく平蔵に、士郎は驚きを通り越してあきれ果てた。これまで同い年くらいの少年と接したことのない士郎には、不気味にさえ映った。

だから、士郎は伊佐次の目の届かぬところで、平蔵をいじめた。難癖をつけては殴ったり蹴ったりした。もちろん、人目に触れるところには傷などつけていない。また、逆らうことを知らぬ平蔵に無茶な注文をつけ、相手が困るのを見て楽しんだり、できなかった罰だといって、さらなる折檻を加えたこともある。

平蔵は何をされても、決して父親に告げ口しなかった。もちろん、それが分かっていたから、士郎は平蔵をいじめたのである。

そうした日々は、伊佐次が郡内騒動に加わる決断をし、二人を前に、

「ここを出て、韮山へ行け」

と、告げる時まで続いた。

この時、伊佐次が韮山代官という地位も力も備えた人物と知り合いであることを、士郎は初めて知った。伊佐次に狙いを定めたのは間違っていなかったと、士郎は内心ほくそ笑んだ。

「平蔵」

かつてその名を名乗っていた男から呼ばれ、平蔵ははっと我に返った。

考えてみれば、親にもらった名を名乗っていた時期より、入れ替わってからの歳月の方が長くなってしまったのだと、ぼんやり思う。

「お前が他人のために、何かしようとするなんてなあ」

今、士郎と名乗る男はうっすらと冷たく笑っていた。

「お前が変わっていてくれてよかったよ」

昔のお前は弱みがなかったからなあ——と、かつていじめられる一方だった男が皮肉っぽく言う。

「今のお前が、死ぬより恐れていることが何か、よおく分かった」

低い笑い声がそれに続いた。士郎は首を元に戻すと、

「ここへ来た甲斐があったな」

前を向いたまま言い捨て、そのまま歩き出した。

追っていって止めなければならないと分かっていたが、平蔵の足は動かなかった。

平蔵は足を引き摺るようにして前へ体を動かす。その途端、体中の力が抜けて、その場に膝をついてしまった。

伊佐次はまだ来ない。士郎のことも気にかかるが、伊佐次と会わずに去ることもで

きなかった。

士郎を止めることができるとすれば、それは伊佐次だけだ。空を見上げると、日は中天から少し傾いたようであった。

平蔵はその場で伊佐次を待ち続けたが、それから一時（ひととき）近くが過ぎてもなお、伊佐次が現れる気配はなかった。

いつまで待っても伊佐次はやって来なかった。

四

数日前、船大工の平蔵と土肥の小諸屋にいる士郎の二人へ、達磨山の峠で待つと文を送った伊佐次は、もちろん九日の当日、約束の場所へ行くつもりであった。

そこで、二人の息子との再会を果たし、人斬りになった、いや、なろうとしている息子の心を変えようと決めていた。もう一人の息子が己のすべてを注ぎ込み、造り上げた船の出航を妨げさせるわけにはいかない。

だが、事は伊佐次の思い通りには運ばなかった。戸田村の中を達磨山へ向かって進んでいた時、数人の男たちに道を阻まれたのである。その中心にいる男を見るなり、伊佐次は目を瞠（みは）った。

「あなたは……」

名は何といったか。すぐには思い出せなかったが、かつて会ったことがあるのは一目で分かった。

二十年前の郡内騒動の際、足を怪我して動けなかった伊佐次は、百姓姿をした男に助けられた。だが、その者は一揆に加わった仲間ではなく、そういう格好をして付近の様子を探っていた者のようであった。もしや公儀の隠密かと疑念を抱いたこともあったが、その男はただ伊佐次を助けただけで、役人に突き出すようなことはしなかった。

（もしかしたら、ご公儀とは別の、どこかの藩の隠密かもしれないな）

とは思ったが、あえて尋ねはしなかった。染吉と名乗った男は伊佐次を使われていない山小屋へ運び込み、怪我の手当てをしてくれた。といって、手当ての薬が十分にあったわけではない。数日が経った頃、染吉が知り合いの薬売りと出会えたから、と言って連れてきたのが――。

「甲斐屋さん、とおっしゃいましたか」

不意に名前を思い出して、伊佐次は目の前の男に尋ねた。

あの時、甲斐屋には薬を与えてもらい、怪我の具合を見てもらった。甲斐屋はしばらく染吉と話していたが、間もなく山小屋を出ていった。会ったのはその一度きりである。

一方の染吉は伊佐次が動けるようになるまで面倒を見てくれた後、そこで別れた。どれだけ礼を言っても言い足りない恩人であったが、その後、染吉とも会っていない。

「さよう、甲斐屋です。あなたは下和田の伊佐次さんでしたな」

甲斐屋が伊佐次をじっと見据えながら言った。

どうして今、甲斐屋がこの場に現れ、自分の行く手を阻もうとするのか。伊佐次には事情がまるで呑み込めなかった。

「実はあなたに頼みがある」

甲斐屋は不可解な面持ちの伊佐次には取り合わず、有無を言わせぬ調子で告げた。

「頼み、ですか」

「さよう。あの時、私の仲間があなたを助けた。あなたは我々の頼みを聞いてくれてもいいと思うが」

染吉と甲斐屋は仲間同士だったのかと思いながら、伊佐次には甲斐屋への警戒心が湧いた。恩知らずにはなりたくないが、その気持ちだけはどうしようもなかった。

「頼みとは何でしょう」

「何、容易いことです。これから何もしないでいてくれれば、それでいい」

「何もしない？」

「ええ。達磨山の峠へ行くのを取りやめ、平蔵にも士郎にも会わず、ただ明日が過ぎるのを待っていればいい。どうです。容易いことではありませんか」

「明日といえば、船おろしですね」

伊佐次は慎重な物言いになって訊き返した。この時になってようやく、甲斐屋の取り巻きの男たちに目を向けた。男たちの中には二刀を差した浪人風の者もいれば、長脇差だけを差した者もいる。皆、二十代から三十代ほどの男たちで、伊佐次はすぐに彼らの正体に気づいた。

(あいつと一緒に、土肥の宿にいた連中だ)

あの達磨山峠の闇討ち以来、伊佐次は平蔵の周辺は無論のこと、士郎の居場所も突き止め、目を離さぬようにしてきた。そのため、士郎の仲間たちのことも、今では顔を見覚えている。

(甲斐屋さんがあいつとつながっていたのか?)

甲斐屋が士郎の近くにいる姿を見たことはなかったので、伊佐次は驚いていた。

「船おろしが終わるまで、あなたには何もしないでいただきたい。分かってくれますな、伊佐次さん」

甲斐屋が笑いを含んだ声で言った。

「まるで分かりません」

伊佐次ははっきりと言い返した。

「そもそも、なぜあなたは平蔵や士郎のことを知っているのです？」

「二十年前、崖の下に倒れていた士郎を見つけて助けたのは、私なのですよ」

「甲斐屋さんがあいつを助けた！　どういうことですか？」

伊佐次が目を剝くと、甲斐屋が口もとを皮肉っぽくゆがめて笑った。

「あいつ、ですか。士郎とは呼ばないのですな。そう呼ぶのには抵抗がありますか」

「何ですと」

「まあ、そう焦らずともよろしい。すべてお話ししますよ。何、達磨山へ行かなくてもいいのだから、あなたにも暇ができたでしょう」

甲斐屋は悠々とした口ぶりで言った。

甲斐屋がここで自分を引き止め、時を稼いでいるということは分かったが、その話を聞かずに二人の息子たちに会うことはできない。伊佐次はぐっとこらえた。

甲斐屋は「こちらへ」と伊佐次を、道の端の方へ誘った。長い話になりそうだと思いながら、伊佐次もまた道の端に寄った。

「士郎を私が見つけた時、大きな怪我はなかったが、頭でも打ったのか記憶を失くしていたのです」

甲斐屋は立ったまま、ゆっくりと語り出した。

「記憶を……？」

「さよう。日々の暮らしを送るのに障りはなかったが、自分にまつわることをすべて忘れていた。名前も生まれ育ちもすべて」

「じゃあ、今のあいつは……」

伊佐次は震える声で訊いた。記憶を失くすような目に遭っていたことを、少しも知らなかった。

「ご安心を。今は思い出しておりますよ。ただ、当時は記憶が戻るまで行く当てもない。だから、私が江戸へ連れていきました。道中、呼び名がないと不便ですからな。あいつが朦朧としていた時に呟いていた『しろう』という名を、仮の呼び名とさせてもらいました」

「しろう、と呟いて……」

「本名が『しろう』でないことは、無論分かっていた。夢うつつに自分の名前を口にする者はいませんからね。『しろう』とは、あいつにとって特別親しいか、特別憎い者の名前だろうと想像はつきました。まあ、それはいい。ところが、その後、江戸で記憶を取り戻したあいつが、自分の名前は士郎だと言い出したのには驚きました。その途端、すぐに分かりましたよ。この子は嘘を吐いている、嘘を吐かなきゃならない理由があるのだ、とね」

甲斐屋の話が進むうち、伊佐次はいつしか目を下に向けていた。甲斐屋の顔をまともに見ていられなかった。

「そのことに少し興味が湧いた。韮山代官を知っているふうなのもわけありだ。あなたの名前を聞き出し、甲斐へ取って返しました。まあ、見つけたのは私の仲間でしたが。あなたに貸しを作っておけば、いつか役に立つこともあるかと思ったのでね」

士郎への切り札として、郡内騒動の生き残りとして、江川太郎左衛門の幼なじみとして。

「あの時の貸しを今返してくれと言っているのです。ただ私の邪魔さえしなければそれでいい。あなたにとっては割のいい話だ」

あなたのことも訴え出ないし、二度と目の前に現れないと約束してもいいと、含み笑いを漏らしながら、甲斐屋は言った。伊佐次は無言を通した。

「いずれにしても、私は士郎とはずっとつながってましたのでね。あなた方が本物の親子だってことは、やがて分かりました。何といっても、私は隠密なもので。ああ、薬売りは世を忍ぶ姿ですよ。その手のことには長けております」

甲斐屋はいったん言葉を切ると、ゆっくり深呼吸をした後、

「士郎と名乗っているあいつは、あなたの実の息子平蔵なのですよね、伊佐次さん？」

と、鋭い声を伊佐次に突きつけてきた。伊佐次はうな垂れたまま返事ができなかっ

た。

「となると、船大工の平蔵は何者なのかってことになる。あっちが士郎なんでしょう。まんまとあなたの息子になり果せた挙句、韮山代官の庇護を取りつけ、船大工として一人前にしてもらった。悪党の倅はやることも抜かりがない。私も士郎——ああ、あなたの息子の方ですよ、あの子をずっと見てきましたからね。不公平な話だって思いましたよ。だって、あなたの息子は代官にも会えず、練兵館でこき使われ、それでも剣の腕を一生懸命磨いてきたんです。それなのに、いざ自分が本当は平蔵なんだと道場主に打ち明けたら、とんだ嘘吐き呼ばわりですからな。哀れなものでしたよ。あの頃の士郎はね」

甲斐屋が情緒たっぷりの口ぶりで言い終えるのを待ちきれず、伊佐次はその場に土下座した。

「甲斐屋さん！」

額を地面にこすりつけ、腹の底から声を出す。

「どうか、あいつを——私の倅を解き放ってやってください。あいつが受けた御恩は、私が必ずお返しします。だから、どうかあいつのことはもうこれきりにしてください。どうか、どうかお願いいたします！」

「おやおや、伊佐次さん」

甲斐屋はおどけたような声を出した。

「私はあなたにそんな真似をしてもらおうなんて、思っちゃいませんよ。顔をお上げください。さっきも言いましたが、私が望むのはあなたが何もしないことだけです。容易いことじゃありませんか。それで十分だと私は言っているのですよ」

「達磨山へ行くのはやめてもいい。倅に会うなというのなら、二度と会えなくてもかまいません。ただ、あいつをあなたから解き放ってやってほしいのです。あいつに人を斬らせないでください」

伊佐次は額を地面に押し付けたまま、懸命に言った。

「悪いがね、伊佐次さん」

甲斐屋はまったく心を動かされた様子もなく、冷えた声を出した。

「お人好しだったあなたの息子を、人斬りに育て上げるまでには手間暇がかかった。ようやくものになったあいつを今さら手放せと言われましてもなあ」

「あなたの思想について、とやかく言うつもりはありません。ただ、あいつは人を斬れるような奴じゃないんです。そんなことをすれば、あいつは壊れちまう。あなただって、二十年もあいつを見てきたのなら、あいつの本性がどんなものか分かっているでしょう」

伊佐次は体を起こすと、泥のついた額を払いもせず、甲斐屋を見上げながら言い募った。

「さて、それはどうだか。人はね、変わるものなんですよ、伊佐次さん」

甲斐屋は腰を屈めると、伊佐次の目をじっとのぞき込みながら言い返す。

「あなたが知っているのは二十年も前の息子さんだ。いつまでもお人好しのままじゃない。そのままではいられないほど、過酷な目に遭ってきたんですよ、あいつは」

この二十年、生き延びてきたにもかかわらず、息子のために何もしなかったばかりか、息子がどんな人生を送ってきたか知りもしなかった——そのことを指摘されると、伊佐次は何も言い返せない。しかし、ここで引き下がるわけにはいかなかった。我が子が人斬りになるのを妨げなければ、何のために二十年前に命を拾ったのか分からなくなる。

「甲斐屋さん、私にはこうしてお願いするより他に、あいつのために何もしてやれません。私をどうしてくださってもかまいません。ですから、どうかあいつだけはあきらめてください」

伊佐次は甲斐屋の腕に取りすがって、必死に訴えた。甲斐屋は泥にまみれた伊佐次の手につかまれても、振り払いはせず、伊佐次の手に自らの手を重ねて置いた。

「まあね。私だって鬼じゃない。父親としてのあなたの気持ちも分からないではありませんせん」

「でしたら！」

「どうしてもって言うのなら、士郎の代わりに、あなたがおろしあ人を一人二人、斬ってくれますか」

「何ですって」

伊佐次はぎょっとした表情を浮かべ、甲斐屋の腕から手を引こうとした。が、甲斐屋はそれをさせなかった。

「いや、船が完成してしまいましたからね。今さら、一人二人を斬ったところで、残った連中で出航してしまうでしょう。それをさせぬためにはどうすればいいか、分かりますか」

「まさか、船を壊せ、とでも？」

「あれは、大型船ですからね。容易くは壊せないでしょう。しかし、火を付けられたらどうです？　大半が木材なんですから、ひとたまりもないでしょう」

「私に火付けをしろと？　船大工になったあいつが造った船を、私に焼けと言うのですか？」

伊佐次は顔を悲痛にゆがめ、首を激しく横に振った。

「できないのですか？」

意外そうに、甲斐屋が訊いた。伊佐次はさらに手を引こうとしたが、その上に置かれた甲斐屋の手にがっちりとつかまれ、どうしても動かせない。

「船大工になったのは、あなたの息子ではありませんよ。悪党の倅の『士郎』です。あなたが拾ってやったのに、その恩を仇で返し、あなたの息子を見殺しにしようとした上、その息子に成りすました偽者ではありませんか」

聞きたくなかった。だが、ふさぐことのできない耳に、甲斐屋の言葉がねじ込まれる。

「あなたの息子からすれば、殺しても飽き足りないほどの男だ。そんな男のために、あなたが何を気にかけてやるのですか。本当の息子を守るためです。赤の他人の息子なんぞ、見捨てなさい」

「……できねえ」

喉から声を絞り出すようにして、伊佐次は言った。

「あいつも俺の息子なんだ。二人とも、俺の息子なんだ」

その直後、胸の底から込み上げてくるものがあり、伊佐次はうわあっと吠えるように叫んでいた。甲斐屋につかまれた腕を振りほどくと、拳を地面に叩きつけて号泣した。

「だったら、何もするな」

甲斐屋が立ち上がりざま、吐き捨てるように言った。

「その代わり、私たちの邪魔もさせぬ」

甲斐屋は引き連れてきていた周りの男たちに、目配せをした。五人の男たちがさっと伊佐次を取り囲む。

「二、三日、動けぬようにしておけ」

甲斐屋の冷たい声が鋭く命じ、男たちの口から「はっ」という声が上がる。その中に、

「とどめをさしますか」

と、訊き返した一つの声があった。が、甲斐屋は「いや」と低く答えた。

「はき違えるな。私たちは人殺しではなく、攘夷志士なのだぞ」

教え諭すように甲斐屋は男たちに説く。

「この男は異人でもなければ、開国論者でもない。船おろしまで動けなくすればよい」

「はっ」

再び男たちの従う声がした直後、伊佐次の体は容赦なく蹴りつけられた。立ち上がろうとすると、それより先に拳と蹴りが飛んでくる。抵抗もままならず、ただ一方的に殴られ、蹴られ、伊佐次が気を失うまで、それは続けられた。

九章　船おろし前夜

一

達磨山の峠にとうとう伊佐次はやって来なかった。日が暮れる少し前まで待ち続けた平蔵は、ついにあきらめて戸田村へ戻ったが、村の様子がいつもと違うことに気づいた。船おろしを控えた昂り（たかぶり）や緊張とは別の、張り詰めた気配が感じられる。

（まさか、あいつがもう何かしたってのか）

事を起こすにしても、昼の間は何もできないと高をくくっていたのが甘かったのかと、平蔵は歯嚙（はが）みした。船の方は幕府の役人たちが見張りについていたから、大丈夫だろうが、おろしあ人の身に何かあったのかもしれない。

（アレクさんたちは無事か）

平蔵はすぐさま宝泉寺へと足を向けた。途中、道で出会った人に何があったのかを尋ねてみたが、何やら誰かが殴られ、ひどい怪我を負ったのだという話を耳にした。

「殴られたのは、おろしあの人ですか」

「さて。そうは聞いてないけどねえ」

　おろしあ人であれば、そうと噂になっていてよいはずである。とはいえ、安心することもできず、平蔵は宝泉寺へと急いだ。到着するなり、寺の小僧を見つけて声をかける。

「怪我人が出たと聞いたのですが、おろしあ人の誰かが殴られたのですか」

「いいえ、殴られたのは異国の方ではありません」

　小僧の話によれば、殴られたのは五十路ほどの男で、村の者ではないという。ただ、近頃、時折村で見かけた者もいるそうなのだが、どこの誰なのかは不明らしい。

　そして、殴っていたのも余所者の男たちで、浪人風の者も交えた五人が寄って集って一人をいたぶっていたそうだ。それをたまたま幕府の役人が見つけ、その場で三人を取り押さえ、いったん逃げた二人もその後捕らえたという。

「ならば、殴っていた者たちは皆、つかまったということですか」

　平蔵が訊くと、小僧はそうだとうなずいた。

「明日は船おろしだというのに嫌な事件ですね。大事になっていたら、船おろしも延期になったかもしれませんのに」

　確かに、人が死ぬようなことがあれば、明日の船おろしは取りやめになっていたかもしれない。そうならなかったのは幸いだが、平蔵はそのつかまった五人の中に、士郎が含まれていたのかどうか、そのことが気にかかった。

「その事件が起きたのは、いつ頃でしょうか」

「男の方が殴られていたのは昼前のことだそうですよ。咎人を皆、捕らえ終えた時には昼を過ぎていたそうですが」

それならば、咎人の中に士郎は含まれていない。昼九つ過ぎまで峠にいたことは間違いないのだから。ほっと安心した直後、殴られたのが五十路ほどの男だということが気にかかった。

（まさか――）

伊佐次が峠へ姿を現さなかったのは、自分の意思で来なかったのではなく、来られない事情があったのではないか。

「その人は今、どこにいるか分かりますか」

保護されたのなら、どこかで介抱されているのだろうと思って尋ねると、小僧は少し待ってくださいと言って、奥へ入り、事情を知る僧侶から聞いてきてくれた。

「名主の稲田さんのところで介抱しているそうです」

稲田家はおろしあ人を戸田村へ迎える際、幕府が助力を要請した名主で、当主は武右衛門といった。武右衛門が指名した何人かは造船御用係として、おろしあ人たちの世話に当たっているから、平蔵も見知っていた。

平蔵はすぐに稲田家へ向かうべく踵を返した。その背中に、

「ヘイゾーさん」

という声がかかった。ヨシフの声であった。アレクサンドルの姿も見える。平蔵は二人の無事な姿を見てほっとした。

「ちょっと寄っただけです。わたしは行かねばならないところがあるので、もう行きます。明日、浜辺で会いましょう」

平蔵は大きな声で言うと、そのまま二人に背を向けて走り出した。

「提灯は要りませんか？」

小僧が気を利かせて声をかけてくれたが、それどころではなかった。

村は家々の明かりが漏れているし、今日は九日だ。半月より少し膨らんだ明るい月が昇っている。

空は晴れており、星が見えた。月を隠す雲もない。

平蔵はそれほど暗くない村の道を懸命に名主の家まで駆けた。

怪我人は幕府の役人によって名主の稲田家へ運ばれ、その後、医者の治療も受けたという。すでに役人たちは引き取っていたが、怪我人は稲田家の一室に寝かされたまま、まだ意識が戻らないそうだ。その病床へ、平蔵は事情を話して通してもらった。

「もしかしたら、俺の育ての親かもしれないんです」

今日会うはずだった場所へ来なかったから心配している——そう言うと、すぐに案内された。

言ってしまった後、はたと気づいた。「平蔵」からすれば、伊佐次は実の親だ。これまで慎重に「平蔵」を演じ、ほとんどなり切っていたというのに、なぜ今になって、ぼろを出すような発言をしてしまったのか。

だが、その直後、もういいじゃないか、と平蔵は思った。

本物が現れたのだ。もう「平蔵」であり続ける必要もない。絶対に知られたくなかった江川太郎左衛門はすでに亡くなり、会えば自分が偽者であると見破る伊佐次もすぐそこにいる。

二十年に及ぶ自分の偽りの旅ももう終わりだ。だが、その最後に、船大工の平蔵として、どうしてもやり遂げねばならぬことがあった。

「どうぞ」

と、稲田家の家人に案内された部屋に横たわっていたのは、やはり伊佐次であった。顔にあざができており、人相が変わっていたが、見間違えようはない。

「間違いありません。俺の育ての親です」

平蔵は静かな声で答えた。

「ああ、その方の素性が分かってよかった。お役人にもお知らせしなければ」

名主の家人はほっと安心した様子で言った。

「まだ意識が戻っておられないけど、とにかくそばにお行きなさい」

そう勧められ、戸が外から閉められた。しばらくの間、伊佐次と二人きりにしてもらえるようだ。平蔵は伊佐次の枕元まで進み、静かに正座した。

頭の向こうに行灯（あんどん）の火が灯（とも）されており、伊佐次の傷ついた顔を浮かび上がらせている。それを見ていると、怒りなのか悲しみなのか、自分でも分からない、やりきれない気持ちが込み上げてきた。

「伊佐次」

昔と同じ呼び方で呼びかけた。「士郎」だった当時、伊佐次は「父ちゃんと思ってくれ」と言ったが、そう呼ぶよう強制はしなかった。それで、ずっと呼び捨てにしていた。

「俺、あんたに会うため、峠に行ったんだぜ。あいつも来たよ」

あんたは来なかったけどな――自分でもその声はひどく寂しげに聞こえた。

「あいつだって、あんたに会いたかったはずだ。あんたに止めてもらいたかったんだと思う」

けど、あんたは来なかった――同じことを、もう一度平蔵は言った。

「俺が自分の死より恐れていることが分かったたって、ほくそ笑んでいたよ。たぶん、それを実行するつもりだ。俺を死ぬよりつらい目に遭わせて、昔、俺にされたことへの腹いせをしようってんだろう」

平蔵は伊佐次の顔をまじまじと見つめた。息遣いは安定しており、深く眠っているようだ。閉じた瞼は開きそうになかった。

「俺は、確かにそれだけのことをあいつにした。あいつになら、殺されたって文句は言えねえと思ってるさ。けど、それよりつらいことがある。俺が……俺たちが造った船を台無しにされることだ。あの船におろしあの人たちを乗せてあげられなくなることだ。あいつはそれをしようとしてる。俺は……俺一人がつらい思いをするのならかまわねえんだ。けど、それで、あの人たちが嘆くのは耐えられねえ。なあ、伊佐次。俺がこんなことを言うのはおかしいか。自分さえよければ、人はどうなってもいいって思ってた、この俺がさ」

自分でも情けないことに、声が震えた。これ以上、しゃべり続ければ、これまで誰にも見せたことのないみっともない姿をさらすかもしれない。

「けどさあ、伊佐次。たぶん人は変わるものなんだ」

平蔵はぽつりと呟くように言い、立ち上がった。そのまま去ろうと思っていたが、どういうわけか、眠っている伊佐次から目をそらすことができない。足も動かない。

「この二十年、俺は『平蔵』になろうとしてきた。お人好しで善人の平蔵にさ」

口が再び動き出していた。今さら打ち明けるまでもなく、伊佐次はとうに知っていることだろう。

それでも、自分の口で告げることから逃げてはならない。

「俺はすべての人の前で好い顔をしようとした。助けを求められればすべて救おうとした。そんなの土台無理な話だが、それでもそうしたかったんだ。あんたの倅ならそう考えると思ったからさ」

だが、そうやって生きていても、救えない人はいる。憎まれることもある。

「この前の地震でさ、俺が助けられずに見捨てた人が、後になって自ら命を絶った。昔の俺なら何とも思わなかったはずだ。けど、その時、俺は吐きそうになるほど苦しかった。たぶん、『平蔵』を演じているうち、平蔵と同じように考える癖までついちまったんだと思う」

平蔵は再び膝を折り、伊佐次の枕元に正座した。

「きっと、あんたもそうだったんだろ、伊佐次。苦しむ村の人を救うため、俺たち二人を見捨てたことで、あんたも死ぬほど苦しんだんだよな」

再び声が震え、喉が詰まったように息苦しくなる。だが、ここでやめるわけにはいかない。平蔵は大きく深呼吸をして息を整えると、ゆっくり口を開いた。

「けど、あんたはもう苦しまないでくれ。あんたの倅があぁなっちまったのは、決してあんたのせいじゃない。すべて俺のせいだ」

平蔵は居住まいを正すと、両手を床につけた。

「本当に……本当にすまないことをしました」

途中詰まったものの、最後は一気に言って、深々と頭を下げる。しばらくその姿勢のまま動かなかった。

顔を上げてから、伊佐次の寝顔をじっと見つめたが、意識が戻りそうな気配はない。

「もう行くよ」

最後に言って、平蔵は立ち上がると、今度はもう躊躇うことなく部屋を後にした。

伊佐次は最後まで目を覚まさなかった。

平蔵が出ていくと、稲田家の者たちが集まって怪我人の素性が分かったと騒いでいた。

「目が覚めたらうちに引き取りたいのですが、今はまだ意識が戻らぬようですので、このままお世話をお願いすることはできますでしょうか」

平蔵が頼むと、幕府の役人から頼まれたことだから気にしなくていいと言われた。

「父上のことは安心しなさい」

当主の武右衛門がそう言ってくれたので、平蔵はまた明日来ると約束し、その日は稲田家を辞した。

明日という日が、自分に訪れるかどうかは分からない。士郎が事を起こすとすれば、今夜のうちだろう。そして、今夜、自分は命を懸けて船を守らなければならない。

平蔵はいったん帰宅すると、長脇差を手に取り、すぐに家を飛び出した。その足で浜辺へ向かう。

無論、明日の船おろしを控え、役人の見張りはついていたが、自分も一晩中、寝ずの番をするつもりであった。

船は自分が守り通してみせる。

家を出た時、上空に輝く月を見ながら、平蔵は心に誓った。

二

母ちゃん――と呼んだ人がいたことは覚えている。だが、その人の顔を思い描こうとすると、いつもその目鼻立ちはあいまいにぼやけてしまった。

母ちゃんのことで、はっきりと記憶に残っているのは、亡くなった時のことだ。人が死ぬということはぼんやり分かっていた。姿が見えなくなることも、もう二度と会えなくなることも。

ただ、母ちゃんがどこへ行ってしまったのか、それが分からなかった。その問いに納得できる答えを返してくれた人はいなかった。ただ、父ちゃんだけは正直に分からないと言った上で、

「たぶん、母ちゃんはあそこにいるんだと思う」

と、空を指さして告げた。見せてくれたのは星の浮かぶ夜空だった。

母ちゃんは空にいるの？　お星さまになったの？

次々に浮かぶ問いを口にしたが、父ちゃんは「そうかもしれないな」と言うだけだった。そして、夜空を見上げながら、わけの分からない言葉を呟き出した。それは不思議な節回しを持つ言葉だった。

「天の海に雲の波立ち月の船　星の林に漕ぎ隠る見ゆ」

ところどころ、聞いた言葉があったが、全体の意味はまるで理解できなかった。

「それ、なあに？」

「船は知ってるだろう？」

父ちゃんは訊き返した。人や物を乗せて水の上を流れていくそれは知っていたので、うなずいた。すると、

「月はお船なんだ」

と、父ちゃんは夜空の月をさして言った。

細い三日月が浮かんでいた。そう言われれば、あの弓の形をした月には人が腰掛けられそうに思えた。母ちゃんがあの月に腰掛けて、手を振っている姿が見える気がした。

「母ちゃんは月の船に乗っているんだね」

月を見ていたら、寂しさがわずかに癒された心地がして、そう呟くと、

「そうだな」

と、父ちゃんは優しくうなずいた。

「士郎。おい、士郎」

誰かが呼んでいる。だが、それは自分の名前じゃない。幼なじみの名だ。兄弟になるんだと父ちゃんが言って、自分もそう思ってきて……。

──士郎、助けてくれ。

──士郎じゃない。俺は平蔵だ。士郎はお前。さっきそう決めただろう？

冷酷な少年の顔が遠のいていき、つかまっていた木の根っこがぶつりと切れて……。

「うわあっ！」

声を放って飛び起きると、目の前にいたのは甲斐屋であった。薄暗い小屋の中、提

灯の明かりに浮かび上がったその顔は、どことなく不気味に見えた。

「どうした。悪い夢でも見たのか」

探るような相手の目から、逃げるように目をそらし、「何でもない」と答える。

自分の名は士郎だ。異人を斬り、帰国の船を出航させないためにここにいる。そのことを頭に刻み込んでから、士郎は甲斐屋に目を戻した。

ここは達磨山の林の中にある小さな小屋だ。士郎は達磨山の峠から麓の戸田村に戻ってきた際、甲斐屋につかまった。

どこへ何をしに行ったのか、甲斐屋は尋ねなかった。もしや甲斐屋はすべて承知で、自分を待ち構えていたのかと疑問が浮かんだが、士郎もまた、甲斐屋に尋ねはしなかった。

そもそも、甲斐屋が集めた仲間と行動を共にしていたが、その中に士郎の見張り役がいなかったとは限らない。その者が士郎の様子を探り、時折姿を見せる甲斐屋に逐一報告していたとしたら――。士郎に宛てて宿に届いた伊佐次の文を、自分の知らぬ間に盗み読みされていたこともあり得る。

だが、仮にそうだったとしても、士郎にはどうしようもない。だからといって、この先の行動が変わるわけでもない。ならば、余計な波風を立てるべきではなかった。そして、甲斐屋は達磨山から下りてきた士郎に、今は戸田村へは入るな、と告げた。

士郎を山中に建てられていた古い小屋に連れていった。もとは猟師の小屋だったのだろうが、今はぼろぼろで廃屋にしか見えない。が、朽ち果てた外観のわりに、中は新しい茣蓙が敷かれるなど、手入れされた跡があった。

問題が起きたから、しばらくここで待てと、士郎は言われた。様子を見てくると、甲斐屋はいったん小屋を出ていったが、その帰りを待つ間、つい転寝をしてしまったようだ。

あれから、どのくらいの時が経ったのだろう。甲斐屋が提灯を持ち帰ったことからしても、外はもう日が落ちているようであった。

「大事な仕事を控え、気を緩めるな」

甲斐屋は士郎に言い、士郎は「分かっている」と返した。

それ以上、互いに踏み込んだことは話さなかった。

「仲間が公儀の役人につかまった」

甲斐屋は続けて淡々と告げた。

士郎は思いがけない話に驚いた。

「どうして、つかまったりしたんです」

「派手なことをしたからだ。度を弁えられない愚かな連中だった」

甲斐屋はまるで過去のことを話すように言う。士郎は妙な感じがした。

「助けないのですか」

「下手な真似をして役人どもが警戒を強めれば、我々の謀が水泡に帰す。船おろしは明日なのだぞ」

甲斐屋は冷たい声で答えた。

「では、我らの正体や目的が知られたわけではないのですね」

士郎が問いかけると、甲斐屋は無言でうなずいた。ならば、ただの喧嘩沙汰でつかまったとでもいうのか。確かに愚かと言われても仕方ないが、だからといって彼らをこのまま見捨てるのは、どうも納得がいかない。だが、士郎がそのことを口にするより早く、

「お前一人でもやれ」

と、甲斐屋が低い声で命じた。

士郎は途端に顔を引き締めた。仲間たちの救出のことも意識の外へ飛んでいってしまった。船おろしを阻むという大事の前では、すべてのことは小事にすぎない。

峠でおろしあ人を斬り損ねてから、ずっと身を潜めてきたのも、船おろしの直前に事を起こすと決めたからだ。甲斐屋の指示によるものだったが、そのため仲間たちは力をふるえる場を与えられず、鬱屈を抱えていた。甲斐屋の言う「度を弁えられない」ことになったのも、そのためだったのだと、士郎は思った。

仲間を救うのは、その後でもいい。

伊佐次のことも、あいつのことも、今は考えるまいと、士郎は思った。

「眠りに引き込む薬だ」

甲斐屋はそう言って、懐から取り出した紙包みを士郎に渡した。

「うまくやれるか」

「平気です」

士郎はそれを受け取った。今夜は特に、船の見張りが厳重だろう。だが、その間、見張り役の者たちがまったく飲み食いをしないわけではない。それらは、おろしあ人の世話役を命ぜられた名主たちがまかなっているはずだ。

その飲み物に薬を仕込むことくらい、一人でも十分できる。

見張り役を眠らせたら、後は船に細工をするだけだ。帆柱を折るでも、舳先を叩き壊すでもいい。船おろしが取りやめになるだけの損傷を与えればいいのだが、一人でできることとなると、やはり火付けが最も効果のある方法だろう。

「船をどうにもできなかったとしてもあきらめるな。おろしあ人を一人斬るだけでも、奴らには相当な打撃になる」

人死にが出れば中止の見込みは高いだろう。船おろしは神聖なものなので穢れを嫌うのである。

「事を終えたら、すぐに村を出て江戸へ向かえ。私は先に行く」

甲斐屋の言葉に、士郎は「分かりました」と短く答えた。手にした薬の紙包みをぎゅっと握り締める。内心はかつてないほど荒々しく昂っていた。

これで、あいつの心をへし折ってやれる、と——。

三

甲斐屋が小屋を出ていった後、士郎は提灯を手に、一人小屋を出て、戸田村へ向かった。

甲斐屋の話によれば、まだ夜の五つ（午後八時頃）にはなっていないはずだが、それにしたところで、村の様子が騒がしい。船おろしを明日に控えてのことなのか、それとも、昼間に士郎の仲間たちがつかまった事件のせいなのか、何とも浮き足立った風情が村全体を包んでいた。

士郎は目指す名主の家を訪ねた。世話役の家は他にもあるが、今夜は特別な晩だから、名主が見張り役たちの世話に関わらないはずがないと踏んだのである。

案の定、名主の家は明々と灯がともされ、日も暮れたというのに、出入りする村人たちの姿がいくらか見られた。

「失礼します」

士郎は和やかな表情を繕って、若い村人を呼び止めた。

「皆さん、忙しくしておられるのは、明日の支度のためですか」

「ああ、それもあるが」

村人は答えかけた後、士郎の顔をまじまじと見つめた。

「おたく、この村の人じゃないですね」

明日のために余所から来なさったんですか——と訊かれ、士郎はその通りですと答えた。

「船大工に古い知り合いがいまして。何でもすごい船を造ったと聞きましたので、話の種にでも、と」

適当なことを言うと、気のよさそうな男は「そうですか」と笑顔を見せた。ふと昔の自分を見るような気がして、士郎は男からわずかに目をそらすと、

「それもあると、先ほどおっしゃいましたが、他にも何か」

と、男に尋ねた。

「ああ。昼間、ならず者らに殴る蹴るの仕打ちをされた男の人の話はご存じですか」

「いえ、初耳ですが」

士郎はさりげなく答えた。

「その人、気を失ってたんで、名主さんの家で介抱してたんですが、先ほど素性が分かりましてね。それをお役人に知らせに行ったり、今後の相談をしたりで、忙しなかったんですよ」

「そんなことがあったのですか。その人、何者だったのですか」

嫌な予感を覚えながら、士郎は顔には出すまいと注意して尋ねた。

「この村の船大工、平蔵さんの育ての親御さんだったそうです。平蔵さん、十歳やそこらでこの村に来て、大人になるまで親方の家で世話になってたから、誰も身寄りがいるなんて思ってなくて。吃驚しましたよ。あの人にそんな親御さんがいたなんて」

「平蔵……」

思わず口から漏れてしまったその言葉を、取り繕うことはできなかった。

「おや、おたく、平蔵さんのことをご存じなんですか」

男が訊き返してきた。それから、あっと小さな声を漏らすと、

「もしかして、知り合いの船大工って平蔵さんのことでしたか」

と、続けて言い出した。違うと言うこともできたが、では誰なのかと尋ねられると面倒な気もして、

「そうです」

と、士郎は気持ちを切り替えて答えた。その直後、名主の家へ潜り込む算段を頭の

中で弾き出していた。

「実は、平蔵には明日会うことになってますんで、私のことは黙っていてもらいたいのですが」

と、士郎は断った後、男の腕を軽くつかんで、道の端の方へ引っ張っていった。

「実を言いますと、平蔵は知り合いというより、私の兄弟みたいなものなんです」

「ええっ」

男は目を丸くして驚いた。

「私の親が平蔵を引き取って、一緒に暮らしていたことがありましてね。いろいろと事情があって、三人ともばらばらに暮らしてたんですが、明日、この村で久しぶりにそろうことになっていました。今の話を聞いて驚いているのですが、平蔵は今こちらにいるのですか？」

念のため尋ねると、平蔵は先ほどここで養父の顔を確認した後、すでに去っており、養父だけがここで休んでいるということを、男はぺらぺらとしゃべってくれた。

「私にも、顔を確かめさせてもらえないでしょうか」

士郎が遠慮がちに頼み込むと、

「そ、そういうことなら、すぐに名主さんに話してきますよ」

男は弾かれたように返事をし、大慌てで名主の家へ駆け込んでいった。

隙を見てひそかに名主の家へ入り込もうというつもりだったが、思いがけない話になった。

仲間たちが伊佐次に乱暴したのであれば、いろいろと複雑な話になってくる。そもそも、どうして伊佐次を狙ったのか。甲斐屋が伊佐次について何も言わなかったのはなぜか。もちろん士郎の父親だと知らなければ言う必要もないわけだが、こんな偶然があるだろうか。

分からないのは、甲斐屋と仲間たちのことだけではない。

(あいつは、育ての親と言ったのか)

「平蔵」を演じているのなら、実の親と言うべきところ、どうして本当のことを言ったのだろう。お蔭で、士郎もそれに合わせ、伊佐次を実の親だと言う羽目になってしまった。

待つほどもなく、名主の家から先ほどの村人が駆け出してきた。

その後ろから、名主と思しき初老の男が現れ、戸口に立ちながら士郎の方をうかがっている。

「名主さんがすぐに会ってやってくれと言っています」

男が名主の方へ一度目を向けた後、士郎に告げた。

「ありがとうございます」

士郎も名主の方に目をやり、その場で頭を下げた。

それから、士郎は名主の家の玄関口へ案内されたが、中へ入る直前に、

「申し訳ありませんが、先に台所で水を一杯だけいただけないでしょうか。外を歩いてきたもので、喉が渇いていて」

と、思い出したように言い出した。

「そういうことなら、お客人のお部屋の方へお持ちいたしますよ」

名主がすぐにそう応じたが、「それじゃあ申し訳ない」と士郎は言い張り、強引に台所の場所を聞き出した。裏口から行った方が早いそうなので、士郎はその場で名主や案内してくれた村の男と別れ、いったん裏口へと回った。

台所では女たちが立ち働いていたが、例の見張り役のまかないのためだろう。握り飯や茶、酒の用意などもある。

士郎は、名主の客人で水をもらいに来たと女たちに告げ、水瓶の方へ近付いた。女たちは誰もが忙しそうで、特に疑わしげな眼差しを向ける者もいない。士郎は様子をうかがいつつ、女たちの目を盗んで、酒の壺と煎茶の急須に甲斐屋から渡された薬の粉を振り入れた。

見張り全員がそれを口にするとは思えないが、士郎が船に近付く隙を作るくらいなら、何とかなるだろう。

名主の家へ忍び込んだ第一の目的を達すると、士郎は表の玄関口へ戻った。名主はもう奥へ入ったようだが、若い村人が待っていて、部屋まで案内してくれるという。士郎は待たせたことの詫びを述べ、それから男に連れられて、伊佐次が休んでいる部屋へ向かった。

「お父上はまだ目を覚ましてないかもしれませんがね」

男の言葉に、士郎は無言でうなずく。

伊佐次が目覚めていないのなら、それでかまわなかった。伊佐次の呼び出しに応じて達磨山の峠に向かったのも、これという話がしたかったからではない。

(なら、なぜ俺は峠に行ったんだろう)

そう考え出すと、答えは分からなくなる。

死んだと思っていたはずの父親が生きていた。生きていてよかったと思わぬわけではないが、だからといって、これからの自分が父親と関わって生きていくとは思えない。

もう、とうの昔に親子の縁など切れてしまったのだ。

(俺は変わった)

この変わった自分の姿を、見られたくないと思うのか、逆に見せつけてやりたいと思うのか、それも士郎には分からなかった。

顔だけ確かめたら帰ればいい。そもそも、この名主の家へ潜り込むための口実に過ぎないのだ。士郎は自分にそう言い聞かせた。

「こちらです」

男が部屋の戸の前で止まり、小さな声で告げた。士郎は小さく顎を引く。

男が戸を開け、体を脇に退けた。士郎はゆっくりと前へ進む。

部屋の真ん中に敷かれた布団に横たわる怪我人の姿があった。士郎が中へ入ると、後ろの戸が静かに閉まった。

四

（父ちゃん）

心の中の自分が声を上げている。口に出してそう呼ぶわけにはいかなかった。ただ、自分の中に封じ込められてきた十二歳の少年が、心の中で勝手に声を上げただけだ。

士郎は恐るおそる数歩進んだ。それでも、座ろうとはしなかった。立ち尽くしたまま、父の顔を見下ろしていただけだ。

当たり前だが、伊佐次は老いていた。そして、聞いていた通り、殴られた痕があった。痛ましい姿を目にしているというのに、どういうわけか心が動かない。

士郎はしばらくの間、身じろぎもせず、表情も変えず、ただ睨むような目を伊佐次に向け続けていた。伊佐次の方は目を閉じたままである。

ややあってから、士郎は思い出したように口を開けた。息を大きく吸い込み、ゆっくりと吐き出す。呼吸をすることさえ、どうやら忘れていたようであった。

それを終えると、士郎は背を向けて、部屋を出ようとした。

「へい……ぞう、か」

その時だった、しわがれた声が士郎の耳に注がれたのは。

士郎は振り返り、

「俺は平蔵じゃない！」

と、鋭い声で言い返した。いつの間にか、伊佐次が目を開けている。その目が何度も瞬きしながら、士郎を食い入るように見つめていた。

「士郎だ。俺は士郎だ」

頑なに士郎はくり返した。

「分かった、分かった」

駄々っ子をなだめるような調子で、伊佐次は言った。

「お前は士郎だ。それでいいんだな」

確かめるように問うてくる。

「そうだ」

士郎は伊佐次から目をそらして答えた。

「なら、士郎。お前に一つ言いたいことがある」

伊佐次が取りすがるような眼差しを向けて言った。

「甲斐屋と手を切れ」

「どうして……」

士郎は思わず目を伊佐次に戻して訊き返した。

「二十年前、お前は甲斐屋に助けられたと聞かされた。だが、あの人はお前を利用しているだけだ。ただの捨て駒としてな」

「そんなことは分かってる！」

と、士郎は叩きつけた。

「俺が自分の命をどう使おうと、勝手じゃないか。俺はそれでいいと思っている」

「本当にそう思うのか」

伊佐次がなおも問い返してくる。

「お前はここに来て、あいつを見たはずだ。船大工になったあいつを見ても、まだそう思うのか」

士郎は再び伊佐次から目をそらして言い返した。

「何かを造る、人の役に立つものを形作る、そんな仕事をするあいつを見て、それでも人のものを壊したいと思うか。人を殺めたいと思うのか」

「俺はただの人斬りじゃない。異人をこの国から追い払うために斬るんだ」

「異人だって人だろう」

伊佐次が喉の奥から声を絞り出すようにして言った。

「お前はそんなことすら、分からなくなっちまったのか」

士郎は無言のまま返事をしなかった。布団のこすれ合う音が妙に大きく、士郎の耳を打つ。伊佐次が無理をして起き上がろうとしているのだが、うまくいかないらしい。介助の手が必要なことは分かったが、士郎は動かなかった。

伊佐次は何度も起き上がろうと試み、ついに力尽きた様子で再び布団の上に仰向けになると、最後の力を振り絞って口を動かした。

「あいつの……平蔵の邪魔をするな」

父親がかつての自分の名を口にしているというのに、それが自分以外の男のことを指しているというのは、聞いていて妙な気のするものだった。

「ああ」

どうして、あいつばっかり。

かつて平蔵と呼ばれていた頃、思い浮かべたこともない考えが頭の中にじわじわとにじんできた。

どうしてあいつだけがいい目を見て、皆から大事にされるのだ？　どうして自分は世間から掌を返したような扱いばかり受けなければならないのだ？

あいつには見殺しにされた。

師匠の斎藤弥九郎には嘘吐き呼ばわりされた。

甲斐屋は味方のふりをして近付き、自分を人斬りの手駒として使おうとした。

仲間と思っていた者たちは寄って集って、自分の父親に乱暴を加えた。

そして、実の父親は息子である自分を庇うどころか、その行いを責め、血のつながるわけでもない男の仕事を守ろうとしている。

自分を取り巻くこの世のすべては理不尽極まりない。頭の中に凝り固まった怒りがその時、弾け飛んだ。そして、それは士郎の全身に毒のように回っていく。

「あんたは俺の邪魔をしながら、俺にあいつの邪魔をするなと言うんだな」

士郎はもはや伊佐次から目をそらさず、その顔を鋭い目で見下ろしながら言った。

「あいつはあんたの倅でも何でもないだろう？」

伊佐次はその言葉を耳にした瞬間、泣き出しそうに顔をゆがめた。「そうだな」という言葉を聞ければ、少しは気も晴れるのだろうか。ふとそう思ったが、伊佐次が渾

身の力を振り絞って口にしたのは、

「人斬りなどやめろ」

という士郎への忠告であった。

「あんたにそんなことを言われる筋合いはない！」

士郎は激しい声で怒鳴り返した。

「筋合いはあるさ」

一方の伊佐次は、落ち着いた、だが、たいそう悲しげな声で言った。

「お前は、まぎれもない俺の倅じゃねえか」

士郎は腹立たしげに伊佐次から目をそらしたが、何も言わなかった。

「あいつのことは見つけ出したのに、お前をずっと見つけてやれなくて、すまなかった」

伊佐次が小さな声で呟く。士郎はもう伊佐次に目を戻すことなく、戸口へ向かって歩き出した。

「つらかったろう。お前は本当につらかったろうに……」

背後から、伊佐次の必死に張り上げる声が追いかけてくる。

「よく生きててくれた。……ありがとうな」

士郎は言葉を返すことなく立ち去っていった。

十章　ツキノフネ、アメノウミ

一

九日の月はもうずいぶんと空高く昇っていた。その月の光で、平蔵は浜辺に置かれている船を見つめた。

おろしあの船が日本の船と大きく違っているのは、「間切り瓦(がわら)」と呼ばれるキール（竜骨）を使っていることだ。初めにおろしあの船の図面を見た時、棟梁(とうりょう)たちがその重大さを認識し合ったそれは今、船底の中心を縦に走る形で組まれ、この船を支えている。

キールを用いた船は、鎖国政策により異国へ航行する船の必要がなく、幕府が大型船の建造を禁じていた日本では、これまで造られてこなかった。近年この禁令は撤廃されていたが、だからといってすぐに大型船が建造できるわけではない。

今回、戸田の船大工がおろしあの技を学び、大型船建造に成功したことは、これからの日本の造船のあり方を大きく変えることだろう。

(こいつは、俺たち船大工の夢の船だ)

平蔵は船の姿を目に焼き付けるようにしながら、噛み締めるようにそう思った。

船には魂が宿るという。

だから、昔から船には名前がつけられてきた。それは、日本でも異国でも同じことだ。

アレクサンドルたちは、月の神の名を冠する船に乗って、この国へ来た。

(お前は何ていう名前をつけてもらうんだろうな)

平蔵は船体に手をかけ、胸の中で呟きながら静かに目を閉じた。すると、その時、これまで感じたことのない思いが、体の底から湧き上がってくるのを覚えた。

何かを愛おしいと思う気持ちというのだろうか。これまでも、多くの船の建造に携わってきたし、完成すればそれなりに達成感を覚え、嬉しさを噛み締めてきた。だが、一つの船に対して、これほど特別な気持ちを抱いたことはない。

親が子を思う気持ちとはこういうものなのだろうか。ふと、平蔵はそんなことを思った。

これまで子を持つ気はまったくなかったし、これからもおそらくないだろう。死んだ悪党の実父を思えば、自分が父親になるなどということは考えられなかった。

父親とは、伊佐次のような男がなるべきものだ。自分の父や自分のような者がなるべきではない。

平蔵はゆっくり目を開けた。

月の光の中に浮かび上がる、生まれたての船は美しかった。この船がまぶしい日の光の下、帆を張って青い海に漕ぎ出す姿を、ぜひとも見たいと思った。それまでは死にたくない。

今夜は一睡もせず、この船の傍らで番をするつもりだった。この船には傷一つつけさせやしない。たとえ、あいつの手にかかって命を落とすことになったとしても。

平蔵は幕府の通詞である森山多吉郎を通じて、今晩、見張りの役に加えてもらいたいと、役人たちに頼み込んだ。造船世話係の一人藤蔵の補佐役として、幕府側にも顔を知られていた平蔵の願いはすぐに聞き入れられた。今晩に限って長脇差を携えることも、船の近くで番をすることも許された。

「名主の稲田さんが差し入れてくれた」

握り飯に茶、酒までも勧められたが、それは丁重に断った。見張り役には役人に加え、おろしあの海兵の姿も見える。彼らのために用意された品を、勝手に見張りに加えてもらった自分が飲み食いしてしまうわけにはいかない。

平蔵は船の周りをゆっくりと一回めぐり歩いた。それから、船尾の近くの浜辺に腰を下ろすと、船体に軽くもたれかかりながら空を見上げた。先ほどから変わらず空に浮かぶ月が見える。そうしていると、何かとてつもなく大きなものに抱かれているようで、平蔵は満ち足りた心地を覚えた。こういう気持ちを、人は仕合せと言うのかと、ふと思った。

（仕合せなんざ、俺にはずっと縁がないって思ってたんだがな）

我知らず苦笑を漏らしていた。その時、平蔵はこちらに歩み寄ってくる人の気配を感じ、目を地上へ戻した。見張り役の誰かだろうとは思ったが、手は勝手に長脇差を引き寄せていた。

人影は大きく、もしかしたらおろしあの人かと思いつつ、平蔵は目を凝らした。

「アレクさん！」

何とやって来たのはアレクサンドルだった。いつも一緒にいるヨシフの姿はない。ヨシフがいないと、日本の言葉を操れないアレクサンドルとは意思の疎通ができないのだが、それでも今夜、よく知る相手とこの場所で出会えたことは嬉しかった。

「ヘイゾーさん」

アレクサンドルの口からも嬉しそうな声が漏れた。その声にはどことなくほっと安心したような響きが含まれていた。その後、アレクサンドルがおろしあの言葉で何か言ったが、平蔵には分からない。

「アレクさんはどうしてここに？」

自分からもそう尋ねてしまったが、アレクサンドルはよく分からないというように首をかしげるだけだった。

「ヨシフさん、ヨシフさんはどこ？」

ヨシフの名を出すと、アレクサンドルは自分の来た方角を指さし、「ヨシフ」とくり返しながら、自分の足もとを指さし、首を横に振った。

ヨシフは向こうにおり、ここへは来られないと言いたいのだろうと、平蔵は理解した。

「わたし、船を見張っています」

平蔵は自分を指さし、船と長脇差を交互に指さしながら訴えた。それで、アレクサンドルには分かったらしく、何度かうなずいてみせる。

やがて、アレクサンドルは平蔵の隣に座り込んだ。

そして、先ほど平蔵がそうしていたように、船体に背中を軽くもたせかけて、空を見上げるようにした。

「アレクさん……」

平蔵がその先の言葉を失くしていると、アレクサンドルは不意に空から目を平蔵に向け、

「ヘイゾーさん、ダイジョブ」

と、いきなり告げた。案じているようにも、励ましているようにも聞き取れた。

（アレクさんは俺に付き添うためだけに、ここに来てくれたんじゃないのか？）

そう思うと、何か言わなければと思うのだが、言葉が出てこない。だが、このまま黙っていたら、別のものが込み上げてきそうで、

「大丈夫ですよ。わたしは大丈夫です」

平蔵は空を見上げながら懸命に言った。胸の昂（たかぶ）りが静まるまで、平蔵は同じ言葉をくり返した。アレクサンドルはその度に深くうなずき、何度か「ヘイゾーさん、ダイジョブ」と言ってくれた。その声は「その通り、平蔵さんは大丈夫だね」と言っているように聞こえた。

「アレクさん」

ようやく胸の昂りが静かになったところで、平蔵は目をアレクサンドルに戻して呼びかけた。

「俺の話を聞いてください」

この言葉すら、アレクサンドルには理解できていないだろう。だが、それでもよかった。いや、むしろ、だからこそよかった。

言葉が分かる人には聞かせられない話だ。これを聞けば、誰もが自分を軽蔑（けいべつ）し、自分から離れていくに違いない。だが、もう自分一人の胸に収めておくには重すぎる秘

密になってしまっていた。

「ただ、ここで聞いてくれるだけでいいんです。理解してもらおうとは思っていません。たとえ言葉が通じたって、アレクさんには理解できない話ですから。アレクさんのように、他人を思いやれる人には――」

平蔵はアレクサンドルに目を向けて語った。アレクサンドルは少し困ったような表情を浮かべていたが、やがて、先ほど指さした方に指を向け、「ヨシフ」と言い、今度は自分の足もとを指さし、再び「ヨシフ」と言う。

おそらく「ヨシフをここへ連れてきた方がいいか?」と訊(き)いているのだろうが、平蔵は首を横に振った。

むしろ、日本の言葉をそこそこ解するヨシフには、いてもらわない方がいい。ヨシフがここにいれば、自分は語る勇気すら持てないかもしれなかった。

ヨシフがいなくてもいいという意味は、ただ、アレクサンドルに通じたようである。もう何も訊こうとせず、アレクサンドルはただ、背中を船体に預けて楽な姿勢を取った。何でも話してみろ、自分が聞いてやる、と言われているようで、平蔵は心が少し軽くなった。

「俺は、本当は平蔵じゃないんです」

戸田村へ来て以来、何が何でも隠し通さなければならないと思っていたことを、まず明かしてしまった。そうすると、心ばかりでなく体までも、突然軽くなったように感じた。

「俺のことを兄弟のように思ってくれていた幼なじみを見殺しにして、俺はそいつに成りすましたんです。そいつが本物の平蔵で、俺は偽者の悪人なんだ」

平蔵はそう言うと、アレクサンドルから目をそらし、顔を上に向けた。目の中に見慣れた月が入ってきたが、その輪郭はひどくぼやけている。平蔵は何度か瞬(まばた)きした後、そのままの姿勢で語り続けた。

約二十年前の甲斐の山中でのこと。

「なあ、平蔵」

士郎は、木切れを手に草木の枝葉を払いながら山道を進む平蔵の背中に声をかけた。どんな獣が出てくるか分からない山中で、先に行けと平蔵に命じたのは士郎であった。

平蔵が絶対に嫌と言わないことは織り込み済みだ。先に行くことで、平蔵が手足にどんな傷を負おうが、毒蛇が出てきて噛(か)まれようが、知ったことではない。それが、士郎の本音であった。

「この先、人に会った時のこと、俺たちは考えておいた方がいいと思うんだ」

士郎がそう言うと、平蔵は足を止めて振り返った。

「考えるってどういうふうに？」

「お前は伊佐次の倅だろ。伊佐次はこれから罪人になっちまう。お前は罪人の倅ってことで、素性がばれたらつかまっちまうんだ」

「父ちゃんのことは黙ってればいいってことだね」

平蔵は不安そうな声で言った。何とも複雑そうな、傷ついた表情をしていた。正しくて立派な父親のことを、他人に隠さねばならぬ今の状況が、頭では理解できても、心が追いつかないのだろう。

一揆の代表を引き受けたのも、伊佐次の中では正しい行いであり、何らお天道さまに恥じるところなどないはずだ。もちろん、平蔵とて立派な父が立派な行いをしたと考えている。それなのに、どうして父は罪人にされ、息子の自分は逃げ隠れしなければならないのか。

そんな平蔵の惑いが、士郎には手に取るように分かった。

常に正しく、人の手本となるような生き方をしている父と子。

士郎はずっと伊佐次が疎ましかった。平蔵が鼻についてならなかった。

だから、今の理不尽な状況に当惑し、葛藤している平蔵の姿が面白くてならない。ざまを見ろと、胸がすかっとする思いであった。もっと痛めつけてやったっていい。

「伊佐次の名前を出さなけりゃいいってもんじゃねえ。役人がちょっと調べりゃ気づかれちまう」

士郎はさも心配そうに、平蔵に告げた。平蔵は不安げな表情で押し黙っていた。

「心配するな」

士郎は平蔵の肩に手を置いた。

「お前のことは俺が守ってやるよ」

「守るって、どうやって」

平蔵が困惑した表情で訊き返した。

「今からは俺が平蔵と名乗るから、お前は士郎と名乗れ。そうすれば、お前だけでも生き延びられる」

士郎は平蔵の目をまっすぐに見て言った。人は嘘を吐く時、相手と目を合わせられない、挙動がおかしくなる、などというのは、嘘を吐き慣れていない者のことだ。常に嘘を吐いている者は平然とそれができる。

「これは二人だけの秘密だ。いいか、勝手に平蔵に戻るんじゃねえぞ。本当に安全な時が来たら、俺が教えてやる。それまでお前は士郎と名乗り、士郎として振る舞うんだ」

「でも、それじゃあ、士郎が俺の代わりにつかまってしまうよ」

平蔵は申し訳なさそうな表情になって言う。

「俺は平気さ」

士郎は胸を張って答えた。

「悪党の親父と修羅場はさんざんくぐり抜けてきたからな。役人につかまるくらい何でもねえ。うまく隙を見て逃げ出すことだってお手のもんさ。けど、お前にそんな真似はできねえだろう？」

士郎の言葉に、平蔵はうつむいた。

「ああ、そうそう」

士郎は思い出したように呟くと、平蔵の肩に置いていた手を離し、前に差し出した。

「お前が伊佐次から渡されたお守り袋あったよな。あれ、俺が預かっといてやるよ」

抜け目なく士郎は言う。それは、平蔵が伊佐次の息子であるただ一つの証であった。ならば、これから「平蔵」に成り代わる士郎が持っていなくてはおかしい。

「う……ん」

平蔵は素直にうなずいたものの、さすがに取り出した守り袋を差し出す時には一瞬躊躇した。もしこの一揆によって伊佐次が死ぬようなことになれば、それはただ一つの父親の形見となってしまうのだ。それを血のつながらない士郎に渡してしまって、本当にいいのか。いかにお人好しの平蔵とはいえ、大事な品をどうかされてしまうのではないかと不安がるのは当たり前だった。

「心配するなよ」

士郎は平蔵を安心させるように、その肩を軽く叩いた。

「絶対に失くしたりしないし、後で必ずお前に返してやる」

士郎がそう請け合うと、平蔵は少しうつむき、守り袋を士郎の手にのせた。士郎はそれをぎゅっと強く握り締めた。

二

船大工の平蔵は言葉の通じぬアレクサンドルを前に、憑かれたように語り続けた。

「俺はいかにもあいつを助けてやるようなことを言ったが、本音は違ってたんです。逃亡中、役人に出くわしたら、約束なんざ反故にして、あいつを一揆の代表者の倅だって売るつもりだった。逆に、殺気立った百姓たちに出くわしたら、その時は俺が伊佐次の倅だと名乗って、かくまってもらうつもりだった。俺はあいつを見捨てても、自分一人だけ生き延びる算段をしていたんです」

アレクサンドルは真剣に耳を傾けていた。真摯なその眼差しは言葉が通じなくとも、平蔵の心に寄り添ってくれている。

「根が素直なあいつは俺の企みに気づきもしなかった。けど、二十年ぶりに再会したあいつは、別人でした。二十年、そりゃあ、いろんなことがあったでしょう。けど、その根っこには俺の裏切りがある。あいつが妬ましくて、俺の欲しいものを持ってるあいつに成り代わりたくて、足を滑らせたあいつを助けなかった俺のせいなんだ」

声の終わりがかすかに震えた。平蔵は唇を嚙み締め、目を閉じると、背を船体に預けたまま、しばらく込み上げてくるものをこらえた。そして、瞼の上を軽く指で揉んだ後、ゆっくりと目を開けて、再び口を開いた。

「あいつは本当に変わっちまってた。素直でお人好しの少年が、こうも変わるかっていうくらい。二十年経った今も、あいつは『士郎』と名乗ってました。その理由を俺なりに考えてみたんです。俺はずっと『平蔵』に成りすまそうとして、『平蔵』ならどうするのか、常に考えながら生きてきました。あいつも同じように『士郎』ならどうするのか、常に考えてたんじゃないかって。『士郎』になりたかったわけじゃない。『士郎』になりきらなければ生きていけなかったんでしょう。だって、あいつは……」

平蔵は込み上げてくるものを飲み込み、

「まったく、昔の俺みたいだったんですよ」

と、一気に言った。

「江川さまにお会いせず、まっとうな暮らしを送る機会に恵まれなかった、俺そのものでした」

あいつがああなったのは俺のせいだ――と、平蔵はもう一度言った。

「だから、あいつにならいいと、俺は斬られてもいいと思ってるんです。好き放題に生きてきて、さんざん人も傷つけた。『平蔵』になってからは罪滅ぼしみたいな真似もしてきましたけど、どんな死に方したって、何も言える道理はねえ。けど、こんな俺でも、一つだけ、どうしても譲れないもんができちまったんです」

平蔵はそう言って、船に預けていた身を起こし、アレクサンドルに目を向けた。それから、その手を船にそっと触れさせながら、

「この船だけは守りたい」

と、呟くように言った。

「この船で、アレクさんたちをおろしあへ帰してあげたい」

平蔵はそう言いながら、船体を静かに撫ぜた。

士郎を名乗らせたあいつにならば、何をされてもかまわないと本気で思っている。この世に執着するものも特になかった。もちろん、平蔵を名乗るようになってから手に入れた数々のもの――船大工としての腕や実績、そして親方や仲間たち――それらは大事なものだった。だが、本来ならそれは「平蔵」が手に入れるはずのものであり、自分のものではない。

だから、それに執着してはならないと、心のどこかで思い続けてきた。

ただし、この船だけは別だ。どうしても守ってやりたい。そう思う気持ちを止められなかった。

（あいつがお前を傷つけようとするなら、俺が命を張って守ってやる）

平蔵はまだ名もなき船に向かって、胸の中で語りかけていた。その時、

「ヘイゾーさん！」

突然、アレクサンドルのただならぬ声が平蔵の耳を打った。急いで振り返ると、十歩ほどしか離れていない浜辺に、人が立っている。

「お前……」

平蔵が茫然（ぼうぜん）と呟くのを、小気味よさそうに眺めながら、男――士郎は悠然と近付いてきた。その右手には松明（たいまつ）が、左手には抜身の刀が握られている。

士郎の狙いが何であるのか、平蔵はすぐに察した。

船に火を付けるつもりだ。その邪魔をする者は刀で斬り捨てようというのだろう。

だが、これほど怪しい格好をしていれば、必ず見張りの役人なりおろしあの海兵なりに見咎（みとが）められたはずだ。まさか彼らを斬ってきたのか。平蔵は士郎の持つ刀に目を向けたが、血にまみれた跡は見られなかった。

士郎はどうやら見張りを斬らずにその目をかいくぐって、ここまで潜り込んだもの

らしい。平蔵は用意してきた長脇差を抜き、すばやく立ち上がった。

「アレクさん」

アレクサンドルの前に出て、長脇差をかまえる。

「アレクさん」

平蔵は士郎から目をそらさず、アレクサンドルの名を呼びながら、肘でその腹の辺りを軽く突いた。アレクサンドルに通じるかどうかは分からない。

──船に乗ってくれ。

万一にも、士郎が松明を投げつけて、それが甲板にまで達してしまった時、それから船に乗り込んでいたら間に合わない。それに平蔵がここで斬られてしまえば、士郎は船に乗り込んで確実に火を付けようとするだろう。

だが、いずれにしても、アレクサンドルが船に乗っていてくれれば、それに対処ができる。

──頼む、アレクさん。船へ。

言葉もしゃべれない。目で合図もできない。

まさに八方ふさがりだったが、どうやらアレクサンドルは平蔵の意を察したらしく、その場から駆け出していった。

士郎が「ちっ」と舌打ちして、アレクサンドルの方を睨みつけている。

「ここから先へは行かせない」

平蔵は言って、長脇差をかまえ直した。砂に足を取られないよう、足の指先に力をこめる。

士郎は平蔵に目を戻した。その両眼が松明の火を受け、燃え上がっている。剣と松明を両手に持つその姿は、火炎を背負った不動明王を連想させた。

韮山にいた頃、みきに案内され、毎日のように通い詰めた滝山不動の像が浮かんでくる。憤怒の形相で平蔵を睨み据え、「なぜお前はこれまで平然と悪事を為してきたのか」と叱りつける不動明王は、当時、平蔵の心をむしろ落ち着かせてくれた。自分は心の底では、犯した罪を暴かれ、誰かからこっぴどく叱りつけられることを、ずっと望んでいたのではなかったか。生まれて初めてそう思った。

外道に落ちかかっている自分の姿は、子供ながらに自覚していた。そんな自分を変えたい、などと殊勝なことを考えていたわけではない。「平蔵」に成り代わってやろうと企んではいたが、平蔵のような善人に変わりたいとは露ほども思っていなかったのだ。

初めの頃の自分は不動明王の像に向かって、「俺を救えるもんなら救ってみろ」「変えられるもんなら変えてみやがれ」と不埒なことを考えていた。

それが「生まれ変われるものなら生まれ変わりたい」という気持ちに転じたのは、

江川太郎左衛門から船大工になる道を示され、あの歌を教えてもらった時からだった。それは、変われるはずがないと投げやりだった気持ちに、変われるのかもしれないという光を注ぎ込まれた瞬間だった。

きっと自分は滝山不動に通い詰めるうち、少しずつ変わらされていたのだろうと、後になって気づいた。太郎左衛門から道を示されたあの晩の出来事は、自分の一生を変えるほどの一大事ではあったが、あの変化は唐突に起こったものではない。

自分が滝山不動に通い詰めたのも、自分の意思というより、何かもっと大きな意思に動かされていたようにも思える。そして、毎日、あの憤怒の形相で叱られ続けるうち、それまでの自分を捨て去りたいと思い始めていたのかもしれなかった。

「何を考えている？」

士郎が苛立たしげな口ぶりで、唐突に尋ねた。

「何をって……」

「なぜ、俺をそんな目で見る？」

余裕のない物言いだった。士郎からそう問われ、平蔵ははっと気づいた。自分は士郎を哀れむような目で見ていたのかもしれない。そして、それは士郎にとって何より耐えがたいことだったはずだ。

「そこを退け！」

士郎は平蔵の返事を待たずに言った。

「いや、お前は行かせない」

平蔵は雑念を追い払い、士郎に目を据えて言い返した。

「俺を斬りたいなら斬りかかってこい。お前が俺を斬ることで退いてくれるなら、いくらでも斬られてやる。だが、この船やおろしあの人を傷つけさせるわけにはいかないんだ」

「お前を斬ったところで、俺には何の益もない」

士郎は冷たく言い放った。その士郎に取りすがるような眼差しを向けて、平蔵は言い募る。

「俺を死ぬよりつらい目に遭わせたいんだったよな。お前の気持ちは分かる。けど、この船だけは譲れねえ。この船を造ったことは、俺がただ一つ天に誇れることなんだ」

頼む――自分の声とも思えない悲痛な叫び声が、平蔵の口から飛び出してきた。

「どうか、この仕事だけはまっとうさせてくれ」

「話にならないな」

士郎は吐き捨てるように言った。

「お前がどうしてもやり遂げたいことってのが、俺がどうしても阻止したいことなんだよっ」

言うなり、士郎は平蔵があっという間もなく、右手の松明を高く掲げ、空へと放った。船に投げつけたと分かったが、それを目で追う暇はなかった。士郎が左手の刀を右手に持ち替え、斬りかかってきたからだ。

士郎が本格的に剣術を学んだのであろうということは、その動きを見れば分かった。平蔵は剣など扱えない。悪党だった実父が長脇差を振り回し、それで人を脅していた姿は何度も見てきたし、見様見真似で剣を握ることは覚えたが、まともな使い方をしたことはなかった。

(これ以上俺があいつを傷つけることとなんて)

自分が士郎にしてやれることは、おとなしく斬られてやることだけだ。それで、せめて少しでも士郎の気が晴れるのであれば——。

平蔵は右手に握っていた長脇差を砂浜へ放り捨てた。一瞬後には士郎の剣が襲いかかってくる。平蔵は静かに目を閉じた。

その直後。

ワォーンと吠える犬の声を平蔵は聞いた。

「えっ……」

目を開けると、士郎に跳びかかっていく犬の姿が目に飛び込んできた。

月の光を浴び、毛並みが銀白色に輝いている。

「フジさんか!?　お前、やっぱり生きてたんだな」

平蔵は喜びと安堵(あんど)の声を上げた。その声に犬の嬉しげな鳴き声が重なる。

「ちっ、お前の飼い犬か」

士郎が犬を振り払い、忌々しげに吐き捨てながら、再び剣を握り直した。

フジが士郎に向かって、けたたましい声で吠え立てている。

「やめてくれ、フジさん」

平蔵は犬に訴えた。

「そいつは俺の敵じゃないんだ」

「何、甘いこと言ってやがる」

叫びざま、士郎が再び斬りかかってきた。平蔵の体は自然と動いていた。姿勢を低くして士郎の足もとに滑り込み、その両足に無我夢中でしがみつく。先ほどは黙って斬られようとしていた平蔵の思わぬ攻撃に虚を衝(つ)かれた士郎は、前のめりに平蔵の体の上へ倒れ込んだ。

士郎の刀はその拍子に手から離れた。平蔵は士郎と揉み合う最中(さなか)、その剣を渾身(こんしん)の力をこめて蹴(け)り飛ばした。

アレクサンドルが船の上で何か叫んでいたが、何を言っているのかは分からない。

やめろと叫んでいるのか、助けを呼んでいるのか、それとも船は火から守ったと言っているのか。

フジはどこにいるのか、その吠える声ももう聞こえなかった。

平蔵と士郎は互いに上になり下になりしながら、浜辺を転がり回った。剣術の心得はないが、ただの力比べならば自信はある。そして、喧嘩沙汰なら物心ついた頃から見慣れてきた。やり方は十分すぎるほど心得ている。

平蔵は士郎の腕をひねり上げると、その上に馬乗りになり、右肩の骨の接ぎ目を外した。

「うわあっ」

士郎の口から叫び声が上がる。平蔵の胸は痛んだ。

そして、思い出した。幼い日々、こうやって馬乗りになり、相手をいじめたことがある。

――士郎、やめてよ。痛いってば。

泣きじゃくる相手から懇願されても、自分はまったく胸の痛みを覚えなかった。それどころか、小気味よい気分で相手を眺めていただけだ。

どうして、あの時、自分の胸は痛まなかったのだろう。そのことが不思議でならなかった。そう思うと、目から涙があふれ出してきた。

「殺……せばいい」

　気がつくと、平蔵の下で士郎が呻いていた。

「あの時、殺し切れず悔やんでたんだろ。お前の勝ちだ。俺を殺せばいい」

「俺にお前を殺せるはず、ないだろう」

　平蔵は言い、士郎の上から体を退け、砂浜に座り込んだ。士郎は呻き声を上げながら、姿勢を仰向けに直したが、起き上がろうとはしなかった。

「お前こそ、どうしておろしあの人を殺そうとするんだ。この俺を殺したいなら分かる。けど、おろしあの人たちがお前に何をした？」

「あいつらは人の国に土足で踏み込んできた。あいつらのせいで、一体いくつの命が失われたと思ってる」

　士郎は憎々しげに言ったが、その声からは先ほどまでの殺気は感じられなかった。

「大地震のことなら、あの人たちのせいじゃない。あの人たちだって地震で被害を受けた。俺たちはむしろ、同じ災厄を前にして、手を取り合うべきだったんだ」

「手を取り合う？」

　士郎は冷笑した。

「お前の口から、そんな言葉が飛び出してくるとは驚きだな」

　士郎の言う通りだと思った。だから、自分は何も言い返してはならないと思ったのだが、その先は口が勝手に動いていた。

「人は変わるんだよ」

置かれた立場によって、どんなふうにでも。

士郎の顔は凍りついていた。

違う。これは俺が士郎に言っていい言葉じゃない。お前をそんなふうに変えたのは俺だ。せめてもう一度言い直させてくれ。

「人は変われるんだ」

すっと息を吸い込んだ後、一気に言った。

「どんな奴でも。その気にさえなれば」

だからお前も変わってくれ。お前が本来そうなるはずだった姿に。祈るようにそう思った。

士郎は凝然と夜空を見上げていた。

「一人でいい。ずっとそう思ってた」

独り言のように、平蔵は呟いた。そう、実の父親でさえ自分には要らないと思っていたのだ。

「お前や伊佐次に出会ってからも、そうだった。お前……『平蔵』に成り代わってからもな。だから、仲間から爪弾き(つまはじ)にされても、俺は平気だったんだ。けど……」

太郎左衛門から「人の非難を恐れるな。人に恨まれることを恐れるな」と言われた。それは恐れている自分を見抜かれていたということでもあった。よくよく考えれば、かつての自分はそんなものを歯牙(しが)にもかけていなかったのだ。心が強かったからではない。人の情を持たぬからであった。

人の情を知り、弱くなった自分を気遣ってくれたのが、アレクサンドルやヨシフである。友人でもなければ育った国も違う、言葉さえろくに通じない異国の人。

その優しさに癒(いや)されたのは確かだ。それでも、その尊さや重みに気づいてはいなかった。本当に自覚したのは、アレクサンドルが襲撃を受けた時のことだ。

慈しみ深い彼らの情を失い、孤独となることに、自分はもう耐えられないと思った。父に死なれても伊佐次たちと別れても平気で、船大工たちから孤立しても耐えられた自分が、この時だけは我を忘れた。慎重に演じてきた平蔵の殻を破り、凶悪な士郎の顔で人を脅すのも辞さぬほどに――。

そして、「天の海に」の歌と「でぃあな号」の由来を語り合うことで、自分が船大工になった意味と互いの絆(きずな)の深さを知った。一時(いっとき)でも己の不幸を彼らのせいにしたことを詫(わ)び、彼らの寄せてくれる情に報いたいと願うようになった。その方法はただ一つ、この船を完成させることしかない。

平蔵は船に改めて目を向けた。士郎が投げた松明は船まで届いたのか、砂浜に落ちたのか確かめようもなかったが、船が燃えている様子はない。

先ほど士郎と揉み合っている時に、アレクサンドルが何か叫んでいたが、その後、どうなったのだろうか。平蔵はその場に立ち上がり、船の甲板に目を凝らした。

するとアレクサンドルの姿が月の光に浮かび上がって見えた。

「ヘイゾーさん」

平蔵が立ち上がったのに気づくや、アレクサンドルが両手を上げて振ってみせた。平蔵も「アレクさん、大丈夫ですか」と言い返しながら、アレクサンドルと同じように腕を振り返した。

「ツ、キ、ノ、フ、ネ」

アレクサンドルは一語一語をはっきりと区切りながら叫び、夜空の月を指さした。それから、

「ア、メ、ノ、ウ、ミ」

と続けて叫ぶと、高らかに振り上げた両腕を大きく広げた。あたかも、この夜空を自らの胸にかき抱こうとするかのように。

「……何を言ってる？」

平蔵の背後から、不穏な響きを持つ声が聞こえてきた。

「あれは、歌ってるんだ」

平蔵は振り返らず、「天の海に雲の波立ち月の船　星の林に漕ぎ隠る見ゆ」と口ずさんだ。

「何で、異人があの歌を……」

虚脱したような声で士郎が呟く。

「俺が話した。覚えてくれたんだよ。歌の意も分かってる」

平蔵は自分もまた、夜空の月を抱き締めようとするかのように空に両手を差し伸べた。

「あの人たちが乗ってきた船は『でぃあな号』というそうだ。でぃあなとは月の神さまの名前だと言っていた。『月の船』という言葉は、あの人たちにとっては海に沈んだ船そのものだったんだよ」

だから、この歌が俺たちを結び付けたんだ――と、平蔵は告げた。

「美しい言葉だ」

アレクサンドルがくり返す「ツキノフネ、アメノウミ」という言葉を聞きながら、平蔵はしみじみとした声で呟いた。

「こんなに美しい言葉を持つ国を、あの人たちが壊そうとするはずがない」

平蔵は確信に満ちた声で告げた。

「あの人たちはこの国を壊そうとしてやって来たんじゃない。俺はそう信じている。

だから」

平蔵は振り上げた手を下ろした。振り返りたい気持ちになるのをぐっとこらえ、前を向いたまま、士郎に言う。

「お前があの人たちを傷つけていい理由なんて、どこにもないんだ」

言いながら、平蔵はその言葉がそのまま自分に跳ね返ってくるのを感じていた。それを言うなら、二十年前、自分が「平蔵」を傷つけていい理由がどこにあったのだ、ということになる。

自分は何の罪もない少年をいじめ、痛めつけ、見殺しにした上、その名前と過去を奪い取ったのだ。

(ああ、そうだ。あれを返さなければ)

平蔵は思い立ち、懐の中からみきが伊佐次に渡したという守り袋を取り出し、勇気を出して振り返った。どれほど殴られようが、罵られようが、仕方がない。

だが、平蔵が振り返った時、そこには誰もいなかった。守り袋は平蔵の手の中に、収まりのつかぬ格好で残されたままであった。

茫然と立ち尽くしていると、ややあって、「ヘイゾーさん、ダイジョブ?」というアレクサンドルの声がして、平蔵は我に返った。

「あ、アレクさん。大丈夫です。ありがとうございました」

平蔵は答え、その時、犬のフジのことを思い出した。

「フジさーん」

声を張り上げて呼んでみたが、返事はない。銀白色に輝いていた姿もどこにも見えなかった。

よく考えれば、こんな真夜中に行方知れずの犬が突然現れるなんておかしい。では、あれは幻だったのか。いや、そんなことはない。士郎にもあの犬はちゃんと見えていたのだ。

「フジサーン」

アレクサンドルが平蔵の真似をして声を張り上げた。アレクサンドルは「フジサン」という言葉があの美しい山を指すことは知っている。今も山の名前を叫んでいるつもりかもしれない。

そう思うと何やらおかしくなって、平蔵は我知らず笑顔を取り戻していた。アレクサンドルも笑みを浮かべた。

（フジさん、ありがとうな）

もしかしたらフジはもう戻ってこないかもしれないと思いつつ、平蔵は月を見上げ、心の中でそっと礼を述べた。

三

翌三月十日、戸田の浜辺では船おろしが執り行われた。

空は気持ちよく晴れ、海の向こうには富士山の姿も見える。

幕府の役人たち、村の世話役たち、船大工たち、そして、おろしあ人の海兵たちも皆、顔をそろえていた。浜辺を滑らないようつっかい棒をされ、船体をいくつもの綱で木に結び付けられていた船は、その綱を切られ、ようやく海へと運ばれていく。

その船体が完全に海に浮かんだ瞬間、浜辺に集まった人々の口から大きな歓声が上がった。

船に魂が宿った瞬間だった。この時、船には名前がつけられる。

その役目は、この船を幕府から贈られたプチャーチンが果たすことになっていた。

――ヘダ号。

プチャーチンはこの船に、船が造られた村の名をつけた。

この船おろしに、船大工の平蔵は姿を見せていなかった。

船おろしが行われていた頃、戸田村の名主稲田家は当主の武右衛門を含め、多くの者たちが出かけていたので、しんと静まり返っていた。伊佐次はまだここにいる。

幸い、すぐに手当てをしてもらったお蔭で、大事に至ることはなかった。体中に傷の痛みはあったが、骨は無事だったし、人の手を借りれば厠へ行くこともできる。

「まあ、平蔵さんの親父さんだと分かったことだし、治るまではうちでしっかり養生していくといい。功績のあった船大工の身内ならっていうんで、治療代や薬代はお役人がぜんぶ肩代わりしてくれたし、見舞い金まで置いていったから、あんたが肩身の狭い思いをすることはない」

十日の朝、目覚めてから顔を合わせた武右衛門は、礼を言う伊佐次にそう告げた。

「父親だって、言ったんですか。その平蔵が？　船大工の？」

伊佐次は慎重な口ぶりで訊き返した。

「ええ。そうですよ。育ての親と言ってましたっけ」

「育ての親……」

「あんたもいい息子を育てたと、鼻を高くしていいですよ。戸田の船大工っていえば、これからはあのおろしあ船を造った大工かって、あちこちで重宝されるでしょうからね。もうすでに、教えを乞いたいっていう問い合わせが数々来てるって聞いてますよ」

武右衛門はそうして平蔵のことを持ち上げた後、「そういえば」と思い出した様子で口を開いた。

「あんたの実の息子と名乗る人も来ましたよね。その時はあんたも目が覚めて、話ができたみたいだけど」

「はあ」

「こう言っちゃあ何だが、怪我して弱っている親に、ひどい口の利き方をしていたそうじゃないですか」

「いや、あれは……」

「まあ、人さまのお家のことに口出しするのも野暮ってもんでしょうけどね。あんた、実の息子をちょいと甘やかしすぎたんじゃないですか」

武右衛門の勘違いを、伊佐次はあえて正さなかった。自分の息子たちは二人とも、それぞれが何とか生き延びてきたのだ。

二人ともよくぞ生きていてくれた。今、言いたいのはそれだけだった。

「平蔵さんはあんたが目覚めてない時に来て、帰っちまいましたが、また来ると言っていました。船おろしの後でしょうがね。あんたは見に行けないだろうが、ここで養生しながら待っていなさるといい」

「船おろしは無事に行われるのですね」

ふと気になって、伊佐次は尋ねた。昨夜のやり取りからして、士郎が何か企んでいることは明らかだったからだ。伊佐次の説得に応じて、あきらめたというようにも見えなかったが……。

　すると、武右衛門は憤然とした口ぶりになり、「行われるに決まっているでしょうが」と言い返した。

「この日のために、あたしたちは力を尽くしてきたんですからね」

「それは、ごもっともです」

　ほっと安心しつつ、伊佐次は大きくうなずき返した。士郎は無謀なことをしなかったのだ。自らあきらめたのか、平蔵が止めたのか。

　いずれにしても、船おろしが無事に執り行われてほしいと思う。

　そんな思いで、伊佐次はその日、人少なの稲田家で休んでいたのだが、部屋の戸が断りもなく開けられたのは、もう船おろしが始まったろうと思われる頃であった。

　入ってきた男を見るなり、伊佐次は思わず布団から身を起こしていた。ついさっきまで、起き上がる時には体のあちこちが痛んだものだが、この時は痛みをまるで感じなかった。

「お前は……」

　伊佐次はどう呼んだものかと迷いつつ、昨日、我が子から「俺は士郎だ」と言われた時のことを思い出し、

「平蔵、でいいんだな」

と、恐るおそる尋ねた。相手の男は首を小さく横に振った。

「俺は、士郎だよ。親父が死んだ時、あんたが俺を引き取ってくれたんじゃないか」

そう言って、男は伊佐次に守り袋を差し出した。伊佐次がみきから渡され、息子の「平蔵」に託したものだ。

「これ、あいつに返してやってほしいんだ。あいつのものだから」

昨夜返そうとしたんだが、勝手に帰っちまいやがって――と、男は軽く笑いながら告げた。

「なら、預かっておこう」

伊佐次はそう言い、男の差し出した守り袋を受け取った。それから、自分の枕元に置かれた袋を引き寄せると、その中から取り出したものを、男に差し出した。伊佐次の掌の上には、別の新しい守り袋がのせられている。

「それは……」

男がそれなり絶句した。

「これはお前のだ」

伊佐次はそう言って、男に守り袋を受け取らせた。

「みきさまが新しく作ってくださった。息子が二人いるのなら、もう一つ必要だろうってな。お守りとして入っているのも同じものだ」

伊佐次が手本のために書いた「天の海に」の歌である。

「安心しろ。こっちの方は俺が『平蔵』にきっと渡してやる。お前からだと言って、必ずあいつに渡してやるから」

伊佐次は男の心を励ますような口ぶりで言った。

「だったらさ」

男はそう言うなり、少し躊躇するように沈黙したが、

「俺も一緒にあいつを捜したいんだけど」

と、伊佐次から目をそらして言った。

「えっ……」

何もかも、やり直すのはあいつを見つけ出してからだ——と男は言った。ひどくさっぱりした口ぶりだった。それから、男は再び伊佐次に目を戻すと、

「そうしてもいいかな。父ちゃん」

と、伊佐次の目をのぞき込むようにしながら言った。その目が何かに脅えるように揺れていた。男が少年だった頃には見せたことのない表情だった。

「ああ、士郎」

伊佐次はゆっくりと言い、大きくうなずき返した。

一緒に「平蔵」を捜そう――。

男はほっと安心したように息を吐き、目をしばたたかせながらうなずき返す。その手には新たにもらった守り袋がしっかりと握り締められていた。

四

アレクサンドル・モジャイスキー殿。

アレクさんがこの文をヨシフさんに読んでもらっているのは、いつのことでしょうか。アレクさんたちが戸田を出航して、長い日々が過ぎた後かもしれません。アレクさんはもう、おろしあの家に帰っているのでしょうね。

いつものようにヨシフさんを介してお話ししたかったのですが、残念ながらその暇がなく文を書くことにいたしました。ただし、わたしはどうしようもなく字が下手なので、これは父親の代筆です。

さて、わたしはすぐに戸田を立ち去らねばなりません。

本当はアレクさんとヨシフさんと一緒に、達磨山の峠から富士山を見たかったのですが、それも叶（かな）わなくなってしまいました。アレクさんたちが再びこの国へ来ることがあれば、その時こそ、格別美しい峠の富士山を一緒に見られますように。

ですが、船おろしの日の明け方、アレクさんと一緒に見た浜辺の景色を、わたしはずっと忘れません。朝の光がわたしたちの造った船をきらきらと輝かせていました。どうしてこんなに美しいのだろうと呟いたわたしの言葉に、アレクさんは何度もうなずいてくれました。言葉は通じなかったかもしれませんが、わたしの言いたいことがちゃんと伝わっていたのでしょう。

前置きが長くなりましたが、アレクさんにどうしてもお伝えしたいのは、ここからです。

わたしはある不思議な夢を見ました。

その夢の中で、アレクさんは船に乗っていました。何も驚くような話ではない、そう思うかもしれません。

ですが、アレクさんの乗る船が漕ぎ出していくのは、海ではないのです。何と空なのですよ。

アレクさんはわたしが見たこともない不思議な形の船に乗っていました。鳥の翼のようなものをつけたその船で、アレクさんは天空の海を渡っていくのです。

そう、アレクさんが乗っているあれは、空を飛ぶ船。

あれこそ、まさに天の海を渡る月の船なのです。

アレクさんは前に月の船に乗りたいと言っていた。その願いを叶えたのだと、わたしは思いました。いえ、この言い方は正しくありませんね。アレクさんはこれからその願いを叶えるのですから。

おかしなことを言うとお思いになるかもしれませんが、わたしは目覚めた時、そのことを確信しました。

もしかしたら、この文を読んでいるヨシフさんにも、それを聞いているアレクさんにも、今は分からないかもしれません。でも、いつかきっとわたしの言うことが分かるはずです。

もう一つお伝えしたいのは、船おろしの日の前夜のこと。わたしはアレクさんに深く感謝しております。

わたしの話を黙って聞いてくれたことも、わたしたちの船を暴漢から守ってくれたことも、あの時、月の船の歌を歌ってくれたことも。

あの夜のアレクさんには分からなかったことでしょうが、ここに告白します。あの暴漢はわたしの兄弟でした。

わたしたちは互いを傷つけ合う運命から逃れられず、あの夜、あそこでぶつかり合った。アレクさんがいてくれなければ、どんなひどいことになっていたか分かりません。

あの時、わたしは何があっても船を守ると思う一方で、わたし自身は兄弟に殺されてもかまわないという気持ちでいました。

わたしは兄弟にそれだけのことをしてきたのです。

ですが、アレクさんの歌声がわたしの兄弟の心を変えてくれた、わたしはそう信じています。

アレクさんが月の船に乗る夢から目覚めた時、わたしは泣きました。記憶にある限り、わたしはそんなふうに泣いたことがありません。

ですが、あの時はどういうわけか、泣けて泣けて仕方がなかった。

あんなに温かくて、仕合せな気持ちになったのも生まれて初めてのことでした。

死んでもかまわないと思っていたわたしの心も変わっていました。生きよう、生きていたい、心の底からそう願いました。アレクさんが月の船に乗って、空を渡る姿を、わたしは見たい。

同時に、兄弟にもう一度会いたい。そう思いました。

わたしは兄弟を捜しに行かねばなりません。そして、きっと見つけてみせる。わたしはあいつにアレクさんたちのことを話してやらなければなりませんから。

伝えたいことは山のようにありますが、最後にあの歌をここに記します。

あめのうみに　くものなみたち　つきのふね
　ほしのはやしに　こぎかくるみゆ

この歌はアレクさんのことを詠んだものだったのですね。

千年も前の日本人が、遠い未来に日本へ来るおろしあ人のことを歌に詠むなんて、あり得ない。誰もがそう言うでしょう。でも、あの夢を見たわたしには、そう思えてならないのです。

アレクさんはこの歌に出あうため、月の神でぃあなに導かれてこの国へ来た。わたしはアレクさんに伝えるため、この歌に出あった。

わたしたちの出会いは、そういうことだったのだ、と。

どうか、あなた方の船の旅が平らかでありますように。

この度の帰路だけでなく、これから何度も船出するであろう、あなた方の船旅がとこしえに無事でありますよう、心より願いたてまつります。

船大工平蔵

【参考文献】

山梨県編『山梨県史　通史編4　近世2』（山梨日日新聞社）
戸田村文化財専門委員会・戸田村文化財小委員会編『ヘダ号の建造　幕末における』（戸田村教育委員会）
奈木盛雄著『駿河湾に沈んだディアナ号』（元就出版社）
仲田正之著『江川坦庵』（吉川弘文館）
橋本敬之著『幕末の知られざる巨人　江川英龍』（ＫＡＤＯＫＡＷＡ）
日本大学国際関係学部安元ゼミナール制作『日露交流の原点　ヘダ号建造の物語』

【引用和歌】

天の海に雲の波立ち月の船　星の林に漕ぎ隠る見ゆ（柿本人麻呂『万葉集』）

解説

縄田一男

本書『天穹の船』の解説を書くにあたり、私は篠綾子が第一回日本歴史時代作家協会賞（旧・歴史時代作家クラブ賞）・作品賞を受賞した『青山に在り』を一読、勇躍、「本年度（二〇一八年）の掉尾を飾る幕末青春歴史小説の傑作、ここに登場」と書評の筆をとった事を思い出す。

川越藩家老の息子・小河原左京を軸とし美しい川越の風土を舞台に幕末の人々と時代相を描き出したこの作品は、作者の初期の作品にもかかわらず当時から完成されたスタイルを持ち、その後の大成ぶりが期待された。

『青山に在り』は角川文庫に収録されているので是非とも一読していただきたいのだが、前述の期待にこたえる如く、〈更紗屋おりん雛形帖〉〈代筆屋おいち〉等の文庫書き下しシリーズや『酔芙蓉』『星月夜の鬼子母神』等の単発作品の質の高さが、作者の斯界における地歩を確かなものにしたと言っていい。

篠綾子作品を読むよろこびは、起伏に富んだストーリーを楽しむとともに、作者の豊かな教養に裏打ちされた世界を楽しむ事でもあるのだ。

例えば角川文庫の文庫書き下しシリーズ〈藤原定家・謎合秘帖〉等はその好例と言えるだろう。主人公はそのシリーズ名からもわかるように鎌倉前期の高名な歌人・藤原定家。第一作『幻の神器』の、物語の発端は、定家が父・俊成から三種の御題を解けば「古今伝授」を授けると言われた事による。しかし、俊成は何者かに誘拐されてしまう。鍵を握るのは御題の暗号解読。作品を貫くのは伝統的な和歌の修辞法と謎合わせであり、これを解くにつれ公家社会の権力の闇がわかってくるという抜群の読みごたえなのである。続く第二作『華やかなる弔歌』で定家は後鳥羽上皇から勅撰和歌集の六人の選者の一人に任命されている。そこに歌神と名乗る者からただちに和歌所を閉じよ、さもなくば、当代の六歌仙を一人ずつ死に至らしめると脅迫状がまいこむ。次々と届けられる弔歌と相次ぐ歌人の死。作者の筆は、鎌倉将軍で巧みな歌も残している源頼朝の怪死にまで及んでおり、興味は尽きない。

こう話していくと前述の『青山に在り』からしてそもそも、明代の詩人、孫一元のつくった詩の「生きて盛世に逢ふに何事をか憂ふる／家青山に在り道自づから尊し」、すなわち今、自分が居る場所を死に拠と定めて生きるならば、その道は正しく尊いものになる。そこを死に拠と定めて生きなさい、憂うる暇は無い、が全篇を貫くモチーフとなっていたではないか。

それでは本書ではいかなる和歌が出てくるのか。気になる読者も多かろうと思うがここではまずストーリーの流れに沿ってこの作品を読み解いていきたいと思う。したがって今後、作品の核心にふれる箇所もあるので是非とも本文の方から先に読んでいただきたい。私がこう書くと、何たいした事はあるまいと思う方がいるかもしれないが、幾重にも伏線が張り巡らされた本作においては、それが命取りとなりかねないのでゆめゆめご油断召さるなと記しておきたい。ゆえにこれから記す解説は、本書を読了した方のみに向けられたものであるとご承知願いたい。

この作品の冒頭を読んでまず驚かされるのは、作者の書きっぷりの巧みさであろう。物語は嘉永(かえい)七年十一月四日、伊豆国戸田村(いずのくにへだむら)の何気ない朝から始まる。作者は、短い枚数の中で軸となる船大工の平蔵(へいぞう)を始め、どこか孤独を好む風の、やはり船大工の若者、藤助(とうすけ)、やや傲慢(ごうまん)な万作(まんさく)、小心者の小吉(こきち)ら大工仲間を紹介していく。と、そこを襲ったのが大地震である。皆が這々(ほうほう)の体で建物の中から逃げ出した時、親方が居ないのに気が付いたのが平蔵である。親方を倒れた木材の中から助け出すと、家に一人でいる女房を見てきてくれと頼まれる。親方の家へ急ぐ道中、身内の誰かが下敷きになったらしい女の「どうか、お力を貸してください」という叫びを耳にする。平蔵にはそれがある声と重なり身を引き裂かれる思いにかられるのだが、なんと大胆な伏線であろうか。これだから篠綾子の小説は、一行たりとも読み飛ばす事は出来ないのだ。そして、その女が漁師の夫を亡くしたばかりで今度はあろうことか幼な子を地震で亡くし、とうとう首を吊ってしまった事を平蔵は知る。彼は自分が見捨てたせいであの女も子供も死んだのではないかと激しく己れ自身を責める。

そう思っていた矢先、

「異人どものせいだ！」

という声が平蔵の耳を打つ。これを言ったのは前述の万作である。すると万作の取り巻きが口を揃えてそうだそうだと言うではないか。いかにもこの短絡的な考えは、万作と彼に影響された船大工たちの言いそうな事で、ここにも作者の細かい伏線が十分に生かされていると言えるだろう。そして改元が行なわれ、安政元年となり、暦が十二月に変わって間もない五日、平蔵たちは親方から地震で壊れたおろしあの船の建造を命ぜられる。建造取締役は韮山代官の江川太郎左衛門である。

この建造を進めていくうちに仕事のまとめ役となり通訳を通して、異人のアレクサンドルやヨシフと交流をはかっていく平蔵と、あくまでも彼らに反感を抱きつつも、やむなく仕事をする万作らとの対立関係が出来上がっていく。

そんな中、「異人のための船を造るは、わが国の恥なり。天罰下るを待たず、われらが成敗す」という投げ文が放り込まれる。その堂々たる筆跡から平蔵は侍の手によるものだと親方に言う。

複雑な過去を持つ平蔵は、江川太郎左衛門の元を訪ねるが、彼はあろうことか死の床に臥していた。しかし太郎左衛門は平蔵に人生の指針を示す。それは「人の非難を恐れるな。人に恨まれることを恐れるな」というもので、己に確かな信念があればそれでいいと、太郎左衛門は言う。そしてこの章で太郎左衛門の妹みきが一首の歌を口にする事になる。

それが

天の海に雲の波立ち月の船　星の林に漕ぎ隠る見ゆ

というもので、これは二十年程前、夜空から切り取ったような三日月を見上げながら船大工になると決めた平蔵に太郎左衛門が餞のように教えてくれた歌でもあった。

この歌は、『万葉集』に収録された柿本人麻呂のものでその意味するものは天の海に雲の波が立ち月の船が星の林に漕ぎ隠れていくのが見えるようだ、というもの。すなわち、天は海、雲は波、月は船、星は林に見立てているのである。そして平蔵は、あの月のような船を造りたいとロマンチックな夢を抱いたのであった。

物語は百姓一揆の頭目に祭り上げられ、生き別れとなった平蔵の父・伊佐次は今どこにいるのか？　二十年前運命の断崖で明暗を分けた平蔵の幼なじみ・士郎の胸中は？　そして、士郎の命の恩人・甲斐屋の本当の顔は？

本書はこのあたりから平蔵一人のそれではなく、平蔵と士郎の父親を巡る愛憎劇という側面をもちこれまでの伏線を次々と呑み込んでスピーディーに展開していく。しかも、ますます険悪となる平蔵と万作らとの関係。はたして船の建造はなるのか。その中で、思わず作者が書き違えたのではないのかと思う記述が綿密な伏線と相まってすべて終盤へと回収されていく。

一方で、前述の和歌がもたらす美しい結末は、篠綾子作品中類例を見ないもので、誰もが感涙を禁じ得ないであろう。

日本の古典を紐解きながら、篠綾子作品のページを繰ることは歴史・時代小説ファンの典雅なよろこびとして何物にも代え難い時間を私たちに提供してくれる事だろう。

本書は、二〇二〇年二月に小社より刊行された
単行本を加筆修正のうえ、文庫化したものです。

編集協力／遊子堂

天穹の船

篠 綾子

令和4年 10月25日　初版発行

発行者●堀内大示

発行●株式会社KADOKAWA
〒102-8177　東京都千代田区富士見2-13-3
電話　0570-002-301（ナビダイヤル）

角川文庫 23380

印刷所●株式会社暁印刷
製本所●本間製本株式会社

表紙画●和田三造

●お問い合わせ
https://www.kadokawa.co.jp/（「お問い合わせ」へお進みください）
※内容によっては、お答えできない場合があります。
※サポートは日本国内のみとさせていただきます。
※Japanese text only

ISBN 978-4-04-112828-2　C0193

◇◇◇

角川文庫発刊に際して

角川源義

第二次世界大戦の敗北は、軍事力の敗北であった以上に、私たちの若い文化力の敗退であった。私たちの文化が戦争に対して如何に無力であり、単なるあだ花に過ぎなかったかを、私たちは身を以て体験し痛感した。西洋近代文化の摂取にとって、明治以後八十年の歳月は決して短かすぎたとは言えない。にもかかわらず、近代文化の伝統を確立し、自由な批判と柔軟な良識に富む文化層として自らを形成することに私たちは失敗して来た。そしてこれは、各層への文化の普及滲透を任務とする出版人の責任でもあった。

一九四五年以来、私たちは再び振出しに戻り、第一歩から踏み出すことを余儀なくされた。これは大きな不幸ではあるが、反面、これまでの混沌・未熟・歪曲の中にあった我が国の文化に秩序と確たる基礎を齎らすためには絶好の機会でもある。角川書店は、このような祖国の文化的危機にあたり、微力をも顧みず再建の礎石たるべき抱負と決意とをもって出発したが、ここに創立以来の念願を果すべく角川文庫を発刊する。これまで刊行されたあらゆる全集叢書文庫類の長所と短所とを検討し、古今東西の不朽の典籍を、良心的編集のもとに、廉価に、そして書架にふさわしい美本として、多くのひとびとに提供しようとする。しかし私たちは徒らに百科全書的な知識のジレッタントを作ることを目的とせず、あくまで祖国の文化に秩序と再建への道を示し、この文庫を角川書店の栄ある事業として、今後永久に継続発展せしめ、学芸と教養との殿堂として大成せんことを期したい。多くの読書子の愛情ある忠言と支持とによって、この希望と抱負とを完遂せしめられんことを願う。

一九四九年五月三日